Gallmeister

CHIEN SAUVAGE

Pekka Juntti

chien sauvage

Roman

Traduit du finnois
par Johanna Kuningas

Gallmeister

FICTION

Cet ouvrage a été publié avec le soutien financier de
FILI – Finnish Literature Exchange

Titre original: VILLIKOIRA

ISBN 978-2-35178-308-5
ISSN 1956-0982

Photo de l'auteur © Antti J. Leinonen
Illustration de couverture © Aurélie Bert
Conception graphique : Aurélie Bert

À Saimi, Eelis et Juho,
Sans vous, il n'y aurait rien

Il flaire la résine, les déjections d'un grand tétras dans un nid de neige abandonné, la puanteur d'un élan mâle qui piétine dans un taillis. Il sent la grêle entre ses orteils, la faim qui lui tenaille le ventre, l'air refroidi sur le bout de son nez. Il voit les ombres des géants qui tombent, leurs doigts couverts de lichen, les flancs noirs des monts, les bosquets de bouleaux affaissés par la tempête, telles les côtes d'un renne rongé par les prédateurs, la clairière baignée dans la lueur de la lune, sur laquelle glisse la silhouette d'un renard. Il entend l'ululement d'une chouette boréale, le pépiement de mésanges somnolentes, une martre qui s'affaire sous les sapins, le vent qui bâille encore dans la cime des arbres immenses, et son propre souffle, le bruit régulier de ses pas ; pas qui viennent d'au-delà de l'éternité, se dirigeant à la fois nulle part et partout. Il traverse en courant des plaques de glace, des collines, suit le lit d'un ruisseau gelé dans lequel s'entêtent des perches et des saumons. Ses pas résonnent, encore et encore. Il vole à travers l'infini, ne faisant plus qu'un avec lui, se fond dans l'étendue blanche. Et disparaît.

I

Là où s'érigent les monts limpides de Niemi,
Bordée de roses,
La Tengeliö poursuit sa course.

JAMES THOMSON, 1740

SAMUEL
TROISIÈME JOUR

JE suis né trois fois, et ça s'arrêtera là. Car la mort rôde dans le coin.

La première fois, je suis né il y a dix-neuf ans, quatre mois, sept jours et seize heures. J'ai fait le calcul sur les dernières pages du livre d'or de la cabane, je n'ai que trop de temps.

J'ai atterri sous les lumières aveuglantes de l'hôpital central, avec mon crâne ovale, couvert de glaires sanguinolentes, et cependant mon père disait que les fils de Somerniva naissaient dans les puits de mine. "C'est la place des hommes de notre famille, nous y appartenons", répétait-il, et peut-être avait-il raison, après tout. Mais je ne regrette pas de l'avoir défié, même si cela m'a amené dans cette piteuse cabane en bois au milieu d'une immense forêt, où parfois une branche de sapin fouette la vitre si violemment que je suis à deux doigts de pisser dans mon froc. Il faudra la couper à la nuit tombée.

Lorsque les contractions annonçant ma deuxième naissance ont commencé, l'ambiance était tendue, mais tout s'est bien passé. Quand j'ai refermé la porte de la maison pour me diriger vers le Hilux, le travail était déjà en cours. Je suis sûr que derrière moi le rideau a bougé et que la lumière de fin d'été a laissé son empreinte sur les cheveux grisonnants d'une vieille femme, celle qui m'a donné naissance la première fois. Elle a voulu s'assurer de ses propres yeux que j'osais agir à ma manière, une rareté dans ces contrées. Et elle a pu constater que son fils rejetait la vie pour laquelle il avait été éduqué.

Inutile d'attendre que mon père apparaisse à la fenêtre. Avachi dans son fauteuil, les pieds posés sur un pouf, il remuait les orteils dans des chaussettes en laine trop amples, et cherchait un programme ayant un quelconque lien avec la Formule 1, alors que la prochaine épreuve, à Monza, n'aurait pas lieu avant le week-end. Après le dernier Grand Prix de Belgique, qui avait été une grande déception pour les Finlandais, le vieux avait fait la tête pendant plusieurs jours, comme si c'était la défaite de la Seconde Guerre mondiale.

J'ai reculé mon pick-up jusqu'à la rue Helena, puis j'ai passé la première et appuyé à fond sur le champignon. Le Hilux possède un gros moteur et décolle même en seconde, mais je ne voulais prendre aucun risque. Pas question de gâcher le miracle de la naissance juste pour frimer un peu !

Ma troisième naissance a eu lieu ici, dans cette cabane, sur cette banquette qui pue la pisse de souris, sur cette table à manger, sur le perron, sur les rochers. C'était l'été et il faisait chaud. Je l'attendais depuis des années, et quand elle s'est enfin produite, elle a largement dépassé mon imagination, si bien que pendant un moment, je n'ai ressenti aucune honte.

Trois cent quatre-vingt-sept jours et sept heures se sont écoulés depuis ma deuxième naissance. C'est là que ma vraie vie a commencé. Jusque-là, je n'avais fait que m'y préparer, si ce n'était passer à côté. Quoi qu'il en soit, j'échangerais chacune de ces années contre une heure du *Nord*.

Je ne sais pas combien de jours ou d'heures il me reste à vivre. Je me force à penser que tout se terminera bien, que la poussière finira par retomber et les choses par s'éclaircir. Que Babysitteur ouvrira la porte, enlèvera son bonnet trempé de sueur par sa longue marche et s'assiéra sur la banquette en s'exclamant : "Allez, on y va." Mais vite l'angoisse revient. Je me rappelle que cette forêt est sans pitié et qu'elle a l'habitude de prendre ce qui lui appartient.

Un claquement retentit dans la cabane, me coupe le souffle. C'est un bruit étranger. Il est aussitôt suivi d'un faible crépitement et d'un couinement aigu venant de sous la banquette. Je suis soulagé. En fin de compte, les monstres des forêts ne naissent pas sous les lits, même si j'en étais convaincu quand j'étais enfant.

Mon ouïe est devenue tellement sensible. Sans doute à cause de ce silence. Hier soir, j'ai distingué des cris au nord. Immédiatement, je me suis figé sur ma banquette, mes mains agrippées à la couverture. J'étais sûr que c'était la battue, que j'avais été dénoncé et que je ne tarderais pas à entendre des craquements de pas dans les broussailles autour de la cabane, voir la porte s'ouvrir brusquement, puis le noir total.

En fait, c'était un cygne chanteur blanc immaculé, qui gonflait ses ailes sur le lac. Peut-être voulait-il faire résonner son chant encore une dernière fois avant son départ ? Mon amie les appelle *joukhainen**, et moi, "oiseaux de la mort".

* Nom dialectal pour "cygne", *joutsen* en finnois. (Toutes les notes sont de la traductrice.)

Les cygnes apprécient la nature sans vie. Ils arrivent les premiers au printemps, parce qu'ils veulent voir les arbres dépouillés par l'hiver avant qu'ils ne renaissent à l'été. Ils repartent tard, ne prenant leur envol qu'une fois la terre et les plans d'eau gelés, lorsque le ciel est saturé de flocons et la défunte vêtue de blanc. On dit qu'ils restent aussi longtemps parce qu'ils aiment ces contrées, mais en réalité, c'est la mort qu'ils aiment.

SEPTEMBRE 2008

Ma mère avait préparé des pommes de terre en robe des champs avec une sauce au porc. Sur la table étaient posés des cornichons, des betteraves rouges, du pain de seigle et l'éternel quotidien. Nerveux, j'épluchai les patates en essayant de trouver les bons mots. Mon père prit de la sauce, avant de passer la louche à ma mère, qui versa de la préparation sur ses pommes de terre soigneusement hachées. Elle me tendit l'ustensile. En me servant dans la casserole, je me forçai à parler :

— J'ai démissionné. Je pars au Nord, annonçai-je comme si c'était arrivé hier et que le départ était encore lointain.

En réalité, je gardais le secret depuis des mois – depuis le jour où mon père était venu me chercher à la gare en s'exclamant avec fierté : "Tiens, le caporal Somerniva revient à la vie civile."

Même si j'avais détesté les routines de l'armée – toutes ces corvées, sans parler de l'aspirant officier psychopathe de notre section, à tel point qu'au bout d'un mois j'avais failli jeter l'éponge –, ce trajet en voiture de la gare à la maison m'était encore plus pénible que le service militaire. Le fourré qui grignotait les bords de la route, les prés fatigués, les jardins ordinaires de gens tout aussi ordinaires, avec leurs pelouses cramées par l'hiver et leurs garages pour deux véhicules – l'un neuf et cher, l'autre bon marché et petit, pour permettre à madame de faire les courses et de se rendre à la gym, quand monsieur est du soir à la mine.

C'était mon père qui m'angoissait le plus, tout en lui m'oppressait. Sa façon de fermer la portière et de dire "bon bah", comme s'il voulait commencer une conversation, pour finalement se taire pendant tout le trajet. Il n'avait rompu le silence qu'une fois à la maison par ces mots banals :

— Le fils des Kemppainen est passé au poste deux.

En quoi cette information me concernait-elle ? En rien ! Ces paysages n'étaient plus les miens. Il était évident que si je restais, ce serait ma fin. J'avais décidé de mettre de l'argent de côté pendant l'été pour ensuite partir.

À présent, l'été était terminé.

J'observais la sauce marron où flottaient des morceaux de viande, les patates luisantes de gras, la confiture d'airelles rouge sang. Sans regarder mes parents, je devinais l'expression sur leur visage. Ils me fixaient bouche bée comme des perches, ma mère tripotant sa manche, mon père touchant ses cheveux, tombés depuis longtemps. Finalement, mon père dit :

— Putain.

Il se releva en faisant grincer les pieds de sa chaise et se dirigea vers le séjour où il passa le reste de la soirée affaissé dans son fauteuil, sans piper mot.

Ma mère continua à manger. Je lui jetai un rapide coup d'œil. Elle avait réussi à se reprendre et à retrouver son expression habituelle. Son visage était un masque de cire, un mur, que seul l'âge était parvenu à atteindre : elle était ridée, en voie de devenir une vieille femme. Parfois, je songeais que les années finiraient par briser sa carapace.

Ma mère ne donnait jamais son opinion ni ne laissait aucune information la perturber. C'était sa façon d'aborder la vie.

Ma mamie, qui était son contraire, si bien que j'avais des doutes sur leur lien de parenté, disait toujours que ses gamins avaient été détruits au berceau.

— Ta mère est comme elle est, mais au moins elle n'est pas méchante, m'avait-elle consolé pendant que nous faisions la vaisselle après le dîner de Noël.

J'avais six ans.

— Le silence est préférable au bruit, crois-moi.

Elle s'était essuyé les mains sur son tablier et m'avait pris sur ses genoux. En me serrant fort, elle m'avait demandé une énième fois si je savais comment un ours marche sur la mousse. Ensuite, elle avait coincé ma tête sous son bras, enfoncé ses doigts osseux dans mes cheveux et avait massé mon cuir chevelu. Et sous mes hurlements, elle m'avait annoncé :

— Il avance comme ceci !

À ses éclats de rire, j'avais compris qu'elle m'aimait.

Mon grand-père maternel, Eetvi, que je n'avais pas connu, était un homme anéanti par la guerre. La gnôle n'y était pour rien, lorsqu'il se bagarrait ou qu'il allait voir ailleurs. Il n'était pas de ceux dont on dit après leur mort que c'étaient des hommes bien, de bons pères, seulement que l'alcool ne leur convenait pas ; non, papy Eetvi devenait fou quand ça lui chantait. Pendant ses crises, il balançait les meubles dehors, traînait mamie par les cheveux d'une pièce à l'autre et envoyait ses enfants chercher un bâton. Si la branche qu'ils lui apportaient était trop fine, il les renvoyait en trouver une nouvelle avant de les fouetter.

Avec lui, ma mère a appris que quand on ne peut pas fuir les propos violents et qu'on ne possède pas la force nécessaire pour se défendre, il faut se mettre à l'abri. C'est ainsi qu'elle est devenue une pierre.

Pour elle, la vie était belle lorsqu'il ne se passait rien de mal, ou rien tout court. C'était une femme de mineur typique, casanière et décharnée, dont le petit plaisir hebdomadaire consistait à sillonner les rayons du supermarché. Je l'avais vue sourire toute seule en faisant les courses. Sans doute était-ce l'unique lieu où elle pouvait se sentir libre un instant, s'imaginer ailleurs, dans une grande ville où personne ne connaissait son histoire ni ne s'y intéressait. Peut-être rêvait-elle un jour de plier bagage, ou au moins de révolutionner son quotidien en achetant, à la place d'un sac de pommes de terre de cinq kilos, des pâtes et de l'huile d'olive ; d'annoncer à mon père que c'était le début d'une nouvelle ère culinaire, que désormais ils oublieraient les plats de Härmä et mangeraient méditerranéen ! J'espérais tellement qu'elle se rebellerait, vivrait un peu.

Ce soir-là ma mère apparut sur le seuil de ma chambre en chemise de nuit. Elle avait fait sa toilette, s'était brossé les dents et avait relâché son épaisse chevelure poivre et sel. À travers le tissu usé, on apercevait ses seins pendants et son ventre mou. En me regardant remplir ma valise, elle m'assura que mon père s'en remettrait.

— C'est qu'il était si fier de penser que tu deviendrais mineur comme lui.

— Maman, je ne peux pas. J'étouffe là-bas.

Ma mère m'observa calmement. Elle s'assit sur mon lit, s'empara du livre posé dessus, étudia la couverture écornée sur laquelle figurait un chien grand et robuste aux oreilles légèrement tombantes. C'était *Baldy of Nome**.

— Toi et tes huskys, s'exclama-t-elle avec le sourire en le reposant.

Avant de repartir, elle m'effleura l'épaule. J'avais cru entendre dans ses mots de la bienveillance et de la tendresse, peut-être même de la compréhension.

Je pris le livre. En feuilletant les pages abîmées, je lus des passages par-ci et par-là.

Route was fairly good… Baldy led… across the trackless tundra.

"À travers la toundra libre de traces humaines." En avant vers cet objectif, voilà ce qui me vint à l'esprit en le refermant. Je restai longtemps à fixer le chien de la couverture. Je me rappelai le moment où j'avais tenu cet ouvrage pour la première fois, un jour triste qui finalement s'était révélé l'un des plus importants de ma vie. Je m'étais frayé un chemin jusqu'à la bibliothèque à travers une tempête de neige. Dans le sas, j'avais fouetté mon bonnet contre ma cuisse maigre et séché mon visage trempé avant de me diriger vers le comptoir pour demander s'ils avaient le dernier *Susikoira Roi***. Quand la bibliothécaire m'avait apporté le livre, je n'avais plus trouvé ma carte de bibliothèque. J'avais bredouillé que je l'avais mise dans ma poche, que c'était sûr et certain, mais qu'elle n'y était plus.

* *Baldy de Nome*, roman de Esther Birdsall Darling, écrit en 1913.
** "Roi, le berger allemand", série de romans jeunesse de Jorma Kurvinen.

Mon regard passait du bouquin à la dame pendant que je retournais toutes mes poches. Ma nuque était trempée de transpiration et mes joues brûlantes. Mon visage avait changé de couleur. J'étais triste et j'avais honte, je voulais sortir pour pleurer, cracher cette journée de misère, lorsque tout à coup la bibliothécaire m'avait chuchoté “Attends”, avant de disparaître derrière la cloison.

Elle était revenue, un ouvrage en anglais à la main.

— Mais la carte, avais-je murmuré.

Elle avait rétorqué que ce n'était pas nécessaire.

— Ceci n'est pas un livre de la bibliothèque. Je te l'offre. Quelqu'un nous l'a rendu par accident il y a plus d'un an et ne l'a jamais réclamé.

Arrivé à la maison, j'avais commencé à le déchiffrer. Et à partir de ce jour, je l'avais lu avec le dictionnaire sous la couette pendant la nuit quand j'étais censé dormir. Je le dévorais dans l'ordre et le désordre, encore et encore. Ce livre était devenu pour moi un trésor que je gardais précieusement dans une boîte à chaussures avec d'autres objets importants : des pièces de monnaie chinoises et soviétiques, un badge en plastique gagné au concours de yoyo d'un supermarché et les photos de Minttu et de Risto, qu'ils avaient bien voulu échanger avec moi, sans doute par pitié, ou pour me témoigner leur soutien silencieux ; personne d'autre ne m'avait demandé la mienne. Ce livre était l'ancre à laquelle je m'accrochais.

En lisant, j'oubliais l'école, ses longs couloirs où s'alignaient des rangées de portemanteaux, les murs en briques blanches et les portes cabossées. J'oubliais la bande de Nikkanen, ces enfoirés qui harcelaient Logo sans répit à cause de ses oreilles malformées. Ce surnom, Logo, ce sont eux qui le lui avaient donné. Avec son corps maigrichon et ses oreilles en feuilles de chou, il ressemblait au logo de la banque coopérative – deux ronds au milieu desquels passait un trait vertical.

Je me plongeais dans le livre, qui était pour moi de l'eau vive, car j'étais un poisson migrateur, toujours prêt à partir, n'importe où, loin de cette bourgade merdique.

J'entrais dans l'histoire et elle entrait en moi. Baldy avait planté dans mon cœur un rêve, l'avait arrosé et soigné, jusqu'à ce qu'il devienne si énorme qu'il me fallait le vivre.

Le portique posé sur la route était bricolé à partir de troncs d'arbre tordus et costauds. Au milieu pendait une pancarte métallique en forme de losange où on pouvait lire : HUSKY FARM OUNASKAIRA. Impressionné, je m'arrêtai un instant pour la contempler. Ces trois mots contenaient une promesse, celle d'un nouveau départ.

Je conduisis le Hilux à travers le portique, puis en inspirant profondément, je criai de toutes mes forces, remplissant l'habitacle de ma joie de vivre. Je me sentais léger, comme si une lumière blanche s'était allumée dans mon cerveau. En même temps, j'avais honte, car ce n'était pas une naissance sans douleur. Mon père avait mal pris mon départ.

Le chemin de gravier descendait en zigzaguant vers une grande rivière, dont le courant stable transportait des feuilles de bouleaux jaunies. C'était l'Ounas. Sur la rive se dressait une maison en bois brunâtre avec des dépendances.

Les hurlements de la meute s'entendaient jusque dans le véhicule. Quand j'ouvris la portière, ces cris majestueux me submergèrent. Des frissons me parcoururent l'échine, galopant comme les souris dans la charpente de la maison de la rue Helena en hiver.

Le bruit fit sortir le couple sur le perron. Une jeune femme d'une quarantaine d'années, tout en courbes, aux yeux pétillants. Un homme de petit gabarit, sec et bronzé, à la barbe peu soignée, vêtu d'une chemise de bûcheron bleu. C'étaient Sanna et Matti, mes futurs patrons.

— Samuel, mais on m'appelle Samu, me présentai-je.

Ils sourirent, prononcèrent quelques mots en élevant la voix pour couvrir les hurlements, semblables à ceux des loups, puis m'invitèrent à entrer dans la maison.

Autour du café, des tartines et des brioches, ils me posèrent beaucoup de questions, bavardant comme si nous nous connaissions depuis toujours. À les entendre, je n'avais aucun défaut et mon passé était fabuleux. Pour eux, j'étais *quelqu'un*.

Ensuite, Matti voulut me montrer mon lieu de travail. Il m'emmena voir le chenil, et se déplaçant d'un chien à l'autre, il expliqua. Les bêtes s'étaient tues, mais j'avais du mal à me concentrer tellement j'étais fasciné par ce que je découvrais.

Les chiens étaient beaux, ou imparfaitement beaux; magnifiques dans leur imperfection. Un premier avait un trait sur le front, un deuxième était fort comme un cheval, un troisième noir comme une nuit de novembre. Un quatrième avait une oreille dressée et l'autre pendante, un cinquième des yeux bleus, un sixième des yeux marron, un septième me fixait d'un regard méfiant tel un loup. C'était une assemblée disparate, mais ils étaient tous de la même trempe: musclés, forts, élancés, secs et explosifs. Qu'ils soient attachés à des chaînes ou enfermés dans un enclos, ils ne cessaient de s'agiter comme des diables. Et on avait l'impression qu'ils voletaient.

Matti m'accompagna jusqu'à mon logement, une petite dépendance près du rivage, avec deux portes. L'une pour le sauna et les toilettes, l'autre pour ma chambre. Cette dernière était décorée d'une table, d'une chaise, d'un lit et d'un évier en métal avec ses vasques et son robinet. Dans un coin se dressait une armoire, sur le plancher était étalée une lirette sale et aux fenêtres pendaient des rideaux à pois rouges.

— Parfait, commentai-je, et je le pensais.

Il y avait tout ce dont j'avais besoin, quelques meubles et de l'intimité, sacrée. Avant de repartir, Matti m'aida à porter mes bagages à l'intérieur. Je m'assis sur mon lit en souriant et je songeai : c'est le début de ma nouvelle vie.

JANVIER 2009

LES feux arrière du bus remontaient la pente en emportant le vacarme. Il n'y aurait plus d'Italien s'exprimant avec les mains ni de Russe me sollicitant dans un anglais réticent pour photographier l'extraordinaire expérience de sa famille avec de vrais chiens de traîneau de l'Arctique. Finis les cris, l'agitation, le froufroutement des combinaisons d'hiver, le grincement de la neige, le *joïk** des huskys qui emmenaient les touristes en excursion ; à la place, le calme d'une fin de soirée.

Je me dirigeai vers ma chambre, mes bottes alourdies par la journée chargée. Je nettoyai les semelles avant d'ouvrir la porte d'un coup sec et d'être accueilli par l'odeur de renfermé et le désordre.

J'aurais dû faire le ménage. Et me reposer, aussi. Mais quand ? Et là, il fallait que je mange. Je crevais de faim. Je beurrai généreusement une tranche de pain, sur laquelle je déposai une couche d'un centimètre de rondelles de saucisson. En hiver, les huskys et les *handlers* carburent au gras.

* Le *joïk* est un chant traditionnel sami.

Par la fenêtre, j'aperçus la silhouette maigrichonne de Matti s'approcher de mon logement. Il jeta un regard à la rivière et au ciel, avant de taper ses bottes contre les marches et d'entrer.

— Ah, tu casses la croûte, constata-t-il en s'asseyant à table, en face de moi. Y a une tempête de neige qui se prépare pour la nuit.

En bâillant, il ôta son bonnet et le posa sur ses genoux. Ses yeux étaient rouges.

— La neige couvrira la pisse des chiens, dis-je.

— C'est vrai. Je pensais qu'on pourrait faire un petit entraînement avant qu'elle n'arrive. Avec l'équipe de compétition et les jeunes.

Je mastiquais ma tartine en fixant le bonhomme. Il plaisantait, non ? Il était à bout ! C'était d'abord au sauna et ensuite au lit que nous devrions aller, tous les deux, et non sur la piste, parce que le même train-train reprendrait le matin. Je me réveillerais trop tôt, je nourrirais les chiens et ramasserais leurs merdes dans un seau, puis les attellerais. Le premier groupe de touristes débarquerait. Pendant que Matti les emmènerait faire un tour de traîneau, j'allumerais un feu de camp dans le *kota**, préparerais un café, chercherais dans la cuisine des sandwichs sous plastique, secouerais les peaux de rennes pour enlever la neige, et au retour de Matti, m'occuperais des chiens. Le premier groupe reparti, un autre arriverait, et il faudrait à nouveau sourire, discuter. À un moment, je découperais à la hache un ballot de viande hachée congelée, répartirais les portions dans les gamelles, que je transporterais dans la maison des chiens pour dégeler,

* Hutte laponne ressemblant à un tipi.

et ainsi de suite jusqu'au soir. Et le lendemain matin, rebelote !

Voilà pourquoi je demandai à Matti s'il était sérieux.

— Ben oui. On aura le temps de faire une sortie de quelques heures avant que la neige recouvre la piste. Une soixantaine de kilomètres, peut-être. T'en dis quoi ?

Je me refis une tartine, dont j'enfonçai la moitié dans ma bouche, pour gagner du temps. J'avais besoin d'un prétexte pour refuser. Matti s'aperçut de mes hésitations, je le vis dans ses yeux.

— Tu rêves de faire de la compétition avec ton propre attelage, non ? Si tu veux y arriver, t'as intérêt à t'y mettre tout de suite. Pas demain. Pas un autre jour. Il n'y aura pas de meilleur moment, déclara-t-il.

Il ajouta que "t'y mettre" comprenait toute tâche utile pour l'avancement de ce projet, comme le nettoyage des enclos ou la coupe des griffes.

— Faut agir au lieu de cogiter.

J'avalai le morceau de pain, trop gros, qui resta coincé dans ma gorge. Je le recrachai dans ma paume puis ravalai, pour enfin réussir à bredouiller que c'était OK pour moi. Ma voix sonnait faux, mais j'étais partant, bien sûr, même si le contrat ne mentionnait pas le travail nocturne, même si les heures sup n'étaient pas rémunérées, même si de mon salaire d'assistant, il ne me resterait rien une fois l'hiver terminé, seulement la fatigue et la peau des mains durcie. Évidemment, j'étais partant, même si je devais en souffrir le lendemain et encore la semaine suivante. J'aurais voulu dormir un peu. J'avais besoin d'un jour de congé, mais allez, on n'avait qu'à faire un petit tour, puisque la météo s'y prêtait et qu'on avait de gros projets, une course en vue et tout le reste.

Je ne protestai pas, alors que des mots se bousculaient par centaines sur le bout de ma langue. J'étais en formation, c'était la grande école qui me rapprocherait de mon rêve, et l'éducation des mentalités en faisait partie. Je me forçai à sourire et à formuler une réponse enthousiaste.

— Je pensais que tu plaisantais parce que tu bâillais comme une carpe !

Sur cette ferme, on ne tolérait pas une attitude négative. Et je n'avais jamais vu un *musher* ou un *handler* afficher un air morose. Tous prenaient la vie du bon côté, même en hiver lorsque le soleil avait littéralement disparu. Le sourire et les blagues constituaient leur façon d'être, en Norvège, en Amérique, partout ; c'était le meilleur moyen d'affirmer qu'ils avaient fait des choix assumés. La preuve de leur liberté, qui se traduisait par le courage de s'engager sur un chemin dont ils savaient dès le départ qu'il serait difficile, exigeant, et qu'il ne leur rapporterait pas d'argent. Ce choix n'était pas rationnel : ils n'auraient ni gros salaire, ni retraite confortable, ni beaucoup de vacances. Les *mushers*, c'étaient un peu les artistes de la classe ouvrière, comme les snowboardeurs dans le monde du sport. C'étaient des gens cool qui aimaient les soirées où l'alcool coulait à flots et où l'herbe ne manquait pas.

— C'est super de conduire des chiens aussi bons, dis-je en débarrassant la table.

— Voilà ! On se reposera quand on sera morts !

— Mon grand-père Manu n'arrêtait pas de le répéter. Il est parti jeune.

Matti rigola. Il me tapa sur l'épaule avec son poing avant de se diriger vers la porte.

— On se retrouve au chenil dans un quart d'heure. On verra de quoi ils sont capables nos gentils loups !

Des dizaines de pattes galopaient en rythme sur la neige, les patins du traîneau sifflaient. Seule la silhouette sombre de la horde en mouvement se dégageait de l'obscurité. Un monstre attelé, voilà ce qui me traversa l'esprit, ou une machine de trait à dix cylindres. Pour distinguer la piste qui passait dans le lit de la rivière, il fallait fixer les bas-côtés. Heureusement, les chiens avaient une meilleure vision de nuit. J'apercevais au loin le faisceau de la lampe frontale de Matti, mais je ne voulais pas allumer la mienne avant la forêt. Quelqu'un dans les maisons près du rivage risquerait de me voir et de penser: ah! c'est ce taré. De plus, la lumière se réfléchirait sur le manteau neigeux et me ferait mal aux yeux. L'obscurité me plaisait le soir. En revanche, l'absence de clarté en journée était difficile à supporter.

La nuit polaire était arrivée en même temps que la neige et les touristes. Des groupes se déversaient des bus, des taxis et des voitures de location. Ils étaient enthousiastes et bruyants, et au début, leur joie m'avait presque contaminé, jusqu'à ce que je réalise que le tohu-bohu ne ferait qu'empirer au fil de l'hiver: on recevrait de plus en plus de monde. Matti allait et venait dans la cour, m'obligeant à courir partout, moi aussi.

Des groupes se succédaient, tous débordant d'entrain, comme s'ils avaient avalé des excitants, à part ces quelques individus qui avaient toujours à redire, quoi qu'on fasse; qu'on leur offre des fraises en plein hiver ou qu'on les évente avec une feuille de palmier! Parfois, je brûlais d'envie de leur donner un coup de binette, mais bien sûr, il était hors de question que moi, Samuel, fils de Raimo Somerniva, je me laisse aller de la sorte. J'étais à leur service, je les rassurais calmement et avec le sourire, nous trouverions une solution, tout le monde serait satisfait, pour ensuite me remettre à courir, à travailler comme un dératé, stupéfait de ce rythme effréné. Ces gens étaient tous fous à lier ! Étais-je le seul à avoir remarqué que la nuit était tombée ? Pendant la nuit, on était censés dormir !

Nous vivions dans un congélateur dont le couvercle était verrouillé, mais cela n'empêchait pas la venue des touristes. On leur avait dit que c'était ça, la Laponie, et ils refusaient d'ouvrir les yeux pour juger par eux-mêmes. On leur avait dit que c'était le pays du père Noël, et ils l'avaient gobé sans protester, comme des enfants en bas âge à qui on pouvait faire croire n'importe quoi ; il suffisait que le paysage soit enneigé. Ils imaginaient qu'ici, on vivait dans la nature, qu'on en était partie intégrante, quand bien même ils avaient vu les robinets d'eau chaude, les supermarchés débordant de fruits et autres délices, les terres ravagées sur les bords des routes, les barrages obstruant d'immenses fleuves ; toute cette modernité.

Les touristes pensaient que les chiens de traîneau constituaient une méthode de transport traditionnelle, alors qu'ils avaient été importés d'Amérique. Avant, on se déplaçait grâce aux rennes ou aux chevaux, les chiens ne servaient que pour la chasse et pour garder la maison. Il aurait été impossible d'en entretenir en grand nombre : comment les aurait-on nourris ? Ici, pas de milliers de saumons venant pondre dans les fleuves comme en Amérique du Nord, et on n'a pas d'océan avec d'abondantes ressources en poissons, en phoques et en baleines. Le renne est mieux adapté, il se contente de peu et trouve lui-même de quoi manger sous la neige.

Les chiens de traîneau sont un caprice moderne, un loisir sympa, comme si on avait ramené l'Amérique ou la Sibérie en Europe. Les huskys avaient été importés parce que beaucoup d'adolescents avaient lu des livres sur Baldy, sur Helge Ingstad et ses aventures de trappeur au Canada, sur Leonhard Seppala et la course au sérum, ou sur d'autres *mushers* victorieux. Plusieurs d'entre eux avaient plus tard acheté des chiens puis s'étaient installés dans le Nord où la neige ne manquait pas. Le nombre d'animaux grandissant, les *mushers* avaient commencé à se demander comment les nourrir et les entraîner de manière plus économique, car l'argent et le temps faisaient défaut. C'est ainsi qu'ils avaient inventé le tourisme de chiens de traîneau et fait d'une pierre deux coups. Une aussi grosse arnaque que le père Noël, qui marchait étonnamment bien !

Je regardai mes huskys. La ligne de trait se tendait, les patins crissaient dans les sillons durcis sous mes pieds, autour de moi se dessinait la silhouette endormie de la forêt enneigée. J'avais choisi le même chemin que Matti et ses semblables, mais était-ce vraiment ce que je voulais ?

Je songeais à une balade comme celle-ci depuis des années. Mais me faisait-elle plaisir en ce moment ? Ou aurais-je préféré être allongé dans mon sac de couchage, dans ma chambre rafraîchie par des bourrasques de neige ?

Difficile à dire.

Dans mes rêves, j'avais tout vu : les expressions des chiens, les queues qui remuaient, la ligne qui se resserrait, le regard consentant du leader. J'avais tout anticipé sauf le quotidien. C'était ça, les rêves. Le plaisir y était exagéré, le malheur minimisé.

D'un autre côté, il suffisait que mes pensées frôlent la mine ou qu'elles s'attardent dans les pièces de la maison muette de mon enfance pour que je me rende compte que je nageais dans le bonheur. Ma route était froide et même gelée, mais c'était la bonne.

Matti tourna vers la rive et disparut dans les ombres de la forêt. J'allumai ma lampe et la machine de trait devant moi se retransforma en chiens au pelage couvert de neige fine, au-dessus desquels tournoyaient les premiers flocons de la tempête. Les pâles contours du paysage de la rivière se fondirent dans la lumière.

MARS 2009

Le ciel du soir colorait en rouge la cabine du Hilux: les sièges, la courbe du volant ainsi que le sac en tissu rectangulaire, posé côté passager, qui contenait un fusil de chasse usé.

"J'y vais", avais-je promis à Matti avec suffisance sans comprendre ce à quoi je m'engageais.

Le Norvégien, Trond Pettersen, avait visité la ferme à son retour de l'*Arctic Barents Race**, une compétition importante, où Matti avait réalisé un sans-faute. Mille deux cents kilomètres de course, que du bonheur, la médaille d'argent en récompense, puis retour à la maison avec un sourire fendu jusqu'aux oreilles. En revanche, Pettersen, la légende vivante, avait manqué son coup. Il avait dû ramasser ses huskys dans le panier l'un après l'autre, et cinquante kilomètres avant l'arrivée, il avait été contraint d'abandonner. Autour d'un café chez Matti, le Norvégien grimaçait de son visage bouffi par le vent et se plaignait de tout. Un de ses chiens boitait, deux autres avaient la diarrhée. *Helt dårlig.* "Quelle galère."

* Course arctique de Barents.

Ensuite, Pettersen était monté dans son 4x4 pour se diriger vers son fjord. Au bout de quelques heures, Matti s'était précipité dans ma chambre, hors d'haleine, pour me dire que Trond avait perdu des chiens. La trappe de la caisse de transport avait été déchiquetée, deux jeunes mâles s'étaient enfuis.

— Ils sont quelque part entre chez nous et Luulaja.

— Mais c'est pas possible, avais-je dit à Matti en me redressant sur mon lit.

D'étranges images se bousculaient dans ma tête. J'avais dû m'assoupir un instant. Matti m'avait répondu que tout était possible si on passait suffisamment de temps avec beaucoup de chiens. Il était déjà arrivé, par exemple, qu'un husky dans la force de l'âge s'étouffe en mangeant un saucisson balancé par un touriste ou qu'un autre, attaché à un câble de course, soit retrouvé pendu par le cou dans la cage de sa voisine le lendemain matin.

— Le chaud lapin a voulu rejoindre une copine en chaleur, mais le câble n'a pas suffi.

J'avais proposé de partir à la recherche des chiens, jubilant à l'idée de quitter mon camp de travail. Je me voyais rouler doucement à travers les villages de l'Ouest en profitant du début du printemps, mais le fusil avait tout gâché. Matti me l'avait tendu au moment du départ.

— Il vaut mieux que tu prennes un fusil. Ce ne sera pas joli joli, mais au moins ils ne souffriront pas longtemps.

Il pensait au bien des chiens. Personne ne pensait à moi.

Avec mon Hilux, je traversai des terres ravagées, où les racines des arbres abattus pointaient hors de la neige comme des arcs. Je croisai des pépinières aux rangs serrés et des pins aussi imposants que solitaires.

Je ne voulais pas tuer les huskys blessés. Je ne savais pas si j'y arriverais. Pourtant, il le faudrait. La vitesse était limitée à cent kilomètres sur cette route. Un animal ne pouvait pas tomber d'un véhicule sans que son corps en pâtisse.

Pendant ma deuxième semaine de travail, j'avais vu pour la première fois comment on achève un chien. Matti m'avait dit de le suivre au cimetière commun des chenils qu'on appelait "Bosnie". C'était une ancienne carrière de sable où il était facile de creuser. D'après Matti, il valait mieux que je comprenne dès le départ comment tout se terminerait. Peut-être avait-il voulu me tester, je ne sais pas, mais l'aisance avec laquelle il avait donné la mort m'avait impressionné.

Il n'avait absolument pas hésité. Il avait accompagné la chienne jusqu'au trou, puis posé par terre une gamelle en plastique avec un peu de nourriture. Quand Samantha avait commencé à manger en remuant joyeusement la queue, Matti avait collé son pistolet contre sa nuque et avait tiré.

Ça avait fait *pschitt*. La cervelle, le crâne et les poils avaient sans doute atténué le bruit. Samantha s'était agitée pendant un instant. Puis sa langue était sortie et les narines s'étaient mises à saigner, ses yeux fixés au loin. Matti avait observé sa chienne, les épaules voûtées, comme vidé de son énergie, avant de déclarer que tout s'était bien passé.

Samantha avait eu quatre ans pour se transformer en chien de traîneau, mais elle n'avait pas appris à aimer la piste. Elle n'était jamais devenue un husky; ce n'était qu'un chien ordinaire. Voilà pourquoi elle avait été abattue.

Dans les livres, on ne parle pas de ces choses-là. Dans les histoires, les *mushers* piégés par des tempêtes mangent leurs huskys pour survivre. Certaines tribus arctiques écorchent des chiens pour fabriquer de leurs peaux des vêtements chauds. Mais ce n'était pas la même chose. Nous aurions eu de quoi nous nourrir et nous vêtir même en laissant à Samantha la vie sauve. Mais le business ne supportait pas les frivolités. Le business était impitoyable, pire que la famine.

Une pancarte bleue annonçait une nouvelle commune, un nouveau monde. Le paysage changea si subitement que je ralentis. La forêt paraissait différente. Les pins étaient robustes, leur peau épaisse et craquelée comme celle des éléphants. Des sapins maigrichons et fatigués se dressaient sur les rives des marais qui s'étendaient sur plusieurs kilomètres. Elle était si peu dense qu'on aurait pu s'y déplacer avec un attelage, rien à voir avec celles, broussailleuses, qui entouraient la ferme.

Je passai par un village constitué de deux maisons situées en bord de route et d'un panneau piqué au sol indiquant son nom. La première bâtisse était faite de rondins de pin rougeâtre et la seconde était plus ou moins identique, hormis la couleur : le bois était devenu gris en se desséchant. Des cheminées en brique s'élevaient des nuages de fumée blanche, comme des piliers en marbre, et sous les avant-toits des dépendances pendaient des morceaux de viande noire, qui se balançaient dans la brise.

Les maisons furent suivies d'une forêt ondoyante, qui semblait interminable, puis d'un nouveau village. Les murs des demeures étaient couverts de neige jusqu'aux fenêtres, les jardins n'avaient pas été déblayés. De vieilles bagnoles étaient garées sur le bas-côté de la route, où on leur avait creusé des places de parking. Des chemins étroits les reliaient aux maisons.

Sur la route ou dans leurs jardins, les gens s'arrêtaient regarder mon véhicule comme un miracle. Parmi eux, des enfants, petits morveux en combinaisons élimées, qui construisaient des igloos. Certains faisaient de la luge sur la berge, leurs cheveux, blonds et emmêlés, flottant autour de leurs bonnets. Quand ils me repéraient, ils interrompaient leur jeu pour me fixer d'un air si impassible que je me demandais s'ils avaient un visage.

J'avais l'impression de remonter dans le temps. C'étaient des villages oubliés. Il y avait de la pauvreté, mais aussi beaucoup de vie. Contrairement à l'Est, ou à ma région d'origine, ces villages reculés étaient habités. Aucune maison n'était envahie par la forêt. Je vis des moutons près des dépendances et des poules qui pointaient leur tête dans le soleil printanier par la trappe du poulailler. Des tas de fumier dégageaient de la vapeur. Des chiens, des spitz finlandais, des chiens d'ours et de simples bâtards jappaient dans les cours. Quelqu'un avait accroché des peaux de renne sur un mur pour les sécher.

Des piquets signalant l'emplacement d'un filet de pêche ou d'un hameçon à ressort zigzaguaient sur tous les plans d'eau et des barques goudronnées, dégagées de la neige, reposaient sur les rives, leurs quilles brillant à la lumière. Ces villages me faisaient penser aux pins tordus du mont Ounasvaara sur lequel j'avais grimpé en route vers le nord. La vie y était fragile, mais tenace.

Le panneau indiquait : YLITORNIO. À l'approche du carrefour, je mis le clignotant gauche et je ralentis. Mon regard se fixa sur l'accotement.

Qu'est-ce que c'était ?

Je me garai et courus voir.

Et si c'étaient eux ?

Je m'arrêtai, essoufflé. Le froid me mordait les oreilles et le bout du nez.

Dans le fossé, au niveau du croisement, la neige était remuée.

Je suivis les traces des chiens. Ils avaient couru vite en essayant de rattraper le véhicule, leur meute. Nanok et Inuk – c'est ainsi qu'ils s'appelaient d'après Matti – semblaient en pleine forme.

J'étais déçu de moi-même. J'avais encore laissé le gouffre m'envahir. Je n'avais pas imaginé une seconde que les chiens pourraient être indemnes. Quand Matti m'avait donné le fusil et une poignée de cartouches, j'étais certain de devoir m'en servir. Ce n'était pas digne d'un *musher*, les idées noires venaient des entrailles de la terre.

Dans les galeries de la mine, tout allait mal et de travers, il y avait toujours quelque chose à redire au sujet des équipes, des pauses, du plafond qui gouttait, du nouveau chef, de l'ancien chef, du PDG du groupe ou du salaire, qui pourtant n'était que trop élevé compte tenu de la simplicité des tâches – en réalité, ce n'était pas le travail qui était récompensé, mais la souffrance, la vie gâchée. Rien n'était positif, parce que la culture ne le permettait pas. En rentrant, les mineurs fatigués, épuisés, rapportaient cette ambiance chez eux, et elle finissait ainsi par engloutir toute la ville, chaque foyer. Elle m'avait atteint, moi aussi, l'enfant né dans les puits de mine.

Il fallait que je change et de préférence tout de suite. Un *musher* qui remplit son traîneau d'horreurs ne s'en sortira pas. Nul ne peut transporter une telle charge.

La route se poursuivait sur l'isthme, des deux côtés duquel s'ouvraient des étendues de lacs. À cet endroit, les traces indiquaient que les chiens avaient ralenti du galop au trot, pour ensuite marquer un arrêt complet. Les animaux avaient compris que le véhicule ne les attendrait pas.

Sur la glace se distinguait la silhouette d'un pêcheur solitaire. Je décidai d'aller lui demander s'il avait aperçu les fugueurs. Mes bottes s'enfonçaient dans la neige, jusqu'à ce que j'aperçoive une vieille piste de ski de fond ; en faisant attention, j'arrivais à marcher dessus. J'avais arpenté la piste sur une centaine de mètres, quand la silhouette se leva. L'homme me regarda, ramassa son sac à dos et repartit à ski.

— Hé, attendez ! criai-je, en vain.

De toute évidence, il n'avait pas envie de bavarder.

Je remontai dans la voiture pour me diriger vers le village suivant – ce qu'avaient aussi fait les chiens. C'était un hameau érigé sur une colline étroite. Des maisons grises et modestes somnolaient collées les unes aux autres. Derrière les dépendances s'étendaient des enclos et des pâturages clôturés, au bout des granges s'entassaient des rondins à couper.

En face, vêtu d'un coupe-vent bleu et d'un pantalon en laine, un vieux s'approchait en trottineige, un couteau pendant sur sa hanche. En le croisant, je lui fis un signe de la tête puis j'éteignis le moteur. Quand je descendis, l'homme jeta un coup d'œil derrière lui, posa son engin en haut du sentier menant chez lui, glissa jusqu'à la maison et se rua à l'intérieur.

Devant la maison suivante, je vis une jeune femme habillée d'une combinaison verte et d'une paire de bottes, avec un enfant. Le bambin mangeait de la neige, une crotte de nez sur la joue, pendant que sa mère portait du foin vers le pâturage. Je sortis de la voiture et je la saluai.

— Bonjour, je… euh… cherche deux chiens. Vous ne les auriez pas aperçus ?

Elle balança le foin par-dessus la clôture pour les moutons et me fixa. Son visage était sec et gris, ses yeux fatigués. Les animaux se bousculaient en bêlant pour attraper les meilleures parts.

— Non, répondit-elle.

L'enfant tomba en avant dans la neige et se mit à pleurer. Après l'avoir redressé en position assise et nettoyé, elle se tourna vers moi :

— C'est tout ?

— Oui, enfin… si vous les voyez, appelez-nous… la ferme de Huskys… pour qu'on les récupère au plus vite.

Elle ne réagit pas. Les yeux braqués sur moi, elle souleva l'enfant dans ses bras. Je la remerciai précipitamment en reculant vers la voiture.

À l'extrémité du village s'érigeait un taudis carré avec un petit auvent en guise de véranda. Un vieillard affûtait sa hache sur le perron. Bien que voûté par l'âge, il semblait immensément grand comparé à son habitat, et je ne réussis pas à savoir s'il était réellement gigantesque ou si c'était sa maison qui était de taille ridicule.

J'éteignis le moteur et je me frayai un chemin dans la neige pour le rejoindre. Il me jeta un coup d'œil et fit “Ah”, en poursuivant son affûtage.

— Bonjour, je recherche deux huskys.

— Huskys…, répéta le vieux. On chasse quoi avec ça ?

— Ce sont des chiens de traîneau.

— Ah bon, et grands comme des diables, hein ?
— De taille moyenne, comme un chien d'élan suédois.
— Et tu les as perdus…
— Ils sont tombés d'un véhicule au carrefour du lac Raanujärvi.
— Mais ils ont survécu ?
— Oui, ils semblent en pleine forme.
— Ben non, pas vu, dit le vieux en levant son regard. Mais le monde vous les rendra.

Une journée s'écoula. Je passais d'un village à l'autre en m'étonnant du rythme de vie lent, je parlais aux locaux, du moins j'essayais. Personne n'avait rien vu ni rien entendu. Les chiens ou ma présence leur étaient indifférents. Seuls les jeunes enfants s'intéressaient à moi et me posaient des questions sur ma venue, ma voiture, mes moufles et les mots étranges que j'utilisais. Les adultes préféraient garder le silence et les vieillards, eux, répondaient à côté. Quand je demandai à un vieux, qui poussait une trottineige, s'il avait vu les chiens, il se mit à parler de la météo.

— Un temps pareil, c'est bon pour faire sécher la viande dehors !
— Vous ne les avez pas vus, c'est ça ?
— P'têt ben qu'oui, p'têt ben qu'non. Mais faudrait pas que les bourrasques tardent à arracher de l'écorce. Les pauv' rennes n'ont plus d'quoi ruminer.

Je ne réussissais pas à pénétrer dans leur monde ni même à les perturber, ne fût-ce qu'un peu, pour qu'ils m'écoutent avec concentration. Ils ne comprenaient pas ce que je racontais. Quand je disais que c'étaient des chiens extraordinaires, ils me fixaient sans réagir. Si j'expliquais qu'ils coûtaient cher, dix mille euros au moins, ils ne retenaient que le prix et se mettaient à rigoler sans me croire.

Contigu au petit supermarché délabré se trouvait un café-bar désuet, avec des chaises orange et des tables rondes sur un pied central en métal. Dans un coin étaient exposés en vente des leurres – cuillers et *mormyshkas* –, des filets de pêche, des outils de bricolage et des conserves.

Je collai sur le tableau d'affichage un bout de papier avec mon message et mon numéro de téléphone. Puis je déposai sur le comptoir un café, une brioche et une paire de chaussettes en laine qui semblaient faites main. Un joli arrière-train surgit d'entre deux rayons et se posta devant moi. Moulé dans un pantalon de randonnée rouge, il me fit penser à une pomme de Noël, ronde et appétissante. Sa propriétaire bavarda avec le vieux caissier sans menton qui ressemblait à un mammifère marin. Elle rit à sa plaisanterie sur un mec qui goudronnait son bateau en tenue du dimanche.

— Excusez-moi, mais auriez-vous aperçu des chiens par ici ? leur demandai-je.

Le mammifère marin m'observa et la jeune femme se tourna vers moi en souriant. Elle avait un visage symétrique, des lèvres pulpeuses, “amies du pénis”, comme aurait dit Kemppainen, le fils des voisins de mes parents, et dans ses yeux brillaient des flammes noires qui cramaient ma peau à travers la chemise.

— Bah ouais, j'en ai vu plein, me répondit-elle d'un ton moqueur.

Le caissier renchérit en observant que ça aboyait dans toutes les cours, le gamin ferait bien de préciser un peu. J'avais honte. Je sentais mes joues brûler.

— Enfin, je cherche…

— Ah, c'est toi qui cherches les fugueurs, s'exclama la jeune femme.

— Oui, acquiesçai-je en pensant que l'information se répandait ici aussi vite que dans la mine.

— Je ne les ai pas vus, mais passe ton numéro, il se peut que je t'appelle, dit-elle en me faisant un clin d'œil.

Le caissier se bidonna comme une otarie qui attend sa récompense en harengs et la belle gloussa de même, avant de se retourner pour payer. Le vieux tapa la somme sur la caisse, la peau flasque de son cou tremblotant de rire.

La jeune femme me céda la place. Je tendis au vieux un billet, sans attendre la monnaie ; l'incendie sur mon visage se propageait.

— Le numéro est sur le tableau d'affichage, déclarai-je en me précipitant vers la sortie.

Le passage entre deux rayons était étroit et elle dut s'écarter légèrement. Mon bras frôla sa poitrine toute douce et je sentis son parfum sucré.

Je poursuivis mon chemin vers le nord, où personne n'avait aperçu les huskys. Comme si la terre les avait avalés. Puis la nuit commença à tomber. Je roulai vers l'est, l'ombre élancée de la voiture détalant devant moi.

Les traces des chiens réapparurent loin des villages. Elles sortaient d'un bocage de sapins et traversaient la route. Je m'arrêtai pour les examiner de près. Les animaux avaient franchi le fossé d'un grand bond. Les pattes s'étaient enfoncées de vingt centimètres dans la neige. Aucun doute : les fugueurs étaient passés par là. Ils s'avançaient en pleine forêt.

QUATRIÈME JOUR

La fenêtre est tapissée de merde de mouches et de traces de pattes d'araignées. À travers, on distingue un lac avec la forêt en arrière-plan, puis un autre lac, un ruisseau, un marais et encore de la forêt. Dans toutes les directions ici s'étend une épaisse couverture forestière.

Cette cabane en rondins de bois se trouve au bout d'un sentier qui part d'un petit chemin que mon amie a baptisé *Hyssyn hyssyn**. Il mène à une route de terre en zigzag qui en rejoint une autre et enfin un village où il y a du bitume. On ne vient pas ici par hasard en se promenant. Je devrais être en sécurité, Babysitteur me l'a promis, car aux yeux de mes prédateurs, je suis une proie perdue. Mais je crains qu'au moindre indice, ils débarquent illico. Et parfois je me demande si je ne ferais pas mieux de monter un camp dans la forêt et d'attendre là-bas. Mais dans ce cas, Babysitteur ne me retrouverait pas. Je pense que je suis obligé de rester.

* Tout doux, tout doux.

J'entends farfouiller sous le lit. Je me fige, le regard fixé sur le sol. Une silhouette blafarde se précipite derrière le pied de la banquette, traverse la pièce à toute vitesse puis se cache entre le poêle et le mur. Était-ce une taupe ou un fantôme ? Je le repère à côté du coffre à bois de chauffage, assis sur ses pattes arrière comme un chien de cirque.

C'est un animal minuscule, plus petit qu'un campagnol. On dirait une hermine, à un détail près : le bout de sa queue n'a pas été trempé dans le goudron. C'est une belette, étonnamment courageuse, qui a déjà son pelage d'hiver tout blanc. Elle lève son museau noir, me fixe de ses yeux ronds, disparaît un instant derrière le coffre puis resurgit de dessous. Immobile, j'observe ses mouvements.

Mon beau-papy les appelait les hiverettes et, enfant, je lui avais demandé si, à l'été, elles devenaient des estivettes. Cela l'avait fait rire. Il avait ébouriffé mes cheveux avec son gros battoir en murmurant “Toi, t'es un petit blagueur”. Il ne ressemblait pas du tout à mon grand-père Manu ni au premier mari de ma grand-mère, Eetvi. S'il était toujours de ce monde et ici avec moi, il aurait à coup sûr une histoire sympa à me raconter, et en l'écoutant, je ne penserais pas à mes soucis.

J'aurais encore besoin de lui.

La belette s'approche de moi en courant, s'arrête devant mes pieds. Elle est cachée par mes genoux. Renifle-t-elle mes orteils ? Cherche-t-elle à faire connaissance ? Je veux la voir. Je me penche en avant. Elle pousse un petit cri, puis disparaît dans la pénombre de la banquette. Je tends l'oreille, je retiens ma respiration, mais je n'entends rien, aucun bruit. J'ignorais qu'un silence aussi profond pouvait exister. La belette est forcément sortie. Mais par où est-elle passée ? J'ai conscience de devoir la nourrir, l'apprivoiser et la baptiser. Obtenir qu'elle vienne grignoter dans ma main deviendra mon occupation principale.

Je l'appellerai Viti*. Je me demande ce qu'elle aime manger.

* Blanche.

AILA
1942

— Et toi, tu me suis comme mon ombre, dit papa pendant que nous avançons vers la barque.

Il a raison, depuis une semaine, je ne le quitte plus. Quand il va à l'étable, je trouve un prétexte pour y aller moi aussi. Lorsqu'il découpe du bois mouillé sur la rive, je le range dans le hangar. Jeudi, comme il faisait beau, nous avons ramassé ensemble les patates qui restaient encore dans le potager.

Papa m'a manqué, et il me manquera à nouveau dans peu de temps. Demain matin, il repartira à la guerre. C'est pourquoi je l'accompagne partout. Je veux revoir toutes ses expressions, comment il tord sa bouche en affûtant la hache ou plisse ses yeux en charriant Eenokki et Lauri. Je désire sentir sa transpiration après l'effort et préserver tout cela soigneusement dans un recoin de ma mémoire. En plus, j'ai quelque chose à lui dire, mais nous sommes constamment dérangés.

La Tengeliö jaillit du fond de la barque, parce que le bouchon est desséché. Papa le tape avec une rame pour l'enfoncer, mais l'eau continue à rentrer.

— Ça fera l'affaire, déclare-t-il en reposant la rame sur la dame de nage.

Puis il dirige la barque vers la jonchère à côté de laquelle nous avons jeté une palangre hier soir. Son regard est fixé au-delà du lac, il cherche sans doute les premiers signes de l'automne.

— J'ai peur que tu meures, dis-je.

— Ne pense pas à ces choses-là, ma petite Aila.

Il me promet que tout ira bien, et me demande si j'ai vu l'arbre perdre des branches.

— Ce n'est pas encore mon heure. Le sapin d'Arviitti pousse, plus beau et plus robuste que jamais, explique-t-il en m'assurant que la lettre de Väinö finira par arriver elle aussi : il est certainement dans un endroit merdique et il n'a pas un moment pour écrire.

— Et si les Russes envahissent tout le pays ?

— Et alors ? Ils étaient ici il y a pas si longtemps, et ça nous a rien fait. Nos chers compatriotes nous embêtent bien plus que les Russes.

Papa trouve que la guerre n'a pas de sens. D'abord, on a inventé les peuples. Ensuite, on a tracé une ligne dans une forêt vierge et on a décrété que certains ont le droit d'y vivre et d'autres non. À cause de ce trait, on envoie de jeunes hommes à la mort par milliers et à la radio on n'arrête pas de jacasser sur l'importance de leur sacrifice pour le pays. Papa déclare que tout ça, ce sont des foutaises et que nous, on s'en fiche de l'État. Le président, le tsar et le roi ont chacun à leur tour essayé de nous amadouer, mais les gens de la Tengeliö ont tenu bon.

— Dis, Aila, je t'ai déjà parlé de Hans des Rapides ? me demande-t-il.

— Mille fois.

— Ah bon, répond-il avant de poursuivre : Hans était un copain. Il avait un don spécial…

— Il voyait le passé et l'avenir et…

— Aila, ne gâche pas mon histoire.

— Dans un rêve, il a vu les forêts abattues, les rapides enchaînés et une immense griffe de chat qui balafrait les tourbières. À son réveil, fou de rage, il s'est dirigé vers les rapides et il a tué d'un coup de couteau le premier constructeur de barrage qu'il a croisé ; le deuxième, il l'a poussé dans l'eau. Ensuite, il a disparu tel le vent du nord à la pénombre du soir, il n'est rien resté de lui.

— C'est vrai que t'as entendu cette histoire un million de fois !

— Ou deux millions de fois.

Papa rit de bon cœur. Il saisit la ligne de pêche avec l'extrémité de la rame et me la passe. Elle frétille dans ma main. Papa avance en surveillant l'eau.

— Imagine qu'on attrape une truite.

J'enroule délicatement le fil et le pose au fur et à mesure dans une corbeille. Un brochet au ventre blanc apparaît. Papa le soulève tout en parlant. La queue du poisson s'agite, les mucus salissent la barque.

— Mais je ne t'ai jamais dit où il est passé, Hanssi, ajoute papa, ouvrant le brochet d'un coup de couteau précis.

— Alors où ?

— Comme t'as gâché mon histoire, je te raconterai ça à la prochaine permission.

Le matin, papa est égal à lui-même. Il rigole et s'affaire comme s'il partait simplement ramasser du bois de chauffage. Il fait sauter Eenokki sur ses genoux et menace d'arracher le nez de Lauri. Il glisse son pouce entre deux doigts et prétend que c'est le nez riquiqui du garçon.

Il a récupéré dans la remise, derrière les *vihta**, trois roses séchées qu'il veut emporter dans son sac à dos. Avec un air solennel, il les pose dans un bocal en verre, emballe le récipient dans un torchon et dit en plaisantant qu'il les donnera aux Russes quand ils entreront dans la tranchée en criant victoire.

Maman l'entend et se réfugie aussitôt dans le coin cuisine, où elle se balance d'avant en arrière. Elle se berce ainsi chaque fois que papa doit partir ; d'abord, pendant quelque temps, dans la maison, puis dans l'étable, assise sur son tabouret de traite entre Täplä et Valokki.

Son chagrin me gagne. En s'en apercevant, papa me prend dans ses bras, même si je suis déjà une grande fille. Il me dit de ne pas m'en faire, tout ira bien.

— Quand t'es triste, va voir l'arbre, vite ! Et triste ou pas, tu dois y aller, pour moi.

Il est passé là-bas le soir pour y poser un pot de lait caillé. D'après lui, il est toujours agréable de rendre visite au sapin d'Arviitti. On y est seul, et en même temps bien entouré : quand on raconte ce qu'on a sur le cœur, tout le monde nous écoute. Il y a le vieux Arviitti et Eevertti, Vänni et Liisi, et tous les autres qui sont partis. Et si on patiente en silence, on peut apercevoir entre les racines une porte qui s'ouvre et une charmante lutine qui en sort, habillée d'une belle veste en laine et d'une écharpe rouge.

* Bouquets de branches de bouleau utilisés pour se fouetter la peau au sauna.

— Elle est presque aussi jolie que toi, affirme papa en enfonçant son gros nez dans mes cheveux.

Pour ensuite me chuchoter à l'oreille que le sapin d'Arviitti prendra soin de nous. Qu'il y a eu pire.

— Quand tu rends visite à l'arbre, observe la rivière. Si tu l'écoutes bien, tu entendras les rapides chanter le chant de la liberté, les pins bouger au vent sur la colline et les saumons faire claquer leurs queues grandes comme des pelles dans les frayères. Il y en a un près de la rive, dans le contre-courant d'un rocher, là où le lac commence. Ma chère Aila, tu as bien constaté que sur la berge de la rivière, le rosier sauvage est encore en fleur. Il ne nous arrivera rien !

Puis il part. Il passe voir maman, lui caresse la tête, lui murmure quelque chose. Il enlace Eenokki et Lauri, me touche légèrement la joue. Je l'accompagne jusqu'au perron, et je le regarde emprunter l'allée des bouleaux. Les arbres jaunes luisent autour de lui comme des cierges. Papa réajuste son sac à dos, se retourne pour lever la main, puis s'en va. Je demeure là jusqu'à ce qu'il disparaisse de mon champ de vision. J'ai peur qu'il tombe au combat, et que cette image – son manteau gris et son bagage déchiré par un éclat d'obus qu'il a lui-même rafistolé – soit la dernière qui me restera de lui.

SAMUEL
MARS 2009

Je reculai la motoneige de la remorque. Je rangeai mon sac à dos sous le siège, puis franchis le fossé à fond de train. Je traversai la forêt de sapins en zigzaguant, et une fois sur un marais, je mis les gaz. Je m'étais levé tôt, comme un corbeau qui rejoint sa charogne avant le lever du soleil. Je riais sans retenue, à gorge déployée. Peu probable qu'on m'entende par-dessus le bruit du moteur. C'était un matin froid et limpide, la neige immaculée, fraîchement tombée, étincelait ; le printemps me gâtait. Je me sentais déchaîné, libre : il n'y avait que moi, les terres sauvages et ces deux pauvres bêtes quelque part. Leur situation était compliquée, mais j'étais en route ! Plösö, mon prof de SVT, avait raison : il faut garder espoir.

Pauli Lösönen de son vrai nom était un peu spécial : il avait eu une illumination. Un jour, il nous avait montré un diaporama de deux heures sur les espèces d'animaux disparues, les forêts ravagées et les plans d'eau pollués. Debout à côté de l'écran de projection, muet comme une carpe, il avait laissé les images parler d'elles-mêmes. Des baleines échouées sur une plage, une maman orang-outang tuée au sommet d'un arbre, un Asiatique en train de cuire la tête d'un tigre en guise de trophée, des forêts tropicales exploitées, des banquises fondues. Une fois le fond bleu de son écran Windows réapparu, il s'était raclé la gorge et avait prononcé d'un air atone tel un robot :

— Il faut garder espoir. L'espoir est la seule ressource naturelle inépuisable.

Voilà tout. Le cours était terminé.

Toute la classe en avait rigolé pendant plusieurs semaines. Plösö maîtrisait l'art de surprendre ! Nikkanen – un enfoiré – l'imitait si bien que même moi j'avais eu du mal à me retenir. Il avait vu mon rictus et avait crié :

— C'était pas mal, hein bâtard ?

— Un putain de spectacle, avais-je répondu.

Nous avions échangé de larges sourires, liés pendant ce bref instant par le comique non voulu de Plösö. À ce moment-là, je m'étais dit que je devrais rire plus. Participer aux conversations, plaisanter, ou du moins rigoler aux blagues de mes camarades de classe, même si elles étaient nulles ; je me fichais de leurs histoires de carburateurs et de pignons de mobylette qu'ils voulaient changer, ou de savoir si l'épave de la Mercedes de Väänänen pouvait se transformer en une voiture de course sur glace ou non. Si j'étais seul, c'est que je l'avais bien cherché, petite souris tristounette que j'étais.

Ébloui, je traversais des terres du Nord. Le soleil se levait derrière les arbres chétifs, colorant de rouge le monde entier. Quand j'aperçus un pin à l'écorce épaisse et à la cime plate, qui avait pris racine sur un rocher surgissant de l'eau, je songeai aux générations qu'il avait vu défiler et j'eus envie de m'arrêter pour m'incliner.

C'était le deuxième jour d'affilée sans aucun touriste étranger, le deuxième jour de liberté. Je tenais le guidon de la motoneige et respirais à pleins poumons. Pas d'odeur de merde de chien ou de viande rancie oubliée au fond des gamelles. Le quotidien de la ferme paraissait lointain, sans parler de ma famille ou du gouffre où des innocents munis d'un casque jaune étaient enterrés vivants ; tout ça, c'était de la préhistoire.

Je trouvai des empreintes fraîches à l'extrémité d'un grand marais. Ils étaient passés par là comme si de rien n'était, les deux magnifiques huskys de Trond. Je pris une tasse de thé puis m'élançai à leur poursuite.

Je roulai et roulai encore. Le soleil se déplaça de l'est au sud, demeura au zénith pendant deux heures, avant de s'écrouler à l'ouest. Mais je perdis leur trace. Ils n'étaient pas restés à m'attendre. Ils ne couraient ni sur les tourbières ni sur les lacs gelés, leurs flancs n'apparaissaient pas dans les interstices des pins majestueux près des collines. Leurs empreintes s'étaient évaporées dans les paysages immenses.

Je finis mes maigres provisions de nourriture, essayant de retrouver du courage. En remontant sur la motoneige, plus rien ne me freinait ; je fonçais à fond les ballons sur les plaines, et aussi vite que j'osais dans les zones boisées. Ma combinaison était trempée de sueur, mon casque devenait lourd. Enfin, sur un marais étroit bordé de monts massifs, je les aperçus. Ils étaient arrivés à la lisière de la forêt et trottinaient, sans aucune hâte. J'éteignis le moteur et les appelai.

— Nanok ! Inuk ! *Kom !*

Ils s'immobilisèrent pour me regarder, avant de se mettre à galoper et de disparaître à l'abri des arbres. Bizarre.

Peut-être ne comprenaient-ils pas mon norvégien ? Je repartis à fond de train.

À la tombée de la nuit, j'arrêtai ma motoneige sur un marais au bord duquel naissait une forêt étrange. Les arbres étaient sens dessus dessous. Des racines de sapins saillaient de la terre, des troncs desséchés, momifiés, reposaient en appui sur leurs frères et sœurs vivants. Les plus grands tendaient leur cime plus haut que je ne le pensais possible à cette latitude, tandis que les plus petits dépassaient à peine du manteau neigeux. Malgré la pénombre, la forêt paraissait lumineuse. Je l'entendais chuchoter : "Viens mon fils, viens."

Je n'ai pas répondu à son appel, même si j'en avais envie. Au fond de moi, j'aurais aimé poursuivre mon aventure encore un peu, mais je n'en avais plus la force. J'étais affamé. Assoiffé. J'avais mal aux poignets et aux côtes.

Avec de la neige j'allongeai le thé qui me restait, pour me réhydrater. Je n'avais plus rien à manger. Après ma boisson glacée, je secouai le bidon d'essence de réserve, jetai un coup d'œil dans le réservoir, parce que je ne faisais pas confiance à la jauge de carburant, et je pris peur. Il était presque vide. Le bouchon trembla dans ma main et c'était un mauvais signe : je n'avais pas froid.

J'étais loin. Je ne pouvais pas regagner mon pick-up à pied.

Je regardai mon téléphone. Aucun réseau, et bientôt les batteries seraient à plat. Une faible lueur se distinguait à l'horizon. Ce devait être l'ouest. Je vis la lune se lever derrière des sapins hauts et noirs. Je n'avais qu'à partir dans cette direction en me souhaitant bonne chance.

Je roulai jusqu'à ce que la pénombre se transforme en obscurité et que l'océan d'étoiles s'allume.

J'étais en sueur mais je frissonnais. À un moment, je ne sentis plus mes mains.

L'espoir me faisait tenir, ainsi que la terreur et la honte. Je songeai à la mine, aux ouvriers, à Nikkanen et sa bande, comment ces fils de putes se réjouiraient si je crevais : "Vous avez entendu ce qui est arrivé au fiston de Somer-Raimo ? Fallait pas prendre la grosse tête ! Ce pauv' bâtard était un bon à rien. Il n'avait même jamais niqué une meuf !"

Je pensai à mon père qui mourrait de honte, à ma mère, blanche comme un linge, en train d'habiller son fils pour la dernière fois. Ces images me donnèrent le courage de poursuivre.

Puis je vomis dans mon casque.

Mes sucs gastriques sortirent par le nez pour couler en cascade sur mon visage. Des glaires tièdes rentrèrent dans mon col. Je stoppai le moteur. C'était une clairière marécageuse, enfin il me semblait. Je me lavai avec la neige, puis j'essayai de nettoyer mon casque, mais mes doigts gelés refusèrent de coopérer ; il tomba et je ne le ramassai pas. À la place, je me couvris la tête tant bien que mal avec la capuche. Quand je voulus tirer sur le démarreur de la motoneige, mes mains glissèrent.

Je remis les moufles. Elles étaient froides et pleines de neige. Je sentis la brise dans mon dos. Au nord, je distinguai un nuage noir et me dis qu'il allait peut-être neiger.

— Ne m'enlève pas la lune ! criai-je au ciel.

L'étendue sauvage absorba mon cri. Aucun écho, seulement un silence persistant. Mais le ciel m'avait entendu malgré tout : le nuage se déplaça vers l'est.

Je tournai autour de la motoneige. Essayant de m'éloigner, je m'enfonçai dans la neige jusqu'à l'entrejambe et dus faire demi-tour. Je fis plusieurs tentatives en changeant chaque fois de direction, en vain. À la fin, debout à mon point de départ, j'observai les traces de mes pas dans la neige, qui ressemblaient à une étoile en papier qu'on accroche à la fenêtre pour Noël. J'imaginai ma mère en train de préparer des gâteaux aux épices, et mon père, souriant, assis en bout de table, tandis que le feu crépite dans le poêle. Ce soir-là, il ne crierait pas "putain" ni ne laisserait refroidir ses pommes de terre dans l'assiette en préférant faire la tronche dans son fauteuil.

Le nuage était revenu. Il avait seulement fait semblant de partir. La chouette n'ululait plus, la renarde en chaleur avait cessé de hurler, la lune s'était éteinte. Il neigeait. Mon histoire serait celle d'une disparition. J'étais comme Jørgen Brønlund dans sa grotte glaciale au Groenland, à une différence près : j'étais inutile. Lui était allé là-bas pour la science et avait perdu la vie pour une bonne cause. Il s'était rendu sur les banquises arctiques avec deux amis et une centaine de chiens, finissant par mourir seul. Il n'avait eu aucun engin pour l'aider, contrairement à moi, qui n'étais que trop équipé. J'avais un moteur que j'aurais pu démarrer si j'en avais eu la force, un téléphone que j'aurais pu utiliser pour appeler les secours si je ne l'avais pas laissé au froid. J'étais habitué à vivre à l'intérieur, assisté par des machines ; trop éloigné de la nature, j'étais un homme faible.

À la fin, Brønlund avait rédigé un message : *J'ai échoué ici sous les derniers rayons de la lune, sans pouvoir continuer à cause de mes pieds gelés et de l'obscurité.** Je le sais, parce que j'ai tout lu sur lui ; lui aussi se déplaçait avec des huskys.

* Extrait du journal de Jørgen Brønlund.

Sans pouvoir continuer. C'était dit et c'était clair. Voilà ce qui lui était arrivé. Il n'y pouvait rien.

En ce qui me concerne, je n'avais ni papier, ni crayon, ni rien à déclarer. Bon, j'aurais pu écrire dans la neige, gribouiller avec un rameau le seul mot qui me trottait dans la tête : idiot.

Le gel refroidissait ma chemise mouillée, mes dents claquaient, mes orteils étaient douloureux, mais subitement je me sentis réconforté. Je n'avais plus rien à craindre. Tout s'arrangerait. Je serais couvert par un manteau blanc, là en dessous, je serais au chaud, comme les perdrix et les ours. J'y dormirais, et cette terre sauvage m'absorberait, gentiment et doucement. On dit toujours du bien de ceux qui n'ont pas eu la chance de vivre longtemps. Peut-être que ce serait aussi mon cas.

À ce moment-là, j'entendis le tonnerre et je fus stupéfait. Une tempête de neige, puis un orage, en plein hiver ! Pas étonnant que des baleines s'échouaient sur des plages, le monde était devenu complètement fou ! La lune courait à l'horizon telle une furie, suivie d'une étoile rouge, une supernova épuisée. Ces phénomènes célestes me suffisaient comme signe : j'étais un faon d'élan abandonné dans la neige, un lièvre à la patte cassée et un poussin de grand tétras boiteux, en voie de me transformer en forêt. J'étais arrivé à destination.

AILA
1944

Les Boches ont tué notre chien Siru dans la cour. Son pelage est couvert de givre. Son cadavre desséché gît sur le côté, dans la même position qu'en été quand il fait si chaud que l'air tremble. Ma mère tombe à genoux, se cache les yeux de ses mains et balance son corps à droite et à gauche. Les laisses qu'elle tenait lui échappent, avec au bout deux vaches. Valokki s'enfuit dans le pré, au galop, en donnant des coups de sabot avec ses pattes arrière, comme à son habitude. Qu'elle y aille !

Täplä s'approche de Siru et le renifle. Ensuite, elle essaie de retourner à l'étable, mais c'est impossible : il n'y a plus d'étable. Elle a disparu, ainsi que le hangar et la maison. Hormis notre vieille remise, tout est détruit, en cendres. La cheminée persiste au milieu des fondations noires, son conduit pointant vers le ciel. Je trouve qu'elle ressemble à un loup captif hurlant de chagrin.

Ma mère se lève, marche dans la cour, touche Siru du bout de sa chaussure, comme si cela pouvait le ressusciter. Elle regarde le désastre, écarte les bras. Je crois que je n'ai jamais vu quelqu'un d'aussi seul. Dans la charrette, Lauri affiche une mine triste, et Eenokki vient de se réveiller. Il descend, explore les ruines. Puis il récupère dans l'ancienne entrée sa vieille pelle et se met à jouer, l'air heureux.

Lauri saute à son tour et court vers la berge. Sous la couverture de la charrette, je cherche un sac à dos, où il reste un morceau de pain acheté en Suède. Je le prends et pars à la poursuite de Lauri d'un pas déterminé. Je le retrouve assis sous le sapin d'Arviitti.

— Ça ne se fait pas trop de déranger ceux qui viennent rendre visite à l'arbre, mais je peux quand même te rejoindre ?

Lauri hausse les épaules, son regard rivé sur la rivière.

Je m'installe à côté de lui, romps le pain en deux et lui en tends une moitié. Il mord dedans. Le pauvre gamin est affamé. En silence, nous contemplons l'eau noire. Lauri plie les genoux, pose son menton dessus. Il me paraît petit et frêle tel un faon de renne sur une terre sans neige.

— C'est le plus bel endroit au monde, lui dis-je. Tu connais son histoire ? Moi, je l'ai entendue au moins un million de fois, racontée de mille manières différentes, par facilement une centaine de personnes ; et tu sais ce qui est drôle ? Toutes les versions sont aussi vraies !

J'aimerais que Lauri rigole, mais il continue à fixer la rivière, sans réagir.

— D'abord, le vieux Arviitti est venu ici en barque le long de la rivière, c'était quand il n'était pas encore très âgé. C'était une journée d'été caniculaire, il y avait peu d'eau dans les rapides à cause de la chaleur et l'air était chargé de taons. Arviitti ramait, le dos trempé de sueur. Ces contrées étaient inhabitées à l'époque. Outtieeri, le prêtre de l'expédition, lui a fait signe d'accoster tout en bavardant en français avec Hellanti*. À ce moment-là, Arviitti a levé le regard et a découvert ce lieu pour la première fois. Le paysage était féerique, comme dans un rêve, il n'avait jamais rien vu d'aussi beau. Sur la rive s'érigeait un jeune sapin solitaire, frappé par la foudre. Sa cime était plate, les branches étendues. Derrière l'arbre se dessinaient des pins en jolis bouquets, il n'y avait qu'à les abattre, les écorcer et construire sur place. Des papillons virevoltaient dans le pré à côté, et sur la berge fleurissaient des rosiers sauvages. Les lavarets gobaient des insectes à la surface de l'eau, un brochet s'amusait dans la jonchère. Avec sa barque à rames, Arviitti transportait les équipements de mesure des scientifiques sur le mont, à l'autre extrémité du lac Miekonen, puis les ramenait et passait le reste du temps à tuer des moustiques. Quand, au bout de quelques jours, ils ont redescendu la rivière, Arviitti a revu cet endroit et il a décidé qu'il reviendrait.

— Et c'est ce qu'il a fait, dit Lauri à mi-voix en se tournant vers moi. Cinq ans plus tard, après avoir parcouru un long chemin, il est arrivé sans rien d'autre dans son sac à dos en écorce de bouleau que sa hache et sa plane.

— Exactement, fais-je, ravie, en lui caressant la joue. Il n'avait que son rêve quand il est revenu, nous avons encore la remise et les animaux.

— Et le rêve aussi.

— Oui, le rêve aussi.

* Renaud Outhier (Outtieeri), dit aussi l'abbé Outhier, était membre de l'expédition en Laponie de Pierre Louis Moreau de Maupertuis, de 1736 à 1737. Anders Hellandt (Hellanti) servait de guide et d'interprète aux scientifiques.

L'air ragaillardi, Lauri observe la danse du courant au milieu des rochers. Mais moi, j'ai envie de pleurer. Que reste-t-il de ces beaux paysages ? Rien. Ce sapin. Les forêts qui bordaient les routes ont été abattues et détruites par les Boches. Même la rivière est devenue noire et effrayante, on a l'impression qu'elle peut avaler les terres qui l'entourent à tout moment. Le rosier n'a pas eu le courage de fleurir l'année dernière. Ma mère dit que c'est la faute du sapin. Trop grand, il cache la lumière.

Mon père est là-bas, quelque part. Väinö, blessé, a été hospitalisé à Tilkka, l'hôpital militaire. Cette épreuve me semble insurmontable.

Je pense au morceau de pain dans ma main. Je creuse dans la végétation au pied du sapin et l'enterre.

— Cher sapin d'Arviitti, voilà pour toi un peu de pain, c'est tout ce que j'ai. Explique-moi pourquoi tu ne nous as pas protégés.

SAMUEL
MARS 2009

Assis à la table de la ferme, j'observais ma tasse de lait, décorée de troncs d'arbres blancs et flous, qui ressemblaient à ce qu'on voit quand on traverse une forêt de bouleaux à motoneige en roulant si vite qu'elle soulève un panache de neige poudreuse. Je fixais mes mains qui la serraient, celles minuscules et écarlates d'un raté, parce que je n'osais pas regarder Matti et Sanna.

Je venais de leur raconter mon aventure. À la suite de mon récit, un long silence s'était installé. Je tripotais la tasse en espérant qu'ils me crieraient dessus, hurleraient tout ce qu'ils avaient sur le cœur, ou alors qu'ils laisseraient tomber et diraient "ça arrive". Si je me faisais tout petit, ils se lèveraient peut-être, s'assiéraient sur le canapé du salon devant le journal télévisé et oublieraient mon ânerie, voire mon existence.

Le micro-ondes bourdonnait, l'odeur du pain de seigle décongelé remplissait la pièce. Le silence pesait sur mes épaules, et j'avais l'impression que je me tassais : que mon menton se rapprochait peu à peu de la surface de la table, et qu'en même temps, mes orteils se décollaient du sol. Je me rétrécissais, redevenais enfant, le petit garçon qui avait volé les œufs bariolés dans le nichoir du voisin, qui s'était fait prendre et qui à présent trépignait sous le regard de ses parents en bredouillant qu'il les avait trouvés trop beaux, comme ceux de Pâques, emballés dans un papier de soie.

Les visages de Matti et Sanna s'étaient assombris au fur et à mesure que mon histoire avançait, et je m'étais senti vraiment stupide. Surtout que je ne leur avais raconté qu'une partie. J'avais expliqué que j'avais eu des nausées, sûrement un début de grippe gastrique, et qu'il me restait tout juste assez d'essence pour regagner la route. J'avais omis de leur dire que j'avais été ramené dans ce monde par un orage. En fait, il m'avait fallu un moment avant de comprendre que le vrombissement que j'entendais provenait en réalité d'un poids lourd qui passait sur la route, celle-là même où j'avais garé le Hilux. Je gelais à mort juste à côté du salut ! Et comme cela n'avait aucun sens, je m'étais forcé à me frayer un chemin à pied pour rejoindre le pick-up. J'avais fait tourner le moteur pour réchauffer l'habitacle et, peu à peu, je m'étais dégelé suffisamment pour retrouver ma capacité d'agir. En tremblant de froid, j'étais revenu sur mes pas, j'avais démarré la motoneige en hurlant de douleur, car mes doigts étaient toujours glacés, et l'avais conduite jusqu'à mon véhicule.

Je n'avais rien dit non plus des monstres qui avaient envahi mon esprit, mais j'avais l'impression que Matti avait tout deviné. Quand j'étais arrivé dans la cour de la ferme, vaincu par la forêt, il m'avait observé un instant et avait dit : d'accord. Des ordres s'étaient succédé : d'abord au sauna, ensuite à table. Mets tes affaires à sécher, pense à boire.

Assis sur les gradins, dans la pénombre du sauna, j'avais frotté mes doigts douloureux dans lesquels le sang revenait doucement. En fermant les yeux, j'avais revu les marais enneigés, leurs bords décorés d'empreintes de chiens qui ressemblaient à des perles, les arbres gigantesques qui se penchaient sur moi, le ciel qui devenait bleu foncé, menaçant. Je m'étais rappelé ma solitude, mon impuissance et, brusquement, les sanglots m'avaient saisi comme une quinte de toux.

Pour la première fois, j'avais frôlé la frontière. Je m'étais approché de l'eau noire, dont les habitants étaient inconnus des vivants. J'aurais pu mourir. Disparaître pour de bon.

Le micro-ondes sonna. Matti apporta à table les tranches de pain décongelées. Il se racla la gorge.

— Mais qu'est-ce que t'es allé foutre là-bas, tout seul ? Dans une forêt pareille ! T'as même pas le droit d'y rouler !

C'était le début des réprimandes. Sanna râlait, ils avaient été très inquiets : comment avais-je pu leur faire ça, partir aussi loin sans rien dire et en plus laisser mon portable s'éteindre !

— Je t'ai appelé au moins vingt fois !

— Tu aurais dû nous prévenir. Putain, merde, c'est la règle numéro un, sermonna Matti.

— Je pensais que je les trouverais… que ça serait une belle surprise.

— Pour la surprise, c'est réussi ! Ça a failli faire un scoop : "Le jeune *handler* de la ferme de huskys mort d'hypothermie", dit Sanna en dessinant dans l'air le titre de l'article du journal.

— Je ne pensais pas que…

— Il serait temps que tu t'y mettes, à penser ! grogna Matti.

Il entra dans le salon et s'appuya sur le canapé en soufflant longuement. Quand il revint, il parla d'une voix plus posée.

— Aucun chien ne vaut ça. Il faut respecter la forêt.

— Mais je la respecte, protestai-je.

Ce à quoi il rétorqua :

— Mon cul ! Tu dois comprendre que tu seras inévitablement le plus faible. La forêt est plus grande que l'homme, elle l'a toujours été. C'est pourquoi t'as intérêt à tout bien préparer.

Puis il me raconta une histoire.

— Une fois, pendant la course de Finnmark, j'ai été surpris par une tempête de neige. J'étais en bonne position juste derrière la tête du peloton et je ne voulais pas m'arrêter. Mais le vent forcissait, les flocons frappaient l'attelage comme des petits cailloux. J'ai été obligé de monter un camp, de prendre soin des huskys et de m'abriter.

Il m'expliqua qu'il avait enfilé aux chiens leurs manteaux, retourné le traîneau et creusé à côté un trou dans la neige. Ainsi, à l'abri du vent, il avait pu faire fondre de la neige pour abreuver les bêtes. Une fois désaltérée, la meute s'était couchée. Matti avait appelé les chiens de tête à ses côtés, il avait mangé rapidement et s'était glissé dans son sac de couchage. Puis il avait attendu. Quatorze longues heures plus tard, une petite éclaircie était apparue dans le ciel.

Et il était reparti. Il avait saisi sa boussole pour s'orienter, pour ensuite laisser Pete guider, car il savait que le husky serait capable d'éviter les corniches dangereuses et qu'il trouverait une éventuelle piste même sous la neige. Le soir, ils étaient sortis d'affaire.

— Si je ne m'étais pas préparé pour la tempête, si j'avais forcé le destin ou si j'avais paniqué, l'histoire se serait mal terminée. Tu comprends ? dit-il, essoufflé.

J'acquiesçai, d'une voix qui devait être presque inaudible.

— Dans cette zone sauvage, il n'y a ni routes ni aucune habitation. Personne pour t'aider. Et de toute façon, comme je te l'ai dit, ce ne sont que des chiens. Les chiens vont et viennent. Si les deux huskys meurent, tant pis.

— Ils ne mourront pas, fis-je, revigoré.

Matti plissa les yeux en souriant. Il me tendit l'assiette de pain, et je beurrai une nouvelle tartine.

— Tu n'as pas besoin de continuer tes recherches, annonça-t-il.

— Mais je veux continuer !

— Pourquoi ? Ils ne sont pas à toi.

— Ce sont des chiens superbes, expliquai-je pour éviter de dire la vérité.

J'espérais réparer mes erreurs, montrer que j'étais capable de faire mieux. Et il n'était pas question que ce printemps je passe un jour de plus dans le mélange de neige fondue, de merde et de pisse du chenil.

— Mais tu ne peux pas t'y rendre à motoneige.

— Et pour quelle raison ?

— Personne ne le fait.

— Comment ça ? m'étonnai-je en me rendant compte à cet instant que je n'y avais vu aucune trace de véhicules motorisés.

— Il te faudrait une autorisation, et de toute façon, les locaux ne le font jamais. Même leurs rennes, ils les rassemblent à ski.

— Alors comment je vais faire pour les récupérer ?

— Eh ben, tu skies, répondit Matti, hésitant.

— Mais pas question d'y retourner seul, intervint Sanna. Je savais qu'on n'aurait pas dû te laisser partir là-bas sans t'accompagner. Ce sont des contrées dangereuses.

— Mais si je garde mon téléphone bien au chaud…

— Personne ne devrait y aller seul ! Il y a des rumeurs qui courent, dit Sanna d'un air grave, surtout à elle-même. Ce n'est pas sans raison si nous, ici, on a la cour remplie de touristes, mais que personne ne se rend sur ces terres. Enfin, à part quelques têtes dures qui vont pêcher dans les rapides en été, mais c'est tout.

— Elle n'a pas tort, approuva Matti. Je te trouverai un camarade.

Je voulus le remercier, mais aucun mot ne sortait. Je voulus sourire, sans réussir à produire autre chose qu'une grimace. Nous avions en liberté deux chiens d'Alaska, entraînés pour une course de mille miles, qui évitaient l'homme, et on me proposait de les rattraper à ski !

Ça ne donnerait rien. Ce ne serait même pas la peine d'essayer, mais après ce qui venait de se passer, je ne pouvais pas refuser.

J'avais perdu la confiance de Sanna et de Matti. Ils me maternaient. J'étais redevenu un gamin qui a besoin qu'on s'occupe de lui, parce qu'il est encore trop jeune. Celui à qui il faut rappeler dans quel ordre harnacher les chiens, qu'il est important de bien fermer le loquet de la cage de Sissy, parce que mademoiselle est un vrai Houdini.

Matti et Sanna pensaient qu'il me fallait un babysitteur. Je tendais mon bras vers ma tasse de thé, mais il n'était pas assez long. Je remuais les jambes sous la chaise ; mes pieds ne touchaient plus le sol.

Une fois les tartines avalées, Matti démarra la cafetière. Il prit sur le plan de travail un biscuit roulé industriel, ouvrit l'emballage avec un couteau à pain mal aiguisé et coupa trois parts. Sanna m'observa en réfléchissant, avant de s'emparer du journal et de s'y plonger. J'eus l'impression qu'elle voulait me pardonner.

Matti posa le biscuit roulé sur la table avec un sourire en coin. Il était redevenu égal à lui-même. Il dit que tout finirait par s'arranger, la traque des chiens et tout le reste. En sifflotant, il ajouta que je n'avais aucun souci à me faire, je n'avais qu'à prendre un petit café et ensuite : au lit ! D'ailleurs, quelle étrange tradition que ce café du soir. Puis Matti fila dans le salon pour revenir avec son ordinateur portable.

— On va regarder d'où viennent ces chiens.

Il tapa *stamtavla.no* dans le navigateur et effectua une recherche avec le nom Nanok.

— On connaîtra aussi la famille d'Inuk. Trond m'a dit qu'ils ont le même père et que leurs mères sont sœurs, expliqua Matti.

Il y avait toute une liste de Nanok, mais un seul avait la bonne année de naissance. Donc c'était lui, on apprendrait d'où venait le husky blanc.

Trond avait ajouté une photo de Nanok dans la base de données. Beau et vigoureux, il était debout et portait un harnais. Sa position, légèrement penchée en avant, témoignait d'une envie d'y aller et d'une grande force. Il était bien haut et plus robuste que la moyenne, du type *wheel dog*, chien de roue. En dessous de son pelage clair se distinguait un corps parfaitement entraîné. Les oreilles étaient un peu pendantes, le poil long, mais pas aussi épais que chez les spitz arctiques. Les côtes étaient visibles comme c'est toujours le cas avec les chiens marathoniens bien affûtés.

— Putain, il est magnifique, soupira Matti.

— Mignon, dit Sanna qui regardait l'écran par-dessus l'épaule de son mari.

Je ne dis rien, j'en étais incapable. Je fixais la photo. Nanok avait quelque chose de plus. Il incarnait à la fois Buck, Croc-Blanc et Togo.

Matti s'approcha de l'ordinateur pour scruter la généalogie, des dizaines de chiens avec les noms des éleveurs indiqués. Il poussait des "waouh".

— Mais regardez un peu, putain… ces bêtes sont des stars !

— Comment ça ? demandai-je.

Matti expliqua. Le père de Nanok, Henri, était le roi des pistes scandinaves. Sa mère, Kara, descendait des plus grands alaskan huskys du monde. Ratata, la mère de Kara, était issue des meilleurs chiens de Mark Buser, un *musher* américain légendaire, et de Fearles qui avait couru dans l'une des équipes gagnantes de l'Iditarod, course sur mille miles.

Moldy, le père de la mère de Nanok, était élevé par Doug Swinley, quadruple gagnant de l'Iditarod. Moldy faisait partie de son attelage victorieux en 1999.

Matti parcourait la généalogie, racontait tout ce qu'il savait. Je l'écoutais, suspendu à ses lèvres, j'en oubliais presque de respirer. Sanna nous resservait du café, pendant que nous voyagions, les tasses à la main, en Alaska et au Yukon. Nous voyions Buser encourager ses chiens dans les cols de montagne, Swinley foncer le long du fleuve Yukon, peau tannée et capuche couvertes de givre.

Des générations de chiens se succédaient. L'histoire de l'alaskan husky, issu de plusieurs races, s'ouvrait devant nous. Il y avait Sammy Joe, dont le père était un border collie et la mère, Lisa, un setter anglais au corps svelte. Nous avons aussi trouvé Mishall, un saluki mâle rapide comme le vent.

— Un saluki, forcément ! s'écria Matti.

La soirée s'écoulait. À un moment, Sanna annonça qu'elle allait se coucher, mais nous n'étions pas prêts à décrocher, alors que même la pendule semblait avoir sommeil. Elle ne sonnait plus qu'un coup à la fois. Matti nous servit du whisky dans nos tasses.

— Pour nous réchauffer.

C'était chouette de bavarder. Seuls mes doigts douloureux me rappelaient encore ma journée horrible.

Dans le tableau généalogique, nous découvrîmes Sabrina, chien du Groenland. Nanok avait donc du sang inuit.

Puis nos yeux repérèrent Quick, un alaskan husky, dont l'éleveur était un certain G. Attla.

— George Attla ! s'exclama Matti en riant.

Attla appartenait au peuple athabascan et venait de Huslia. Malgré son corps affaibli par la tuberculose, c'était un *musher* imbattable. Les descendants de ses chiens faisaient partie des meilleurs alaskans du monde.

Nous découvrîmes Gareth Wright et ses auroras. C'étaient des huskys de couleur claire issus directement des "setters volants" aux oreilles pendantes de Scotty Allan.

— Tu as entendu parler de Baldy de Nome ? demanda Matti soudain.

— Oui, pourquoi ?

— Ces deux chiens sont ses descendants.

Je me levai d'un bond, ma chaise bascula, et je me précipitai vers l'évier. Après avoir rincé ma tasse sous le robinet, je la remplis d'eau glacée. Deux fois. J'avais soif tout à coup. Penché au-dessus du bac, je respirais lourdement. La chaleur me monta dans le cou puis dans les joues, mon cuir chevelu se mit à gratter. Je dus me mordre la lèvre pour me ressaisir.

Ça ne pouvait pas être vrai. C'était tout simplement impossible.

Dans les veines de ces chiens coulait le sang de Baldy.

CINQUIÈME JOUR

C'EST le quatrième soir que je passe à la cabane. Ou peut-être le cinquième ? Le temps se comporte bizarrement, j'ai l'impression qu'il stagne, puis tout à coup, c'est de nouveau le soir.

Aujourd'hui, je n'ai pas fait grand-chose. J'ai seulement existé et respiré, tantôt en prenant une profonde inspiration, tantôt en vidant complètement mes poumons. Deux fois, j'ai retenu mon souffle en comptant jusqu'à cent cinquante. J'aurais pu aller encore plus loin, je n'étais pas près de tomber dans les pommes, même si j'en rêvais. Le dioxyde de carbone est une drogue parfaite. D'ailleurs, je me demande pourquoi il est si sous-estimé. Peut-être parce qu'il est gratuit. Il apporte une sensation de détente, on a la tête qui tourne et, pendant un instant, on ne se rappelle plus ni où on est ni pourquoi on se faisait du souci.

L'après-midi, pour changer, je me suis assis de l'autre côté de la table. À présent, le plan de travail est derrière moi et la banquette devant. Dessus se trouvent un matelas fin, un oreiller poussiéreux et un plaid en boule. Je laisse mon regard longer les creux entre les rondins, de droite à gauche, de gauche à droite, une rangée à la fois, du haut vers le bas.

Il y a huit rondins au-dessus de la banquette. En dessous, il semblerait qu'il y en ait quatre. Peut-être cinq. Ce qui voudrait dire que Matti avait raison. Cet été, je l'ai aidé à tailler une armature pour le *kota* où il reçoit des touristes, et il m'avait parlé de la construction en rondins. C'est son boulot d'été. Il a fait lui-même tous les bâtiments de sa ferme et, parfois, il prend des commandes. Il m'a dit que pour un sauna ou une petite cabane, douze rangées suffisaient, même quand les rondins n'étaient pas très gros. Il a aussi blablaté sur des futilités. De ce chantier, je garde en mémoire la douceur des journées estivales, l'odeur du bois frais et le visage bronzé de Matti où il n'y avait du blanc qu'au creux des rides.

La cabane est faite de rondins très fins. Et les encoches sont si mal taillées qu'on a dû boucher des trous avec des morceaux de journaux. Ce qui explique pourquoi il fait aussi froid. Quand le poêle s'éteint, le vent d'automne s'incruste sans scrupule.

J'hésite à prendre le plaid pour me couvrir. Et le sac de nourriture pour chiens, coincé derrière le coffre à bois, serait pas mal sous mes fesses. J'y réfléchis les bras croisés ; aujourd'hui je n'ai pas envie de me précipiter. Je n'ai envie de rien.

J'attends que le froid arrive jusqu'au creux de mes aisselles et que mes doigts frissonnent. Il a fallu une heure ou une demi-heure, impossible d'en être sûr, avec ce temps qui s'écoule bizarrement, comme figé.

Je frotte mes mains. Mon Dieu qu'elles sont superbes. Je les observe contre la fenêtre pour distinguer les détails. Les veines paraissent grosses sur le dos, tant la peau est fine. Et pourtant, elle n'est ridée qu'au niveau des articulations. Les ongles sont lisses et transparents, comme de la nacre. C'est la première fois que je regarde mes mains avec admiration et même que je prends conscience de leur existence.

Ce sont des mains parfaites, hormis deux petits défauts. Les bouts des doigts deviennent tout blancs quand j'ai froid. C'est le souvenir de mon excursion à motoneige au printemps dernier. Et sur le dos, il y a quelques petites cicatrices. J'essaie de me rappeler d'où elles viennent, en vain. Auparavant, je ne prêtais pas attention à mes mains, même quand je me blessais.

Ah, tout ce qu'elles ont fait ! Elles ont caressé des pelages de chiens dans les deux sens, l'index a été piqué par une aiguille, le majeur s'est glissé dans une femme.

Leur mouvement est discret et précis. Si j'ordonne à mon auriculaire de ramasser une miette de pain sur la table, il se pose pile dessus sans hésiter. Je peux toucher mon index avec mon pouce de centaines de manières différentes, en le frôlant, par le côté, avec force, jusqu'à me faire mal. Je peux agripper le sachet de pain de seigle vide et le froisser. Ou soulever mon portable sur la table, appuyer sur le bouton d'allumage, constater qu'il est à plat, le jeter en visant l'oreiller qui traîne sur la banquette, pour éviter de le balancer par terre. Je peux me caresser avec mes doigts, m'aventurer dans des endroits magiques, passer un bon moment.

Les mains deviennent visibles quand on doit les joindre en prière afin que la vie continue. Les doigts pressés les uns contre les autres au point de me faire mal, j'implore toutes les forces de l'univers, dont j'ai entendu parler en cours d'éducation religieuse, pour que le cercle du temps se referme et que je puisse revenir à la case départ.

Je serais prêt à supporter la ville de mon enfance. Je ne veux pas mourir.

Je décroise mes mains et serre mon poing droit. Les articulations craquent. Je rouvre mon poing et le resserre. Mes paluches n'ont pas été épaissies par des décennies de dur labeur, la peau n'est pas rêche, les cuticules des ongles sont intactes. Ce ne sont pas encore des mains d'homme; lourdes et couvertes de cicatrices, comme celles de mon père, ou rugueuses comme celles de beau-papy. Peut-être ne le seront-elles jamais.

Mon père disait toujours que, dans son enfance, l'automne commençait lorsqu'on détachait la balançoire. Après quoi, le cochon hurlait, le marteau se levait et le couteau s'enfonçait dans sa gorge. Ces moments-là, ses mains forcissaient. C'était lui qui fouettait le sang dans la bassine. "Touille, Raimo, touille, sinon ça coagule", lui criait-on. Quand tout était fini, la carcasse fendue était suspendue à une solide poutre posée entre deux bouleaux, là où avait été la balançoire.

Ses mains se sont encore endurcies lorsque, à l'âge de sept ans, il était seul à la maison. Son père, papy Manu, devait être parti à la mine et sa mère, qui sait où elle était. Elle ne se plaisait pas chez elle. C'était l'été, marqué par les mouches, un marteau de forge et deux moutons qui, ce jour-là, ont sauté par-dessus la barrière. Mon père s'est précipité à leur poursuite et la course s'est terminée dans les ruines d'une cave de terre. Les animaux qui y avaient échoué bêlaient, effrayés, et l'un d'eux avait une patte cassée. Il est passé attraper le marteau dans le hangar, s'est glissé entre les deux et a frappé. Les bêtes se sont débattues, et il y a eu plusieurs coups ratés, sur fond de pleurs hoquetants d'un petit garçon. Enfin, touché au crâne, le premier mouton s'est écroulé. Mon père a continué à cogner, jusqu'à ce que le regard de l'animal se fige et que sa langue sorte ; alors il s'est occupé du second. À la fin, le silence est tombé, et mon père est sorti de la cave en essuyant sur ses joues la morve et les larmes, fier d'avoir agi comme on le lui avait appris.

Quand un animal souffre, il faut l'aider.

Puis il y a eu cette histoire de Loimu, la Maison des travailleurs, si incroyable que mon père la racontait deux fois par an. Quelqu'un avait cassé les fenêtres du bâtiment, et les gens du coin prétendaient que le coupable n'était autre que le fils de Manu Somerniva, mon père, qui avait de l'énergie à revendre. Un peu pompette, comme d'habitude pendant ses jours de congé, papy Manu avait interrogé mon père.

— C'est pas moi, je cherchais des nids de pies, s'était justifié celui-ci et c'était la vérité.

Ce à quoi Manu avait répondu :

— Très bien.

Puis il avait pointé du doigt un gros tas de bois de taillis devant le hangar.

— Tu coupes ça et tes péchés seront pardonnés.

Et mon père avait obéi, il n'avait pas eu le choix. Il avait râlé, mais il s'était exécuté. De cette façon, en serrant de colère le marteau, la hache et le bois, ses mains sont devenues puissantes, de véritables mains d'homme, déjà bien avant qu'il n'atteigne sa taille d'adulte. Depuis lors, lui aussi a du mal à supporter la paresse et les rêveries. Il a payé le prix fort pour avoir des mains dures et il exige des autres qu'ils en fassent de même.

D'après lui, les rêveurs ne survivent pas, et si par miracle ils y arrivent, ils ne deviennent jamais des hommes, seulement des caricatures d'êtres humains ; des glaires épaisses qu'on crache en toussant. Le train de vie de mon père n'a rien de plaisant ou de confortable, parce que cela serait contraire à la nature même de l'existence. Son quotidien est l'expression d'un ras-le-bol permanent. Et s'il ne se saoule jamais comme son père et la moitié de sa famille élargie, ce n'est pas pour offrir la sécurité à sa famille : c'est parce qu'une petite soûlerie pourrait être agréable.

La tristesse essaie de se glisser sous ma chemise, me fait frissonner. Je cherche le sac de nourriture pour chien et regarde à l'intérieur : il y reste quelques croquettes. Je le vide dans une bassine en émail, le plie en deux et le pose sur le banc. Le bruit déchire mes tympans habitués au silence.

Quand je me baisse pour prendre le plaid sur la banquette, je me souviens des rondins. Quatre ou cinq rangées ? Je me mets à quatre pattes puis m'allonge complètement. Pendant un instant, je ne vois rien, seulement du noir.

Je cligne des yeux en essayant de distinguer le mur au fond. Peu à peu, j'y arrive. Il y a bien cinq rangées de rondins. Cinq plus huit, ça fait treize en tout.

J'aperçois dans un coin une espèce d'installation avec des planches brutes. On dirait un tiroir avec un rameau en guise de poignée. "La planque !" m'écrié-je, et brusquement, je me rappelle la jolie paire de fesses moulées dans un jean, le ricanement et la voix sexy, plutôt aiguë, me parvenant de sous la banquette. On n'oublie jamais les meilleurs instants de sa vie, de ce point de vue là, la mémoire humaine est parfaite ! Je me relève si précipitamment que je me cogne la tête. À quatre pattes, je touche mon occiput en hurlant à la fois de douleur et de rire, comme on fait quand on est en même temps excité et souffrant.

Une fois calmé, je m'assieds par terre, et fixe l'obscurité sous la banquette. La planque. J'aurais dû y penser plus tôt.

J'attrape ma lampe frontale et j'y retourne. Je découvre des moutons de poussière, la paille d'une brique de jus, la capsule d'une bouteille de bière, décorée de trois traits dorés, et des crottes noires de toutes tailles que la belette et les campagnols ont laissées. Tout au fond se trouve une boîte en bois, large de quelques dizaines de centimètres, munie d'une porte coulissante légèrement entrouverte, d'un centimètre ou un peu plus. Assez pour la belette.

Je l'ouvre et distingue une faible lumière. La boîte doit être une sorte de trappe d'aération. Et de toute évidence, ma belette s'en sert comme entrée principale.

Je bouge ma lampe. Je veux savoir si Viti vit dedans. Peut-être y a-t-elle même construit sa niche, son mini-studio ? Et élevé des petits, si ça se trouve !

Je tâte les parois. Il me vient à l'esprit que Viti pourrait me mordre et d'instinct je retire ma main ; pour l'enfoncer à nouveau aussitôt. Elle ne peut plus y être. À l'intérieur, il n'y a rien de mou, ni poil ni mousse. En revanche, mes doigts butent sur du verre froid. En tendant le bras, j'arrive à attraper l'objet : une bouteille de vodka presque pleine. Je ris tout seul. La planque ne trahit jamais !

L'alcool signifie un peu de joie pour mes soirées et de chaleur pour mes entrailles. Une petite lichette, pour fêter la fin du monde ! Je pose la bouteille près de la banquette et poursuis mes recherches. L'autre extrémité de la boîte est vide. Je touche le bas et je sens le plancher.

Orientant ma lampe vers le haut, j'aperçois du carton marron. C'est une sorte de classeur entouré d'un ruban et attaché par un clou qui a été tordu. Je prends le classeur, ressors et pose mes trésors sur la table. Je dévisse la bouteille et renifle. C'est bien de la gnôle.

À l'intérieur du classeur se trouve une pile de lettres jaunies, reliées par un cordon en chanvre, des coupures de journaux et quelques autres papiers.

Je m'assieds à la table et me sers une petite goutte. L'odeur de l'eau-de-vie me rappelle la fête de fin de saison des *mushers*, à Pâques. On blaguait, la gnôle coulait à flots et les huskys couraient. C'était une célébration de l'amitié, nous partagions tous le même rêve fou. C'était la première fois que je riais autant ou que je ressentais un lien aussi fort avec d'autres personnes. À un moment, Matti s'était redressé en titubant pour prononcer un discours spontané, sans queue ni tête, que des cris enthousiastes et des rigolades interrompaient sans cesse. Je me souviens encore de la fin.

— Viti, écoute ça, dis-je, me tournant vers la banquette.

Debout, je lève mon verre et j'imite :

— "Et pour finir, un petit conseil pour bien consommer : buvons – pas trop, mais assez pour voir le cosmos."

Je défais le cordon autour de la pile de lettres. L'une d'elles tombe sur la table. Dessus, il est tracé d'une écriture incurvée : *Mademoiselle Aila Lompolo.*

MARS 2009

AUCUN enfant nulle part n'a eu de babysitteur aussi désagréable que le mien. Le bonhomme était adossé à un HiAce rouge terni par le soleil. Le dessous du fourgon était rouillé et les deux côtés couverts de boue desséchée. L'homme portait un pantalon de survêtement en nylon, un pull usé, une paire de bottes en cuir et un bonnet blanc immaculé avec le logo d'une banque – on aurait dit un flocon de neige sur de la gadoue. Doté d'un visage mat et ridé, il était entre deux âges : ni vieux ni plus vraiment jeune. Son regard gris était fuyant, impossible à déchiffrer, et par moments, il me semblait même complètement absent. Cependant, quand il me scrutait, j'avais l'impression d'être transpercé avec une aiguille.

Babysitteur ne jugea pas utile de me serrer la main ni de se présenter. De but en blanc, il demanda :

— Comme ça, tu cherches les chiens ? Suis-moi.

Nous roulâmes à la queue leu leu sur une route sinueuse jusqu'à ce que le HiAce se gare sur une zone de croisement. Babysitteur descendit de son fourgon en claquant la portière, ouvrit la porte latérale et sortit ses skis. C'étaient des patins en bois longs et étroits avec des fixations universelles.

Sans piper mot, il mit son sac sur le dos et chaussa ses skis. Puis il traversa le fossé en biais et c'était parti.

Le temps de prendre mes skis sur le toit, d'ajuster mon bagage et de changer ma doudoune en anorak, Babysitteur était déjà loin. Je dus fournir un effort pour le rattraper. Ensuite, il fallut que je pousse de toutes mes forces pour le suivre, et pourtant c'était lui qui faisait la trace. Il avançait sans difficulté. Il franchit un ruisseau dégelé comme s'il n'existait pas, et à chaque descente, même légère, il parvenait à laisser glisser ses skis. À flanc de pente, son équipement accrochait parfaitement.

Tout portait à croire qu'il avait passé plusieurs années de sa vie sur les skis, ce qui était naturel. C'était "le numéro 1 des éleveurs de rennes". C'est avec ces mots que Matti me l'avait présenté quand il était entré dans ma chambre le matin même, vibrant d'enthousiasme comme à l'accoutumée, pour m'annoncer que "tout s'arrangerait".

"Mais c'est super", avais-je répondu pour ensuite lui demander si cela voulait dire que les baleines n'échoueraient plus sur des plages. Matti avait fait "quoi", mais ne s'y était pas attardé ; il avait poursuivi sa logorrhée. Il m'avait trouvé un tel compagnon de route que les deux fugueurs seraient vite retournés à leur propriétaire. Les choses rentreraient dans l'ordre et nous retrouverions notre rythme quotidien normal. Selon Matti, les éleveurs de rennes s'étaient chargés de cas bien plus difficiles, les chiens domestiqués seraient un jeu d'enfant pour eux. J'avais approuvé, mais je n'étais pas convaincu. D'après ce que je savais de Nanok et d'Inuk, ce ne serait pas si facile que ça. Ils m'avaient presque épuisé à mort alors que j'étais à motoneige, et ces ringards de locaux utilisaient encore les skis.

Matti trouvait qu'un éleveur était le meilleur compagnon que je puisse avoir. Il m'avait rappelé les lois du monde des *mushers*. Quel que soit le coin où j'installerais mon chenil, il y aurait des troupeaux de rennes autour. Et le jour arriverait, tôt ou tard, où des huskys s'échapperaient. À ce moment-là, il serait important d'avoir de bonnes relations avec les éleveurs. Ils pourraient apporter une aide considérable. En revanche, sans entente, les choses risqueraient de se compliquer.

— Comment ça, se compliquer ?

— Bah, il arrive que des chiens disparaissent, emportés par la forêt.

— Par la forêt ?

— Ouais, la forêt.

Nous traversâmes à ski des lacs, des marais, des bosquets en bord de ruisseaux et des forêts, dont les arbres s'agrandissaient au fur et à mesure que nous nous éloignions de la route. Nous écrabouillâmes des traces de tout genre. Une loutre avait imprimé sa queue épaisse sur la rivière gelée, les berges étaient maculées d'empreintes de pattes de lièvre ; il y avait la rangée de perles d'un renard, les trous profonds d'un élan, les marques légères et sautillantes d'une martre ainsi que des sentiers de rennes. Nous glissâmes par-dessus sans nous arrêter. Enfin, nous tombâmes sur des marques devant lesquelles Babysitteur s'immobilisa. Je le rejoignis à ski, j'enlevai mon bonnet et m'essuyai le front.

— On commence par là, dit Babysitteur.

En y jetant un coup d'œil, je vis que c'était l'œuvre des chiens. J'extirpai de mon sac ma gourde et pris quelques gorgées d'eau gelée tout en hochant la tête. Très bien, on n'a qu'à commencer par là, où que cela mène ! Pas de problème pour les traquer encore l'été prochain !

Babysitteur se mit à skier. Il avançait plus vite qu'avant sans suivre de près les traces. À la lisière d'un marais, il observa le paysage pendant un instant en levant bien haut son gros bec, avant d'opter pour un raccourci à travers l'étendue, alors que les chiens l'avaient longé.

Une fois de l'autre côté, nous retrouvâmes les traces. Je ne comprenais pas comment il pouvait savoir ! Je m'essuyai le front, bus un peu et soufflai. Babysitteur ne montrait aucun signe de fatigue ; ses joues étaient à peine rosées.

À l'orée d'une tourbière, Babysitteur s'arrêta de nouveau pour fixer les traces. Son visage s'assombrit. Elles passaient sur l'ornière laissée par une motoneige, alors que personne n'était censé rouler par là.

— C'est la dernière fois que tu fais la fiesta ici.

— Je suis désolé, je ne savais pas, bredouillai-je.

Il ne m'écouta pas. Il se dirigea vers le centre de la tourbière, où se dessinait un *saajo*, un petit monticule. Je le rejoignis. Nous montâmes dessus. Au milieu des sapins couverts de lichen trônait un bloc erratique. Babysitteur s'en approcha. Il le contourna, puis resta à le fixer. L'air détendu, la tête penchée, il bougeait ses lèvres, mais je n'entendais pas ce qu'il disait. Ensuite, il sortit un objet de sa poche pour le poser dans un creux, avant de donner une légère tape sur le bloc.

— On s'en va, me dit-il en se laissant glisser pour rejoindre la tourbière.

Je ne repartis pas tout de suite. Je regardai le bloc. Dans une fente, on avait coincé les bois d'un renne et des ossements, un côté avait noirci, comme s'il était mouillé. Je m'avançai pour le toucher. Ça ne pouvait pas faire de mal.

Les chiens avaient emprunté l'ornière de la motoneige à travers l'étendue, et ne l'avaient abandonnée qu'une fois dans la forêt de sapins. Là, ils s'étaient roulés en boule. Babysitteur se figea.

— Ils se sont couchés, murmura-t-il.

Il ôta son sac à dos pour y piocher un paquet emballé avec du papier sulfurisé, qui contenait des morceaux de viande noire. Il m'en passa un. Puis il prit son couteau pour détailler des copeaux tout fins pour lui-même.

— Et maintenant, on se tait, décréta-t-il.

Il usa d'un tronc d'arbre pour découper un morceau de viande en petits bouts qu'il glissa dans sa poche. Puis il se servit encore quelques tranches, avant de renfiler son sac à dos et de repartir dans une nouvelle direction.

Mon portable se mit à sonner. Dans le silence de la forêt, le son faisait penser à une sirène. Babysitteur me toisa, mais je décrochai quand même. C'était mon père.

— Salut, je ne peux pas trop parler là, c'est important ? murmurai-je, car mon père n'appelait jamais sans une bonne raison.

— J'ai discuté avec le nouveau chef du poste quatre, enfin, c'est une cheffe. Il y a un job d'été pour toi.

— Super.

— Alors je lui dis que tu acceptes.

— OK. Merci. Comment va maman ?

— Comme d'habitude. Elle est partie aux courses.

— Passe-lui mon bonjour. Je te rappellerai. Là, il faut que j'y aille.

Je raccrochai. J'avais la gorge serrée. Je pensais à ma mère entre les rayons d'un supermarché, à mon père en train de regarder la télé dans le salon sombre, aux mots *poste quatre*. Tout un paquet d'images étouffantes.

Babysitteur me fixait, les yeux écarquillés.

— Mon père. C'était au sujet d'un job d'été.

— Éteins-le, putain de merde.

Nous fîmes un grand tour, puis revînmes sur nos pas et pûmes constater qu'aucune trace ne traversait le cercle. Nous continuâmes à skier, en faisant des cercles de plus en plus serrés. Le quatrième tour ne dura que vingt minutes, mais les traces restaient à l'intérieur du cercle. Nous étions tout près des chiens. Babysitteur réalisa le cinquième tour les bâtons sous le bras, au ralenti, en sifflotant doucement.

Au pied d'un sapin, un chien blanc se leva. Il grimpa sur une petite bosse en tendant l'oreille. C'était Nanok.

— Ne t'arrête pas, me chuchota Babysitteur en continuant à siffloter.

Il contourna le chien de loin, avant de s'en approcher. Inuk, qui avait un pelage de loup, apparut à côté de Nanok. Les deux huskys nous fixaient avec intensité. Je les regardais du coin de l'œil. Je ne comprenais pas ce qui s'était passé, comment Babysitteur l'avait fait, mais à présent, les fugueurs se trouvaient face à nous. À quinze mètres des chiens, Babysitteur s'accroupit. Je l'imitai. Il sortit les morceaux de viande de sa poche et en lança un devant Inuk.

Effrayé, le chien recula. Puis il fit demi-tour, percuta Nanok et s'enfuit à l'abri des arbres. Nanok le suivit, et un instant plus tard, les deux avaient disparu.

— Enfoirés de sauvages, grogna Babysitteur.

Il enfonça un gros morceau de viande dans sa bouche, avant de reprendre le chemin de retour, en silence.

AILA
1946

JE tape mes *nutukas** empruntées à ma mère contre le plancher de la véranda pour enlever la neige, puis entre dans la pièce principale les bras chargés de bois. Un bonheur intense m'envahit quand je sens l'odeur : un mélange de sapin dégelé, de bois frais et de café préparé à base de grains que papa a rapportés de Suède en contrebande. Il y a aussi un parfum sucré, provenant sans doute des pommes, rondes et rouges, que papa a également apportées et qui attendent dans le saladier. Un fruit pour chacun, sauf pour le petit qui n'aime que le sein. Si je pouvais mettre cette odeur en bouteille, je le ferais ; j'enduirais le bouchon de résine et l'enfoncerais solidement. Je ne l'ouvrirais que dans les situations d'urgence, lorsque les tickets de rationnement pour la farine sont tous utilisés ou que les semelles de mes chaussures se détachent sans que je puisse compter sur une nouvelle paire. Ou alors quand, après une dure journée de travail, papa s'assied à

* Bottes en peau de renne.

côté du poêle, perdu dans ses pensées, l'air si vieux et fatigué que je crains qu'il meure à tout moment.

Aujourd'hui, il est heureux comme autrefois. Maman s'affaire avec plus d'entrain que jamais.

— Venez manger ! nous ordonne-t-elle.

Papa se lève de sa banquette à grand bruit en s'exclamant :

— Bien, chère madame.

Il y a deux semaines, nous avons déménagé de la remise à notre nouvelle maison, construite sur les fondations de l'ancienne. Maman a passé la journée à pleurer de joie. Elle a dit que dans ces larmes, il y avait aussi celles qu'elle avait dû retenir pendant la guerre.

Väinö ne sera pas avec nous ce Noël. Il reste à Helsinki avec sa fiancée qu'il a rencontrée à l'hôpital militaire. Elle s'appelle Maria et elle travaillait là-bas en tant qu'infirmière. Elle est originaire du sud de la Finlande, d'une grande ferme. Papa pense qu'il rentrera quand il arrivera à détacher ses yeux de cette femme et qu'il se souviendra d'où il vient.

— La vérité, c'est qu'il n'y en a pas beaucoup qui ont le cœur de quitter ces berges pour de bon.

D'après papa, un être humain devrait naître, vivre et mourir au même endroit, faute de quoi il risque de mal tourner.

— Il faut rester là où se trouvent les eaux et les monts, les arbres et les Anciens. On sait ce que deviennent ceux qui partent : des ivrognes, des gens sans racines comme des plaques de tourbes détachées par une crue.

Maman saupoudre de sucre le riz au lait. Papa lui tend le beurre.

— Ajoutes-en une cuillerée, ça fera une croûte brillante.

Puis il veut s'assurer que maman a bien laissé une portion pour l'arbre, et elle le rassure :

— Le fou aura sa part.

Papa lui lance un regard soi-disant fâché. En réalité, il ne lui reproche jamais rien, parce qu'elle est née au pied de l'église.

Papa l'a trouvée sur le marché de Tornio. Il raconte qu'il a échangé son lavaret salé et ses peaux de renard contre de la farine de blé, du sel et une fiancée bien comme il faut. Maman n'est pas d'accord. D'après elle, il n'y a pas assez de peaux ou de poissons dans ces contrées pour l'acheter. Elle est venue de son plein gré pour le regard pétillant de papa.

Maman dit que les yeux de papa sont comme le ciel bleu d'été, ils la fixent d'en haut et avec ardeur. Papa rit, mais moi j'ai honte, comme lorsque Väinö m'a envoyé pour mon anniversaire une lettre de vœux et de la crème de visage suédoise. Il m'a félicitée d'avoir eu quinze ans parce qu'à cet âge les filles commencent à être vraiment jolies, et m'a demandé si sa petite sœur chérie avait déjà des seins. Mais quel culot ! Papa a raison sur ceux qui partent : ils deviennent suffisants et rustres.

Je déguste mon riz au lait. Il est si bon que j'en oublie la lettre de Väinö et ma colère. Lauri et Eenokki dévorent les leurs comme des chiens. Papa beurre une tranche de pain noir et sucré, pose dessus un morceau de viande salée. Le petit gazouille dans son lit, fait dans un coffre de voyage, en fixant le feu qui crépite dans le foyer. Maman lui murmure des mots inaudibles remplis d'amour.

SAMUEL
MARS 2009

DEVANT l'épicerie du village étaient réunis une dizaine d'hommes, des petits vieux avec leurs bonnets de travers, et un groupe de jeunes. L'un d'eux, qui portait un manteau en bure grise, assorti à ses cheveux et à son visage, expliquait son plan. C'était un éleveur de rennes, le chef de *paliskunta*[*] que, visiblement, tout le monde était censé écouter, car personne ne tenta de l'interrompre. Babysitteur se tenait un peu à l'écart et fixait la neige piétinée du parking.

— Les traces passent au pied du mont Illinki et se dirigent vers le sud. Le premier skieur partira de là-bas. On placera des hommes à intervalles réguliers tout autour. Quand quelqu'un les voit, il avertit les autres et on lui enverra du sang frais en renfort. Outa, tu prends le gamin, ordonna le chef.

Babysitteur accepta d'un geste de la main.

— Comme ça, ils ne courront plus ! ajouta l'homme.

Comme les chiens étaient sauvages et qu'ils ne se laissaient pas amadouer, les éleveurs avaient décidé de changer

* Coopérative d'éleveurs de rennes.

de tactique. L'idée consistait à les épuiser en les pourchassant à ski.

Babysitteur m'avait appelé la veille pour m'inviter à les accompagner, parce qu'il leur manquait des skieurs. J'aurais voulu lui dire que nous ne réussirions pas à les rattraper de cette façon, mais je n'avais pas osé ; il était tellement sûr de lui.

J'en avais touché un mot à Matti, qui m'avait dit d'y aller sans hésiter. D'après lui, cette invitation ressemblait à un aveu de reconnaissance.

— Ils n'acceptent pas n'importe qui, avait-il affirmé.

Et, bien sûr, il y voyait une chance à saisir. Ces hommes savaient comment s'y prendre avec les bêtes.

— Tu continues comme ça et bientôt tu skieras derrière ton propre troupeau de rennes ! Tu grimperas le long des jambes de la fille d'un éleveur jusqu'à sa fortune ! avait-il ricané, et j'avais pensé que c'était vraiment un imbécile.

Primo, la gentillesse de Babysitteur était comme une incision du tympan ou un lavement. J'avais fait l'expérience de ces deux opérations, certes utiles, mais humiliantes et douloureuses. Secundo, il était impossible d'attraper les chiens à ski, sauf par un radoucissement qui les forcerait à nager. Et nous n'en étions pas là.

Mais ces mecs étaient sûrs d'eux. Ils se dirigeaient tous vers leur voiture avec une allure de vainqueur. Le chef tout en gris gloussait à la blague d'un camarade, un des jeunes me fixait d'un air suffisant tel un empereur. C'était une âme sœur de Nikkanen. Je reconnaissais les fils de putes au premier coup d'œil. J'avais développé un sixième sens pour ça.

La battue démarra sous de bons augures. Le premier skieur, un homme à la barbe rousse et aux dents noires, était à peine parti qu'il les aperçut. D'après lui, ils couraient vers le sud. Babysitteur me dit de monter dans son fourgon. Nous roulâmes vers l'ouest, puis nous arrêtâmes pour attendre dans un vallon.

— J'crois pas qu'ils s'éloignent trop, parce qu'ils crèchent par ici, dit-il.

Le silence tomba. Au bout d'une heure, au bord du lac, près de la forêt, il y eut du mouvement. Nanok arrivait en premier, suivi d'Inuk. Ils montèrent sur la route, se secouèrent puis traversèrent le fossé d'un bond.

— Vas-y! dit Babysitteur.

Je mis les skis et m'élançai à leur poursuite. Dans la forêt, je me rendis compte que j'avais oublié mon sac dans le véhicule, mais heureusement, Babysitteur était juste derrière avec le sien. Je fus pris dans l'excitation de la traque. Les mecs semblaient compétents. Les chiens avaient été vus deux fois en l'espace d'une heure. Peut-être qu'on réussirait!

Je poussais sur mes bâtons en me disant que je ne serais pas le maillon faible. La pointe des skis se maintenait à la surface de la neige sans problème et, même au niveau de la botte, les skis ne s'enfonçaient que de quinze centimètres. Le temps était plus favorable pour nous que pour les bêtes dont les pattes transperçaient la neige.

Babysitteur allait beaucoup plus vite que la dernière fois. J'étais obligé de me surpasser pour suivre son rythme.

Quand nous arrivâmes sur le bord d'un marais long et étroit, nous fûmes récompensés. Nous vîmes les chiens. Ils se frayaient un chemin dans la neige, l'air pressés. Le plus foncé, Inuk, se mit à galoper avec peine.

— Allez, on accélère, s'écria Babysitteur.

Je me précipitai pour prendre la tête. La proie se trouvait à portée de frappe, à environ deux cents mètres.

Les chiens regardèrent derrière eux, ils se mirent à courir à toute vitesse et atteignirent la forêt avant moi. Après avoir traversé le marais, j'étais à deux doigts de vomir. Je n'avais plus de jambes, mais je ne pouvais pas m'arrêter.

J'irais jusqu'au bout. C'est ce que font les adultes.

Devinant ma fatigue, Babysitteur me dépassa.

Sur le flanc d'un mont, Babysitteur ralentit pour me laisser passer en tête. Des paysages se succédèrent. À la fin, il n'y eut plus que moi, ma respiration, mes mouvements monotones et, quelque part devant moi, les huskys. Après la pente, nous descendîmes jusqu'à un ruisseau, puis pataugeâmes dans une forêt dense. Ma nausée se transforma en euphorie, ce qui était un signe : les lumières ne tarderaient pas à s'éteindre. À ce moment-là, les silhouettes des chiens apparurent devant moi. À leurs traces, je compris qu'ils avaient surgi de sous un sapin et qu'ils avaient dérapé en essayant de monter sur la berge du ruisseau. Je sentais qu'ils nous observaient, j'entendais leur respiration. Et quand je jetai un regard autour de moi, ce n'était plus le mien, mais celui d'un chien. Je savais ce qu'ils allaient faire.

Je m'arrêtai. Babysitteur me rattrapa en grognant.

— Mais qu'est-ce que tu fous ?

— Ils vont au ruisseau. Il faut faire demi-tour, lui dis-je.

Il me fixa avec un sourire en coin.

— Tu arrives à voir !

Puis il retourna au ruisseau en toute hâte.

Nanok vint à notre rencontre, suivi d'Inuk. Babysitteur stoppa, je me laissai glisser à côté de lui. Les chiens se trouvaient devant nous. Des boules de neige pendaient à leur pelage, leur regard trahissait leur panique. Ils cessèrent de haleter. Moi non plus, je n'osais plus respirer.

— *Kom* Nanok, appelai-je doucement.

Accroupi, je tendis mon bras vers lui. Il m'observa, avant de remonter sur la berge et de replonger dans la forêt, Inuk sur ses talons.

— Suis-les ! cria Babysitteur. Je les contourne.

Et je skiais, parfois galopais même. Je soufflais et surtout suffoquais. Babysitteur me rejoignit par le côté, mais je continuai à ouvrir la trace. Lorsque les chiens traversèrent la piste, sur laquelle un autre skieur attendait pour prendre le relais, je tapai dans la neige avec mon bâton par frustration.

J'aurais voulu continuer. On m'avait arraché à un monde simple et limpide. Quand je retrouvai mes esprits et que je vis la flèche que l'homme avait dessinée dans la neige pour nous indiquer la direction où il était parti, je compris que j'étais épuisé. Je tremblais. Penché en avant, les mains appuyées sur les genoux, j'expirais lourdement.

— C'était une bonne traque, affirma Babysitteur. Maintenant, tu bois un coup et ensuite, on rentre !

La forêt autour du feu de camp s'assombrissait. L'espace illuminé se distinguait nettement. Les voitures garées sur la zone de croisement n'étaient plus que des silhouettes noires. L'ultime battue était en cours. Six skieurs avaient déjà tenté leur chance, et les huskys avaient été aperçus plusieurs fois. Le dernier, qui les avait pourchassés dans des forêts marécageuses, les avait approchés de tout près, mais ensuite les chiens avaient pénétré dans une zone plus dégagée où la neige était dure, et ils avaient pu garder leur avance.

Babysitteur attisait le feu avec un bâton. Le froid glacial me faisait frissonner. Je pris une gorgée de café dans ma *kuksa**. Il était froid. De toute évidence, j'avais passé trop de temps à fixer les flammes, plongé dans mes pensées, ou alors il s'était refroidi à cause de l'ambiance. Au cours de l'après-midi, j'avais essayé de discuter avec Babysitteur, mais la joie qu'il avait éprouvée après la traque semblait avoir disparu. Il était redevenu taciturne et aride comme les forêts d'ici, avec du lichen sur les tempes et sur le menton. Peut-être avait-il commencé à ressembler à ses rennes de la même manière que les *mushers* finissent par ressembler à leurs chiens ? Quoi qu'il en soit, les yeux écarquillés, il faisait des allers-retours au trot et bramait comme eux.

Nous étions deux handicapés de la parole réunis, moi, fils d'une famille de muets et lui, troll des forêts. Difficile dans ces conditions de lancer une conversation. Mais quelque chose dans sa façon d'être me paraissait tellement pesant que j'étais obligé de parler.

Je lui demandai où il vivait et il me répondit en un mot : Lohijärvi. Ensuite, je voulus savoir s'il avait toujours habité au même endroit, et il dit qu'il n'y avait pas mieux que chez soi. Quand j'expliquai que je venais d'une famille de mineurs, il rétorqua :

— Ici y a pas de mine et y en aura pas.

À ma question de savoir s'il vivait de son élevage de rennes, il répliqua :

— Personne n'en vit.

* Tasse en bois sculptée à la main.

Enfin, je l'interrogeai sur la taille de son troupeau ; et là, au lieu de répondre, il porta son regard au loin.

Je parvins tout de même à lui soutirer quelques informations. Je compris qu'il avait grandi sur une petite ferme où on élevait des rennes et autres bétails. Il venait de goudronner son bateau, ce qui était facile à deviner : son pull était maculé de taches marron odorantes. Il attendait que les glaces s'en aillent pour que les truites et les saumons reviennent. On n'avait que trop mangé de brochets et de lavarets.

— Tu as une famille ? lançai-je.

Et ce fut la goutte d'eau qui fit déborder le vase. Il s'enferma dans son mutisme, et on aurait dit qu'il oublia ma présence. Son regard m'avait rappelé ma mère, comme si pendant un instant son système de défense lui avait fait défaut. J'ignorais ce qui n'allait pas, la lumière fuyait ses yeux. J'aurais bien aimé en savoir plus, au moins en théorie. En réalité, cela aurait été gênant si tout à coup il s'était mis à vider son sac. J'aurais baragouiné et, probablement, je n'aurais pas réussi à sortir une seule phrase sensée.

Nous nous taisions donc en attendant que la journée se termine. Enfin, nous fûmes sauvés par une paire de phares qui approchait sur la route. Le conducteur gara son épave derrière le fourgon de Babysitteur et s'avança vers nous. C'était un homme de petite taille, court sur pattes, avec un bonnet posé sur l'arrière de la tête.

— On jette l'éponge. Les chiens ont pris trop d'avance.

— Ces putains de diables n'ont pas cédé, jura Babysitteur. Sont bizarres ces clébards. Même un loup se serait laissé faire !

— Ils ont été élevés pour ça, commentai-je. Je veux dire, pour courir. Ils revenaient d'une course de plus de mille bornes. Alors sans traîneau, tu penses bien qu'ils peuvent parcourir une distance bien plus longue.

— Ah bon, rétorqua l'homme court sur pattes en m'observant d'un air sceptique.

— On continue demain ? demandai-je.

— On a pas que ça à faire, répliqua Babysitteur.

— Demain, on ramène le bois, ajouta le petit homme.

— Peut-être que je pourrais les chercher tout seul ? suggérai-je.

— Non, laisse tomber, ça vaut mieux, dit Babysitteur en commençant à plier bagage.

AILA
1947

DEVANT le poêle, papa fabrique un cercueil à partir d'un coffre de voyage. Le bébé repose sur une large planche dans la remise. Maman et moi passons le voir plusieurs fois par jour, parce qu'elle craint que les souris lui rongent les orteils. Elle l'a emmailloté dans un drap blanc. Et quand on l'écarte un peu, on découvre son visage encore plus blanc. On a l'impression qu'il sourit.

Le petit est mort il y a déjà un moment. Sa respiration était devenue difficile puis s'était arrêtée. Maman pense qu'il a eu la coqueluche et elle a prié pour que Lauri et Eenokki soient épargnés.

Ce jour-là, papa est resté longtemps près du sapin d'Arviitti. À mon avis, il a voulu comprendre pourquoi l'arbre avait pris le bébé comme ça, sans prévenir. Il n'avait pas perdu une seule branche, même pas une brindille, et pourtant le petit avait dû partir. Un corbeau lui aurait-il volé des rameaux pour en construire son nid ? Ces oiseaux du diable en sont capables !

Le bébé était à peine né que papa l'avait emmené voir le sapin, malgré la température négative. Il était sorti du sauna* le baluchon sous le manteau en s'exclamant :

— On va te présenter aux Anciens.

Il avait appuyé sa main minuscule contre le tronc.

— Voici notre bout'chou, prenez-en bien soin !

Mais les Anciens ne l'avaient pas écouté.

Après la mort du bébé, papa a passé une semaine allongé sur la banquette à fixer le plafond. Maman lui a suggéré plusieurs fois de fabriquer un cercueil pour l'enterrer, et lui de rétorquer que ce n'était pas la peine pour le moment, qu'il neigeait trop ; mieux valait attendre un temps dégagé. Ce n'est que lorsque maman a mentionné les souris qu'il s'est enfin levé.

Papa bricole, maman épluche des pommes de terre. J'écoute leur conversation devant la fenêtre. Lui trouve que les tout petits ne devraient pas être emmenés ailleurs.

— On allumera un feu et on répandra les cendres sous l'arbre.

Elle ne veut rien entendre. Et de toute façon, papa n'a pas proposé ça sérieusement. Aujourd'hui, tout le monde est enterré dans la terre bénie. Maman console papa en disant que son âme peut revenir, la distance importe peu :

— Les pas de l'âme sont légers, elle peut même rendre visite à une étoile si elle en a envie. Tu trouveras ton petit près de l'arbre comme tous les autres.

Un nuage noir de suie surgit d'entre deux monts dans le paysage. Des oiseaux. Des centaines de volatiles arrivant du Sud traversent le lac et atterrissent dans notre jardin.

* Dans les campagnes, les accouchements se déroulaient dans le sauna.

Certains s'installent dans le bouleau, d'autres sur le faîte du toit ou sur la cheminée. Leurs ailes bruissent. Ce sont des grands tétras, immenses.

— Papa, viens voir, dis-je.

Il me rejoint à la fenêtre.

— Mais qu'est-ce que ça veut dire ? s'étonne-t-il. Quand il y a eu ces gros feux de forêt en Russie, c'était pareil. Le ciel était rouge pendant des semaines et des oiseaux noirs grouillaient partout. Mais ils ne se posaient pas sur le toit.

SAMUEL
MARS 2009

MES pieds frayaient des sillons dans la neige fraîchement tombée. Ils le faisaient d'eux-mêmes, car j'avais la tête ailleurs. Je portais de l'eau, je frappais la merde gelée, je coupais de la viande puis servais à manger. J'avais même cloué une planche à la porte du chenil, que de jeunes chiens avaient cassée, pour la renforcer, et au fur et à mesure, mes traces de pas s'étaient élargies en sentiers. Mon esprit était occupé par la journée passée à traquer les huskys. J'avais l'impression qu'elle appartenait à un autre temps, bien lointain. Cette excitation qui avait effacé le monde extérieur et ces visions que j'avais eues. "Tu arrives à voir", avait dit Babysitteur en souriant pour la première fois. Que voulait-il dire par là ?

Au début de la battue, j'avais eu du mal à comprendre pourquoi les chiens domestiqués s'enfuyaient comme des fous. Près du ruisseau, le husky blanc, Nanok, avait posé sur moi un regard qui m'avait fait frissonner. Ses yeux étaient dépareillés. L'un bleu, l'autre marron. J'avais eu l'impression que c'était l'Arctique lui-même qui me scrutait. Comme si ce regard contenait tout ce qui comptait vraiment : les rapides écumeux, les berges givrées par le froid nocturne, les tempêtes de neige, la truite sauvage qui défend sa frayère, sa nageoire dorsale fendant la surface de l'eau, la meute de loups dévorant un élan encore vivant, morceau par morceau. Les yeux du chien lançaient des flammes, comme le bois résineux d'une torche ou les aurores boréales. Ils renfermaient la nuit et le jour, la glace et la terre, tout en même temps. À cet instant, j'avais pris conscience qu'il était féroce, inatteignable.

Les huskys avaient maigri. Leurs hanches étaient saillantes et les côtes bien visibles sous la peau, mais ils galopaient toujours sans peine et très vite. Quand ils s'étaient enfuis, les oreilles plaquées en arrière, la queue tendue, c'étaient les plus belles bêtes sur Terre ; leurs mouvements étaient souples et légers comme des plumes. À se demander comment ils courraient dans un attelage, sur une piste dure, une fois qu'ils seraient scrupuleusement soignés et bien nourris. Ils seraient inépuisables !

Leur situation était critique. Babysitteur avait été grognon et son camarade court sur pattes n'avait pas souri non plus. L'homme en gris était rentré sans vouloir faire le point. Les skieurs fatigués avaient évoqué leurs rennes en quelques mots avec inquiétude, car les femelles étaient en fin de gestation et il ne faudrait pas que les huskys se mettent à les chasser. Puis ces fils de putes avaient chargé leurs fourgons en me toisant avec encore plus de mépris que le matin. Je savais ce que leurs expressions voulaient dire. Les chiens devaient disparaître.

Mon portable sonna. Je laissai tomber le marteau dans la neige, retirai mes moufles et sortis mon téléphone de ma poche intérieure.

— Ah, ils sont allés jusque-là… J'arrive !

Le marteau resta par terre. Je n'avais pas terminé mes tâches et les jeunes n'avaient pas été nourris. Je sautai dans mon véhicule et je mis les gaz. Parvenu au carrefour, je fis demi-tour. J'avais oublié la remorque.

Sur le panneau était écrit PÊCHE – VIETONEN. Conforme au style local, le bâtiment principal en rondins était peint en rouge et comportait une longue rangée de fenêtres. Les mésanges et les bouvreuils s'affairaient devant l'une d'elles, l'un picorant un morceau de lard, un autre cherchant des graines tombées dans la neige.

Je descendis du pick-up, arpentai la cour et essayai de voir dans la maison. Finalement, un homme ventru, habillé d'un pantalon à bretelles et d'une chemise à carreaux, sortit en me saluant de la main. C'était certainement lui qui m'avait appelé.

— Là-bas ! cria-t-il en pointant du doigt. Sur la glace. Ça fait un moment qu'il y est.

Je me retournai. Sur l'étendue gelée, j'aperçus un point noir qui bougeait. Ça devait être Inuk. Je levai la main à mon tour et me précipitai à la remorque. Je montai sur la motoneige et partis pleins gaz vers le lac, mes larmes giclant comme la neige fondue sous les patins. Le chien s'arrêtait de temps en temps pour creuser la glace avec sa patte. Il ramassait sans doute de petits poissons laissés par les pêcheurs.

Il tourna la tête vers moi. Effrayé, il fit deux-trois bonds, l'air de vouloir s'enfuir, puis s'immobilisa pour m'observer, comme s'il avait besoin de s'assurer qu'il ne s'était pas trompé. Ensuite, il partit en flèche.

Je compris tout de suite que j'y arriverais, cette fois. Les conditions météo étaient particulièrement dures pour le chien. Ses pattes s'enfonçaient dans la neige si bien qu'il risquait de trébucher à tout moment. Et il était loin de la berge.

Je réussis à m'approcher de lui. Je criai *stanna* "pas bouger" et *nej* "non", je hurlai son nom, mais il ne réagit pas. Il n'écoutait plus les ordres venant des humains.

Si je roulais à côté d'Inuk, il battait en retraite, si je le bloquais par-devant, il partait vers le milieu du lac. Je coupais sa course encore et encore, faisant tomber des piquets indiquant l'emplacement des filets, et passant sur des trous de pêche. Je tournais autour de lui comme sur un manège, et peu à peu, ses esquives s'écourtaient. Il tirait sa langue bleuâtre, et je voyais la panique dans son regard. Il s'engourdissait. Enfin, il s'arrêta. Pris au piège, il haletait, dodelinant de la tête. Je ralentis tout en continuant à encercler ma proie tel un loup qui s'apprête à donner le coup fatal à un élan blessé. Il était tout près, mais je n'osai pas le toucher. Il pouvait m'arracher la main.

Je stoppai la motoneige devant le chien. J'éteignis le moteur et, assis en biais sur le siège, commençai à papoter. Je me présentai :

— Samuel Somerniva, mais on m'appelle Samu, originaire des contrées des Souterrains.

Je lui demandai comment il allait et par où il était passé. Je racontai mes journées, mes recherches, Matti, Sanna et Babysitteur, je lui parlai de mes grands projets et des montagnes. Je bavardais comme je le faisais, tout seul, quand j'avais besoin d'encouragement ou d'y voir plus clair, et le chien m'écoutait. Il secouait la tête, bougeait ses oreilles et, de temps en temps, retenait sa respiration. Peu à peu, son halètement ralentit et son regard devint plus calme. J'enlevai mes moufles et je les posai sur le guidon.

— Tu crois pas que ça suffit ? On rentre à la maison, qu'en dis-tu, Inuk ? En tout cas, moi, j'ai faim !

Le chien gémit, pivota sur lui-même et s'assit. Puis il se mit à lécher ses pattes.

— Inuk. *Kom* Inuk, *här*, appelai-je.

Je sursautai quand il décida d'obéir. Il fit deux-trois pas vers moi, puis il s'arrêta, à seulement quelques mètres, s'étirant le cou comme s'il voulait s'assurer que c'était une bonne idée.

— *Kom,* Inuk, répétai-je, aussi calmement que je pouvais en lui tendant ma main nue.

Le chien me regardait, la tête penchée, immobile. Les minutes s'écoulaient, mon bras s'ankylosait et le froid mordait les bouts de mes doigts qui depuis mon excursion imbécile étaient toujours un peu sensibles, mais enfin le miracle se produisit.

Inuk fit un premier pas, puis un deuxième. Il rampa jusqu'à moi le ventre frôlant la neige. À la fin, en remuant sa queue, il poussa son museau tout chaud d'abord sur ma paume, ensuite entre mes jambes. Je posai une main sur son crâne, caressai le chien sauvage, et discrètement, tout en continuant à lui parler, glissai mon autre main sur son collier. Je lui expliquai qu'il était un bon chien et un beau garçon, sans avoir besoin de mentir. Inuk gémit en guise de réponse et enfonça sa tête sous mon aisselle. Alors j'extirpai de ma poche une laisse que j'attachai à la boucle métallique de son collier. En le cajolant, je sentais le loup s'en aller, s'effondrer dans la neige fondue, disparaître sous la glace par un trou de pêche. Il restait un chien orphelin affamé, qui aurait des choses à raconter après son long périple.

— C'EST un tour de magie ! s'exclama Matti en me donnant une tape sur l'épaule avec sa grosse main.

Il regarda Inuk par la fenêtre, baissa la plaque, sur laquelle il faisait cuire des patates, puis retourna à son poste d'observation. Son portable sonna. C'était Trond, pour la troisième fois en l'espace d'une heure. Matti riait au téléphone, il ressemblait à un enfant excité par la distribution des cadeaux de Noël, si bien que je dus lutter pour me maîtriser.

J'avais garé mon pick-up sur une zone de croisement en amont du carrefour de la ferme, en m'efforçant de me calmer. J'avais compris qu'Inuk m'offrait une chance de devenir un homme à leurs yeux. Hors de question de gâcher mon heure de gloire en m'emballant comme un gamin !

Après son coup de fil, Matti revint dans la cuisine, où il vida l'eau des pommes de terre dans l'évier. Il posa les plats sur la table et m'indiqua que je pouvais commencer. Sanna arriva à ce moment-là. Elle s'installa et me sourit. Toujours debout, Matti ne parvenait pas à détacher ses yeux du chien pour venir nous rejoindre.

— J'attraperai aussi l'autre, annonçai-je le plus calmement possible tout en me servant.

— Tu en es capable, putain, s'écria Matti en se tournant vers moi. Mais comment t'as eu l'idée de l'encercler ?

— Bah, je pouvais pas lui rouler dessus !

— C'est ça, fit Matti en se replongeant dans sa contemplation.

En me relevant légèrement, j'aperçus Inuk, qui semblait agité. Il reniflait les parois de l'enclos, la queue entre les pattes, sursautant quand ses compères aboyaient ou grognaient.

— Il y a du chemin à faire, dis-je en épluchant mes pommes de terre. Mais il se laissera apprivoiser, j'en suis sûr.

Matti se tourna de nouveau vers moi et j'eus l'impression qu'il avait envie de m'embrasser.

Sanna trouvait l'histoire incroyable et voulait en connaître tous les détails, l'expression d'Inuk quand je lui parlais, ce qu'il faisait avec sa queue. Je lui relatai tout du mieux que je pouvais. Je l'avais retrouvé sur la glace, et peu à peu, il s'était laissé faire. Comme, en même temps, je suçais des rouelles de jarret, il m'arrivait de faire des pauses si longues que l'un des deux perdait patience, exigeant que je continue. Et je m'exécutais. Les yeux de Sanna pétillaient. C'était la première fois qu'une femme me regardait de cette façon, avec respect. Matti finit par quitter la fenêtre pour nous rejoindre à table.

— Samu dit qu'il veut aussi attraper l'autre, expliqua Matti à Sanna.

— Ouais, je l'ai entendu. Ce serait génial. Je me suis tellement inquiétée pour eux, répondit-elle.

Et je sentis que je montais dans leur estime.

Pendant que Sanna continuait à me gratifier de son sourire irrésistible et que Matti m'apportait une tasse de café et un sachet de brioches d'un air reconnaissant, je compris qu'être *musher*, c'était des actes. Tout devenait possible si j'étais prêt à fournir des efforts. Je me jurai que jamais je ne cesserais de travailler et que je ramènerais aussi l'autre chien, coûte que coûte.

Dans le salon, le téléphone de Matti se mit à jouer du Johnny Cash. Il s'essuya les mains sur son pantalon et courut décrocher.

— Ouais, c'est vrai, il l'a attrapé, résonna sa voix.

Sanna me regardait en haussant les sourcils si bien que je rougis.

— Ah zut... bon, je lui dirai.

Matti rentra dans la cuisine en montrant son portable.

— C'était Niemi, un éleveur, et il n'était pas content. Apparemment, tu as laissé des traces de motoneige un peu partout. Tu n'aurais pas oublié de me dire quelque chose ? demanda-t-il pendant que les deux me fixaient d'un air interrogateur.

— Mais je n'ai roulé que sur le lac ! me défendis-je.

— Tu es sûr ?

— Uniquement sur la glace, nulle part ailleurs. Possible que j'aie pu renverser un piquet ou deux.

— Bon, il vaut mieux que tu évites d'y retourner tout seul. Niemi était plutôt remonté.

— Ils sont bien chatouilleux les gens d'ici.

— Je t'avais prévenu. C'est spécial comme coin. On raconte des choses, fit Sanna en croquant dans sa brioche.

SIXIÈME JOUR

JE compte mes provisions. Je sors le contenu des placards sur la table et le divise en trois tas. La journée d'aujourd'hui, celles de demain et d'après-demain. Ensuite, Babysitteur ne tardera plus à revenir. La taille des portions me déçoit. J'ai essayé de respecter ses conseils et d'économiser, mais visiblement, j'ai quand même trop consommé.

J'ai tellement faim que ça fait mal.

À partir de maintenant, je peux manger trois pains Wasa et sept morceaux de sucre par jour. En plus, j'ai encore de la soupe aux pois et les restes de la viande séchée que Babysitteur a trouvée au fond de son sac. Les sandwichs qu'il m'a donnés sont partis dès les premières heures, pour noyer mon chagrin. J'ai aussi quelques sachets de thé et ce qu'il faut pour préparer une tasse de café. Ça suffira.

Ça ne suffira pas. Les journées seront longues. Je fouine dans les placards et sur les étagères. On ne sait jamais, quelqu'un aurait pu y oublier une boîte de thon ou de pâté de viande, si bien cachée que je ne l'aurais pas encore aperçue. Je furète derrière les meubles, j'arrache le plancher, en espérant découvrir des planques en dessous. Je jette un coup d'œil sur le dessus, dans les tiroirs, et je trouve des tas de choses, sauf de la nourriture. Des spirales antimoustiques abîmées, une boîte d'allumettes humide, un tube de moutarde écrasé en son milieu, du ketchup périmé et une saucisse pour chien dans son emballage jaune. Je déniche également un peu de farine grumeleuse au fond d'un sachet et une tapette à souris métallique. Cette dernière est rouillée, couverte de poussière et de sang séché. Magnifique !

Je m'affaire à tester le piège depuis le matin. Il va changer ma vie. Je pourrai chasser de la nourriture pour la belette. Cela m'occupera, j'aurai autre chose à penser. Je règle la plaquette avec le trou, je tords le fil de fer. Je la déclenche des dizaines de fois avec une branche, puis peaufine mes réglages. La tapette est puissante, plus robuste que les pièges en bois dont mon beau-papy et moi nous servions pour attraper des rongeurs dans la remise de mes grands-parents il y a longtemps à Noël.

Les vacances me paraissaient interminables et ennuyeuses, mais heureusement on m'avait offert ces pièges. J'avais proposé à beau-papy d'utiliser en guise d'appât un morceau de fromage, mais il m'avait dit que le pain fonctionnerait tout aussi bien. Après avoir chargé les souricières, nous avions attendu à l'extérieur. Nous entendions les souris galoper dans les charpentes, sûrs que très vite l'une d'elles se ferait prendre. Quand cela s'était produit, il y avait eu un claquement, suivi d'un petit gémissement. Puis l'animal s'était débattu comme un diable. Beau-papy avait affiché un air satisfait, et mon sang de prédateur s'était mis à bouillir. Nous rechargions les pièges encore et encore. À peine réveillé le matin, je courais les vérifier, et j'y retournais plusieurs fois durant l'après-midi. En tout, nous avions attrapé sept taupes rondouillettes, deux souris et un campagnol. Mamie disait que c'était un péché de chasser pendant les fêtes, mais beau-papy trouvait que le butin était splendide et se doutait que j'allais devenir un bon chasseur. Ce fut le meilleur Noël de ma vie. Rien ne m'angoissait alors que d'habitude, pendant les longs congés de fin d'année, la pesanteur de mon quotidien me paraissait plus dure à supporter que jamais.

La tapette fonctionne vraiment à merveille. Elle reste ouverte et se déclenche dès que le moindre poids se pose dessus. J'ai quand même un problème. Comment faire en sorte que la belette ne s'y prenne pas elle-même ?

J'y réfléchis jusqu'au soir.

Il faut ruser en la chargeant. Utiliser comme appât des céréales, ce qui veut dire le pain Wasa, qui intéresse moins les prédateurs. Malgré tout, le piège est dangereux pour Viti, et il est hors de question de le placer sur le plancher ou à côté des murs de la cabane. La belette emprunte les mêmes chemins que les autres rongeurs.

Au petit matin, je somnole dans l'agréable chaleur du poêle. Le feu projette sur le sol des figures jaunes et mouvantes à travers la trappe. Au milieu de l'une d'entre elles, brusquement, je distingue un tas de plumes grises. Je me lève, j'allume une bougie et m'accroupis pour mieux les observer. Sous le poêle, j'en découvre encore d'autres. Les restes d'une mésange boréale. Comment est-elle entrée ? Où se trouve le cadavre ?

C'est Viti, la responsable, sans aucun doute.

Je caresse les plumes dans le creux de ma main. Elles sont fines et soyeuses. Voilà la réponse : j'attraperai des mésanges.

J'attacherai la tapette dans un arbre, sur une branche basse, là où elle se divise et s'amincit. Je mastiquerai un morceau de pain Wasa pour en former un appât bien mou, et à la tombée de la nuit, quand je pourrai sortir en sécurité, je chargerai le piège. Avec un peu de chance, j'aurai de quoi nourrir Viti dès demain, et nous deviendrons copains, colocs et co-chasseurs au cœur de cette grande forêt.

AVRIL 2009

Je partis rouler dans des villages oubliés, parce que j'étais angoissé. Mon père m'avait rappelé, retenant avec peine son enthousiasme. Il avait eu la confirmation pour mon job d'été. Il était sur le point de récupérer son cadet au fond du gouffre !

Après ce coup de fil, j'avais regardé la rivière, debout sur les marches de mon logement. Libérée des glaces, l'Ounas reposait dans son lit, imprévisible et effroyable, telle une vipère noire étendue au soleil. Des averses de pluie et de neige fondue se succédaient, entrecoupées de courtes éclaircies. J'entendais Mikko Alatalo chanter dans ma tête *On dirait l'été**.

J'étais le dernier espoir de mon père. De dix ans mon aîné, Risto était une cause perdue. Il avait fait des études pour devenir ingénieur et avait obtenu un poste à Oulu. C'était une *success story* à la finlandaise. Un break Skoda et une maison à Kempele. Une femme et deux enfants blonds. Un contribuable sérieux avec un début de calvitie et un petit bidon. En été, un peu de golf pour la détente.

* Tube des années 1980.

J'étais très jeune quand Risto avait déménagé si bien que je n'avais pas appris à bien le connaître. Et c'était sans doute mieux ainsi. Sa façon de vivre était tout aussi contagieuse que celle de mon père. Tout le pays essayait de mener une vie identique à la sienne, assez confortable, plutôt discrète et parfaitement dénuée de sens.

Mon père avait passé le combiné à ma mère. Elle m'avait demandé si j'allais bien avant de m'expliquer avec maints détails ce qu'ils avaient mangé et ce qu'ils mangeraient plus tard. Samedi, elle préparerait le traditionnel pain au corégone blanc, *muikkukukko*.

Je me déplaçai d'un village à l'autre en observant le lent train de vie des habitants. J'aperçus un vieux qui coupait du bois à côté d'un tas de bûches qui courait sur la largeur de son étable, une femme qui se rendait à la pêche en tirant dans sa luge une carotteuse et un pic à glace. Si le monde était une rivière, les occupations de ces gens correspondraient à un passage particulièrement calme.

Je roulai toute la journée et enfin, sur un chemin au milieu d'une forêt, entre villages et lacs, je finis par découvrir les empreintes de Nanok. Elles traversaient la route en ligne droite. Ensuite, le chien avait franchi le fossé d'un grand bond. À côté de ses traces, je vis celles des skis. Les deux se rejoignaient dans la forêt. Après avoir jeté un coup d'œil sur la carte, je pris la direction des lacs, quand, à ma surprise, les traces de Nanok réapparurent sur la route.

Je m'arrêtai pour les examiner. Ses griffes avaient cassé la couche de glace sur le bas-côté. De toute évidence, il avait été pressé. Ils le cherchaient sans m'avoir prévenu !

Les empreintes disparaissaient dans un bosquet de pins, où il avait pataugé dans la neige fondue. Les skieurs avaient eu un avantage sur le chien.

Je marchai de long en large sur la route, broyant du noir. Pourquoi ne m'avaient-ils rien dit ? J'aurais pu leur donner un coup de main.

Je repris la carte dans le pick-up. Faute de chemins, il était impossible de contourner la forêt pour le rattraper de l'autre côté. Je fis quelques pas, écoutai la nature. Je finis par m'allonger en travers sur le siège passager du Hilux, la portière ouverte. Les yeux plissés, je fixai le soleil. Le monde gardait le silence, même le vent s'était tu.

Sur le bas-côté, le sable transparaissait ; la neige était noire, les trous remplis d'eau stagnante. L'hiver était terminé. Pour moi cela signifiait la fin de mon job et de mes rêves. Je serais obligé de partir et je n'avais qu'un endroit où aller.

Quand mon père m'avait parlé du boulot à la mine, je l'avais remercié. Pendant une seconde, je m'étais senti soulagé. J'aurais un plan sûr une fois rentré. Une paye correcte. Mais à présent, rien que l'idée m'étouffait.

Et si je restais coincé là-bas, à profiter des avantages négociés par les représentants syndicaux, de la succession de longues vacances et de petits congés ? Alors il n'y aurait peut-être plus de retour possible. Combien de fois a-t-on le courage de s'affranchir des bas-fonds ? Et si, en plus, j'y rencontrais une ingénieure stagiaire, prénommée Tuija, par exemple, avec de belles fossettes sur un visage à la peau douce, dont le pantalon de travail lui irait comme un gant, et qui ferait partie de la même équipe que moi ? Ce serait le début d'une descente aux enfers aussi longue que la vie !

Tuija décrocherait un emploi en CDI juste avant de tomber enceinte de notre premier enfant. Je ferais des heures sup parce que nous aurions besoin d'argent pour construire une maison sur un terrain au milieu de centaines de baraques identiques. Tout irait bien, dans l'intimité, je l'appellerais *Tussu** et je lui raconterais, encore et encore, l'histoire de Taisto du poste trois, qui avait utilisé ce diminutif à propos d'une autre Tuija. Les mecs avaient inventé ce sobriquet pour rigoler, quand elle n'était pas là, mais comme le pauvre Taisto n'avait pas compris le sous-entendu, il l'avait employé devant l'intéressée. Ma Tuija rirait et, pendant un instant, la vie semblerait merveilleusement légère ; puis, plus tard, nous prendrions conscience que, coincés entre la mine et notre maison ordinaire, nous étions devenus des épaves, le premier souffrant d'asthme professionnel et la seconde de problèmes de dos liés à la position assise.

Mais je n'avais aucune autre option raisonnable ! Vraiment aucune, et c'était terrifiant. Par ailleurs, je me demandais si ce n'était pas ainsi que le délabrement commençait, en se forçant à être raisonnable au moment où la vie débutait à peine. De plus, comment définir "raisonnable" ? Pourquoi serait-il raisonnable de passer sa vie dans la cabine d'un engin plongé dans une nuit éternelle alors qu'on pourrait contempler chaque lever de soleil, emplissant ses narines du parfum de la neige fraîchement tombée ? Qui a dit qu'un revenu régulier, à n'importe quel prix, était plus raisonnable qu'une existence de vagabond dans les étendues nordiques infinies ?

* Chatte.

Un vrombissement résonna, répété par l'écho. Je pris peur, et en me précipitant dehors, me cognai la tête contre le montant de la portière. D'où venait-il ? La réponse arriva immédiatement. Une deuxième détonation retentit dans les monts. Exactement là où se dirigeaient les traces de Nanok.

AILA
1947

QUELQU'UN entre, frappe ses chaussures contre le sol. Je m'essuie les mains sur mon tablier et me déplace du coin cuisine vers la pièce principale. Surpris, papa se lève de la banquette, où il s'était allongé après le repas.

— Ah, Mauno, constate-t-il, l'air encore un peu endormi.

— Aila a reçu une lettre… J'ai pensé que je l'apporterais, tant qu'à faire, bredouille-t-il, gêné.

Mauno a une petite moustache et des poils sur les joues. Quand il parle, on a l'impression qu'il est au fond d'un puits, sa voix résonne. Il bouge d'avant en arrière ses jambes longues comme des échasses, et ça m'amuse. On dirait un courlis. Je le remercie en souriant. Mauno murmure "Je t'en prie", fait un pas vers le banc où, enfant, il avait l'habitude de s'asseoir, puis change d'avis et se pose sur un tabouret à côté de la porte.

Je m'installe près de la fenêtre, j'ouvre la lettre et commence à lire. Elle est de Väinö.

Papa demande à Mauno d'où il vient, et Mauno répond :

— Du bourg.

Ensuite, le premier veut savoir ce qu'il faisait là-bas et il explique qu'il s'y était rendu pour acheter du sucre et de la farine pour sa mère, mais qu'il ne restait plus grand-chose.

— Eh oui, les temps sont durs, déclare papa. Ce ne serait pas plutôt en Suède que tu es allé, non ?

Mauno sourit, mal à l'aise. Papa rit et affirme qu'il a raison, qu'il ne faut pas le crier sur tous les toits.

— Väinö écrit qu'il va monter vers le nord.

— Je vous avais bien dit qu'il n'allait pas tarder.

— Pour un chantier forestier. Apparemment, ils ont besoin d'ouvriers là-bas et ce serait un bon job. C'est dans les monts de l'Est, et il pense qu'il pourrait passer nous voir sur le chemin.

L'expression de papa s'assombrit. Il se lève et va à la fenêtre en se frottant la tête. Mauno explique qu'il a entendu parler de ces chantiers.

— Les fils de Reinikka vont y participer. Il semblerait qu'ils commencent par le Koppelovaara*, dès que les tourbières auront gelé.

Papa fixe Mauno. Son regard se durcit.

— Par le Koppelovaara ? Ah bon. Ils raseront tout, bien sûr. Et une fois un chantier terminé, ils passent au suivant. Je sais ce qu'ils font dans la forêt d'Airi et plus au sud. J'aurais pas cru ça de notre Väinö, putain !

— C'est à cause des réparations de guerre, dis-je et il s'énerve.

— Ils trouvent toujours une raison pour venir ici et tout détruire. Bon Dieu, on a vécu cinq ans dans le sang et dans

* Littéralement : mont de Koppelo. Désigne ici le mont et ses forêts. En Laponie, il y a trois types de terrains : des marais, des "terres fermes" et des monts : vaara.

la merde à cause de ce satané État finlandais et voilà la récompense ! Au nom de la Patrie, bordel !

Il sort en courant. La porte claque. Je ne l'ai jamais vu aussi en colère. Mauno me jette un coup d'œil timide avant de baisser la tête.

— Je crois que je vais y aller.

— Tu veux pas un morceau de galette et un verre de lait caillé ? J'ai baratté.

Son visage se fend d'un sourire dévoilant ses dents jaunes couvertes de crasse.

— Pourquoi pas, répond-il. Mais oublie le lait caillé. J'ai un peu de café de Suède dans mon sac à dos. Ça te dit ?

SAMUEL
AVRIL 2009

Je stoppai mes skis à côté d'un marais et remontai mon bonnet trempé de sueur. Je scrutai l'étendue entourée de sapins de Sibérie, vieux et fatigués, en me demandant dans quel état je serais une fois que je l'aurais traversée. La gelée du matin avait dû céder à la puissance du soleil et, à présent, les patins s'affaissaient dans une neige mêlée d'eau.

Un renard avait décoré le bord du marais de ses empreintes. Un pic noir martela un pin sur un flanc, couvert de conifères majestueux, qui s'élevait à côté de moi, puis s'envola sans bruit comme un fantôme sombre. Du bocage de sapins surgit un mésangeai imitateur qui s'installa sur une branche pour me parler.

— Comment vas-tu, l'oiseau du bonheur ? lui demandai-je, et il pencha la tête. De mon côté, c'est pas génial.

J'étais dépassé par ma tâche, tout était trop flou et trop triste. Je cherchais un chien qui probablement n'existait plus, dans une forêt qu'il était impossible de fouiller à ski.

Personne ne me viendrait en aide. Même moi je n'étais pas censé être ici. J'avais menti à Matti et à Sanna en prétendant que je partais pour un week-end de randonnée à ski dans l'Est.

Le mésangeai poussa un petit cri en s'étirant le cou.

— Je n'ai rien pour toi, dis-je.

Il disparut dans les monts. Je décidai de renoncer à la traversée du marais et je me mis à suivre l'oiseau. Je n'avais plus réellement d'objectif, je pouvais aller où je voulais.

Arrivé au sommet, je m'appuyai contre le tronc épais d'un pin pour souffler. Le mésangeai me rejoignit. Cette fois, il était accompagné.

— D'accord, je vous donne à manger, dis-je en enlevant mon sac à dos.

Je rompis un morceau de pain de seigle, l'émiettai et le déposai au pied d'un arbre tombé que le soleil avait dégagé. Dès que je m'écartai un peu, des oiseaux vinrent en picorer, pour ensuite vite retourner sur leur branche. Après une brève discussion entre eux, ils se resservirent et, quand il ne resta plus rien, s'envolèrent vers le bas du flanc. Je repris le même chemin. Je descendis le mont en évitant les troncs et les rochers. Je m'apprêtai à glisser sur le lit d'un ruisseau, qui passait dans une jungle de pins, lorsque je fus arrêté par un tableau magnifique.

Sur la berge était imprimé le collier de perles que je connaissais bien. Impossible de me tromper : Nanok avait laissé son message en lettres courbées sur la neige durcie par la nuit. Je levai les bras en l'air en signe de victoire.

Le chien était en pleine forme, il n'avait subi aucun mal. J'en étais absolument sûr. Je le savais. Je le sentais.

Je suivis ses traces jusqu'à la lisière d'un marais de pins où s'ouvrait un point de vue sur un étang partiellement dégagé et noir. Les empreintes devenaient capricieuses. Tantôt le chien avait marqué des pauses, tantôt il avait subitement changé de direction, tel un épagneul qui cherche une perdrix, et à l'endroit où l'étang touchait un bosquet de sapins, il avait accéléré ; ses pattes avaient dérapé, il avait éparpillé partout de la neige fondue.

Je suivis ses empreintes jusqu'au bord de l'étang où elles rejoignaient celles de grosses palmes puis se mêlaient à la neige piétinée et bourbeuse. Sur la glace reposait une grande plume tachée de sang. Je la ramassai, incrédule.

Je tournai en rond en examinant les empreintes. Deux rangées de pas arrivaient, une seule repartait. C'était bien ça. Nanok avait appris à chasser et avait jeté son dévolu sur le plus noble des oiseaux, le cygne chanteur. Il s'acclimatait, la forêt l'accueillait. Elle l'avait même déjà adopté puisqu'elle lui offrait ses trésors.

En regardant les empreintes qui s'éloignaient, à côté desquelles le bec de l'oiseau avait dessiné un trait rouge, je compris que Nanok devait se trouver tout près. Forcément. Il avait mis sa proie à l'abri, il avait commencé à la manger puis s'était roulé en boule dans la neige. C'est ainsi que faisaient les prédateurs. Et c'est ce que Nanok était devenu, un sauvage, le chien originel, détaché de l'union entre l'homme et l'animal, dont la vie ne dépendait plus des aumônes des bipèdes.

Il n'était plus question de continuer. Je repartis discrètement, afin de le laisser profiter de sa prise. Il avait mérité sa sieste.

Brusquement, je me sentis engourdi. Je scrutai le ciel au-dessus de l'étendue en lui demandant s'il avait une idée. Pour comprendre aussitôt que la réponse s'érigeait pile devant moi, sous forme d'un joli monticule couvert de sapins.

Je montai dessus. Dans la neige perçaient les joues moussues de troncs tombés. Les anciens de la forêt s'étaient couchés. Des mésanges noires sautillaient dans les arbres. Sur le flanc coulait un petit ruisseau. Difficile de trouver un meilleur endroit pour camper.

Je réunis de quoi allumer un feu. Mon bivouac fait de branches paraissait sombre comme la bouche d'une grotte. Le marais qui se distinguait à l'arrière-plan était plus clair. Le soir se transforma en nuit, et l'obscurité me rendit mélancolique.

Je pensais à la forêt qui m'entourait ; à ma conviction que le husky était en sécurité dans ces paysages ; qu'ici, dans ces contrées impénétrables, la nature était encore souveraine. J'avais tort : les terres sauvages n'étaient qu'une scène derrière laquelle, dans les coulisses, l'homme préparait une tragédie.

— C'est vraiment ça, la réalité ? demandai-je à la forêt tout en arrachant des branches basses d'un sapin.

Elle resta muette, honteuse.

Je m'y connaissais en coulisses. À la maison, il n'y avait que ça. Je me souvenais de l'étang sombre au bout d'une petite route, où beau-papy et moi pêchions des brochets au dos noir. Un mur d'immenses sapins en bord d'eau nous entourait, et on aurait dit que nous nous trouvions dans les terres sauvages du Nord. Mais à travers ce mur, on apercevait le ciel. En réalité, ce n'était qu'une fine rangée d'arbres, derrière laquelle la forêt était ravagée. Quand je fis part de cette observation à beau-papy, il répondit que dans la vie il valait mieux éviter de tout scruter en détail.

Mes parents étaient les maîtres des coulisses. Rue Helena, un passant pouvait admirer notre jardin et se convaincre que nous étions forcément des gens bien puisque tout était si propre. Les murs brillaient de peinture fraîche, les plantes pérennes de ma mère fleurissaient, les bûches régulières étaient rangées en une pile droite comme un "i". La pelouse était toujours tondue sur la vitesse deux, avec la lame réglée à la hauteur quatre. Si j'utilisais une hauteur plus basse, mon père se plaignait que l'herbe était trop courte et risquait de se dessécher. Si je tondais avec la hauteur cinq ou à une vitesse supérieure à deux, le vieux arpentait la pelouse en grognant "des touffes, trop de touffes, il faudra bientôt tondre à nouveau".

Tout était toujours impeccable, et exactement comme avant, car en coulisses, on doit faire très attention. Les fausses cloisons tombent facilement.

J'allumai un feu de camp. Les branches de sapin fumèrent pendant un moment avant de se mettre à brûler joyeusement. J'en ajoutai encore quelques-unes, puis me frayai un chemin, hache à la main, jusqu'à la limite de la zone éclairée, où j'avais repéré une souche creuse. Au premier coup, la hache resta coincée dedans ; je la détachai. Au deuxième, je réussis à décrocher un morceau, et très vite toute la souche se trouva en pièces sur la neige. Je les transportai jusqu'au feu qui sauta de joie. Je demeurai un moment à le contempler.

J'aurais dû me douter que les habitants de ces contrées seraient comme tous les autres animaux humains, des tueurs et des ravageurs, pour lesquels détruire était toujours la meilleure option. C'est à peine si les bêtes sauvages étaient tolérées. Il n'y a jamais de place pour la nature là où l'homme règne. Et un chien vagabond était en dessous de tout. Un intrus à éliminer sans pitié.

Je cherchai encore du bois. J'arrachai les racines de la souche et les posai à côté du feu. J'abattis un pin mort sur pied et ramassai des rameaux. Quand le tas mesura un mètre de haut, je m'allongeai sur mon lit de sapins. La lueur absorbait le peu de lumière qui restait, si bien qu'en dehors de la zone éclairée l'obscurité était totale.

Je sentais la forêt autour de moi, elle m'enveloppait tel un plaid épais. Ses bras me serraient fort, mais pendant une nuit comme celle-ci, alors que la lune traversait le ciel du nord derrière un filet de nuages fins et que les étincelles du feu de camp se fondaient dans l'océan d'étoiles, cette étreinte n'avait rien d'effrayant.

J'étais seul, et c'était parfait. Si parfait que de la compagnie n'aurait fait que me gêner. Je n'aurais pas eu le courage de parler, je n'avais rien à dire, mes mots s'étaient noyés dans les marais. Je n'avais qu'une envie, m'étaler sur mon matelas de camping posé sur mon lit de sapins, mon sac de couchage me réchauffant le dos. Mes paupières étaient lourdes, je voyageais dans des univers lointains, derrière les étoiles, flottant dans la mer jaune des flammes.

Puis une pensée m'arracha à ma torpeur.

Les chiens des Inuits.

Je me redressai, poussant au passage un rameau dans le feu avec le bout de ma chaussure. Je fis un tour, mais mes pieds étaient fatigués et je ne tardai pas à me rasseoir. L'écho distant d'une histoire s'était mis à résonner dans ma tête. Je l'avais lue quelque part ; j'avais bouquiné tout ce qui existait sur les huskys, et à présent cette histoire me revenait sous forme d'images.

Un village ancestral, des gens en train de s'affairer sur la neige piétinée. C'est le printemps, comme maintenant, le ruisseau coule et à certains moments de la journée le soleil chauffe déjà. Un homme robuste se trouve auprès des chiens, il les détache à tour de rôle et leur met un coup de pied aux fesses. “Allez, partez !”

Les Inuits libèrent leurs bêtes exprès, les abandonnant dans la toundra comme des rennes. La meute se divise en petits groupes qui disparaissent dans la nature immense sans plus donner signe de vie.

Mais ensuite arrive l’automne. Et les chiens réapparaissent dans le paysage, se faufilant, un à un, discrètement comme des loups. L’été les a rendus forts et farouches. À ce moment-là, l’homme leur tend la main, leur jette un os et un peu de lard en leur souhaitant la bienvenue.

Et ils retournent en cage.

Retournent.

S’échapper, s’ensauvager, se débrouiller puis revenir. Est-ce que la fugue de Nanok pourrait se terminer de la même façon ?

J’entendais mon cœur cogner. Le sommeil s’était envolé. J’imaginais l’automne, les feuilles mortes que le vent du nord fait tournoyer dans les broussailles, et le husky blanc qui émerge de la forêt à pas souples. Il s’arrête, hésite, puis reproduit devant moi en quelques instants sa transformation de loup en chien, processus qui a pris des dizaines de milliers d’années.

Ce serait incroyable s’il se laissait apprivoiser. Si cela arrivait, la raison ne serait pas uniquement la faim, mais aussi le fait que nous ne formions plus qu’un. L’homme et le chien, une union incomparable. Sans l’autre, aucun des deux ne serait vraiment complet.

J'attisai le feu. C'était incroyable de passer la nuit ici sous ce ciel boréal avec Nanok. Il y avait peut-être moins d'un kilomètre entre nous. Bercé par cette pensée, je m'endormis.

Les heures s'écoulèrent, et le brasier finit par s'éteindre. Je me réveillai et rajoutai du bois. Le feu reprit et je m'assoupis, pour très vite tressaillir. Des pas dans la neige ! En me levant, j'aperçus une ombre noire qui se glissait derrière les flammes. Ou était-ce juste un rêve ?

La Grande Casserole s'était retournée. Cassiopée était là-bas quelque part. L'horizon s'éclairait, mais les oiseaux dormaient encore. Je revis l'ombre à proximité, mais je n'eus pas le courage d'aller l'examiner de plus près. Je poussai une racine dans le feu et me laissai retomber sur mon lit. Au milieu des flammes apparut alors une paire d'yeux. C'étaient les deux nœuds du plafond en lambris de ma chambre, et j'avais l'impression qu'ils coulaient ; mais ce n'étaient pas des larmes, c'était de la résine brûlante.

Je m'arrêtai à côté du renne. Son œil était terne, sa bouche tordue dans une grimace si atroce que je faillis pleurer. C'était une catastrophe.

Mon exaltation du matin s'était dissipée. En cherchant de l'eau pour le café, j'étais tombé sur des empreintes de chien qui passaient à proximité, et j'avais sauté de joie. J'avais préparé ma boisson par habitude, bu une tasse et reversé le reste dans le feu. J'avais remballé le campement tant bien que mal, j'avais rempli mon sac, et j'étais reparti. Nanok souhaitait faire connaissance. Le chien des Inuits revenait vers l'homme !

En fin de compte, il n'avait fait que plaisanter, ou alors il avait voulu savoir s'il pouvait me manger. Ou peut-être était-il devenu l'un de ces curieux de la forêt dont beau-papy parlait. D'après lui, les animaux étaient sociables et d'une curiosité infinie. Il était convaincu qu'ils nous observaient constamment.

Suivant le chien à ski, j'avais compris très vite qu'il n'avait aucune intention de se rendre. Je n'y pourrais rien. Sa trace était droite et déterminée, elle passait dans des fourrés, dans les broussailles des rivières, comme s'il avait décidé qu'il sèmerait le pauvre gamin qui le cherchait.

Et puis ça.

Les crochets du renne étaient visibles, car Nanok avait déchiré sa joue. Le ventre de la femelle était ouvert, une partie des boyaux étalés sur la neige avec une pellicule sanguinolente. L'utérus ? Avait-il dévoré uniquement le fœtus ?

Le carnage avait eu lieu sur un marais abrité au milieu de la forêt. Le troupeau s'y était arrêté pour se reposer. La croûte gelée avait supporté le poids du chien, mais pas celui des rennes tentant de s'enfuir.

Je continuai à suivre sa trace. Je découvris un deuxième cadavre à tout juste cent mètres du premier. La langue du renne avait été mordue et ses talons étaient en lambeaux. Dans sa détresse, l'animal avait déféqué sur la neige. C'étaient vraiment des bêtes stupides ! Elles n'avaient pas été fichues d'aller plus loin alors que le prédateur rôdait juste à côté !

Les éleveurs qualifiaient leurs rennes de semi-sauvages. Sauvages comment ? Assez pour qu'on les laisse galoper là où bon leur semble, mais si domestiqués qu'ils sont incapables de se défendre eux-mêmes ?

Heureusement, Nanok ne les avait pas abandonnés entre la vie et la mort. Je n'aurais pas aimé participer à son exploit en les achevant. Il y avait assez à supporter comme ça et encore plus à expliquer. Il faudrait aller voir l'homme en gris et lui dire la vérité. S'excuser platement et promettre de rembourser chaque bête rubis sur l'ongle.

Puis cette évidence me frappa : ils le tueront quand même. Il aura toute la région à ses trousses. Nanok était semi-sauvage comme les rennes, mais d'une mauvaise manière. Car l'homme seul décidait quel animal avait le droit d'appartenir à la fois à lui et à la forêt.

Je détachai mes skis, et j'extirpai de mon sac ma pelle pliante. Je n'expliquerais rien. Il n'y avait rien à expliquer. Des accidents survenaient quand un glouton se pointait. Les gloutons étaient comme ça, ils tuaient autant de bêtes qu'ils pouvaient, pour ensuite fabriquer avec leur tête un jouet qu'ils faisaient rouler tel un ballon de foot. Ou peut-être était-ce un lynx qui avait frappé cette fois. Ce gros chat ne craignait pas la neige et il savait surprendre sa proie.

Je creusai un trou à côté du premier cadavre, que je traînai dedans en l'agrippant par les pattes, puis le rebouchai avec soin. On aurait dit un ours qui cache son butin. D'ailleurs, cela aurait très bien pu être un ours qui l'avait tué ! J'enterrai aussi l'autre renne. Je regardai le ciel mauve et priai pour qu'il envoie une grosse tempête de neige, qui camouflerait les traces, une volée de rapaces et une armée de renards, qui achèveraient le ménage ; et enfin un été subit, pour transporter les restes avec l'eau de pluie, d'abord dans la Tengeliö puis dans les rapides de la Torne, et noyer les secrets dans la mer boréale. Il y avait de la place !

Une fois le travail accompli, j'avais les mains qui tremblaient. Je rechaussai les skis mais, sur le départ, décidai de retourner à mes cachettes. Je ressortis les têtes des rennes pour leur couper les oreilles, une à une, et les glisser dans mon sac, afin de supprimer les entailles indiquant leur appartenance à l'homme. Une oreille après l'autre, la nature se réappropriait ces rennes domestiqués, qui retrouvaient leur état sauvage. Leur disparition ne mettrait personne en colère. Le destin d'une bête farouche revenait à la forêt qui, elle, n'avait rien contre les morts.

Je suivis les traces du chien qui longeaient un ruisseau. Celui-ci se jetait dans un marais derrière lequel, au loin, deux monts s'élevaient contre un ciel écarlate comme une poitrine arrondie. Aux endroits où la glace avait complètement fondu, il dégageait des odeurs rappelant l'été. Après avoir enterré les rennes tués, j'avais continué à skier pendant des heures, sans trop savoir pourquoi. Il me semblait important de rester en mouvement. La nuit commençait à tomber, mais je n'étais pas pressé de rentrer ; les traces ne pénétraient plus dans la forêt profonde. Elles tournaient autour des mêmes monts, dessinant un vague cercle. J'aurais le temps d'arriver à la voiture avant le crépuscule.

Un vol de corbeaux passa sur ma gauche. J'entendis leurs cris hideux. De cadavre en cadavre, c'était ça son jeu à présent ? pensai-je. Quelle bête avait-il tuée cette fois ? Mais finalement les traces de Nanok changèrent de direction à l'approche d'une clairière piétinée où, au milieu des empreintes de renards et de charognards, se distinguait la cage thoracique arrondie d'un grand animal. Une partie des côtes avaient été rongées. Dans les bouleaux nains déneigés par le soleil pendaient des touffes de poils marron et blanc que le vent faisait bouger. Une corne épaisse et deux grosses mamelles couvertes d'un filet de protection pointaient de la neige. C'était une vache.

Du cadavre partaient deux sillons de ski, anciens et presque effacés, vers la route, au sud. Tout à coup, un de mes bâtons s'enfonça dans un trou, éclatant en mille morceaux. Je poussai un cri. En l'examinant, j'aperçus au fond de puissantes mâchoires métalliques. Je jetai un coup d'œil autour de moi. La charogne était entourée de troncs d'arbre, tels des pieux, au pied desquels, dans la neige, traînaient des chaînes épaisses.

Je revins sur mes traces pour m'éloigner du cercle. Puis, en passant par l'extérieur, je m'approchai d'un pieu à ski, creusai pour trouver la chaîne et tirai, réussissant à extraire le piège. J'utilisai une branche de jeune sapin en guise de perche pour frapper la palette. La branche éclata en morceaux. J'arrachai le piège suivant et encore le suivant. Une fois le travail fini, je tremblais de rage.

Satanées brutes.

AILA
1948

JE me rends compte de l'arrivée de Väinö au moment où il pose ses skis contre le perron.

— Maman, c'est Väinö ! m'écrié-je en me précipitant vers lui.

J'enlace mon frère avant même qu'il soit sur les marches. Le dos de son manteau en laine est couvert de givre et sa moustache est toute blanche.

— Tu es venu, dis-je en le poussant à l'intérieur pour pouvoir m'essuyer les yeux sans qu'il s'en aperçoive.

Maman attend dans la pièce principale, les mains jointes, debout sur la lirette. Il n'est pas question pour elle d'accueillir qui que soit sur le pas de la porte, même quand il s'agit de son fils qu'elle n'a pas vu depuis des années.

— Ma chère maman en pleine forme, s'exclame Väinö, et on dirait quelqu'un du Sud.

Elle tend les bras, Väinö se baisse pour la serrer contre lui. J'avais oublié qu'il était si grand. Pendant un long moment, maman est incapable de parler, et quand enfin elle s'exprime, elle explique que depuis le matin elle a la bouche qui gratte, si bien qu'elle se demandait qui allait lui rendre visite. Ensuite, sur un ton de reproche, elle ajoute qu'elle ne pouvait pas deviner que ce serait lui ; elle croyait qu'il ne viendrait plus cet hiver, même s'il l'avait promis. Väinö lui répond qu'il n'a pas pu se libérer plus tôt.

— Le temps se prête aux chantiers en ce moment. Y a pas plus facile pour se faire de l'argent, et il en faut pour construire une maison.

— Une maison ? s'étonne maman.

— Oui, c'est ça, notre projet avec Maria. À Lapinjärvi ou *Lappträsk*, comme ils disent, eux. Maria vient d'une famille suédophone. Sur leur champ de blé, à la lisière de la forêt, c'est ça le plan.

— Ah, sur un champ de blé, répète-t-elle.

Son expression ne permet pas de savoir si elle est fière ou contrariée. Väinö a l'intention de rester dans le Sud.

Je distingue la silhouette de papa sur la berge. Il a relevé son filet de pêche sous glace et skie avec une main ; l'autre tient un pic. Son sac oscille sur son dos. Il s'arrête pour observer les traces de ski de Väinö qui rejoignent celles qu'il avait laissées à l'aller.

— Papa arrive, dis-je.

Väinö s'approche de la fenêtre puis nous jette un rapide coup d'œil. Maman semble nerveuse et se met à s'affairer. Elle essuie la table, ajoute du bois dans le foyer, sort le service à café dans un grand cliquetis.

On entend les pas lourds de papa qui rentre. Le passage de l'entrée à la pièce principale dure une éternité. Väinö est debout au milieu, tendu comme un ressort. La porte s'ouvre.

Papa nettoie ses chaussures sur le tapis, il regarde Väinö, mais garde le silence.

— Bonjour, Papa, hasarde Väinö.

Papa pose ses moufles et sa chapka sur le poêle. Il range son sac à dos dans le coin cuisine, puis retourne près du fourneau, retire ses bottes et parle enfin.

— Alors tu connaissais encore le chemin.

— Comment l'oublier ? dit Väinö, et ses épaules se détendent.

— Il y a des choses que t'as oubliées pourtant.

Maman interrompt ses occupations et explique que Väinö a l'intention de construire une maison sur un champ de blé.

— Comme ça, sur un champ de blé, répond papa. Et t'es monté jusqu'ici pour trouver du bois.

— Il me faut de l'argent.

— Nous, on n'en a pas eu besoin.

— Ce n'est plus la même époque.

— Et c'est quoi le problème avec l'ancienne ?

Maman moud le café et ça sent bon. Elle a gardé les derniers grains pour cette occasion. Elle pose des galettes et un pot de beurre sur la table, nous dit de nous servir. Elle est désolée que les galettes ne soient pas du jour, mais le fiston ne l'avait pas prévenue de son arrivée.

Väinö met une bonne couche de beurre sur la sienne. Avec le chantier, la faim est constante. Papa est assis en bout de table, voûté comme un vieux, un morceau de sucre entre les lèvres. Ses jambes sont croisées sur le côté, celle de dessus s'agite. À cause de sa position, il nous tourne presque le dos. Il se retient, et je sais pourquoi.

— Le Koppelovaara sera bientôt complètement fichu, déclare papa.

Son fils répond que c'est effectivement un grand chantier, qui va encore s'étendre.

— Mais il y a eu quelques ralentissements. L'écurie a brûlé avec deux chevaux et un traîneau. Un scieur a disparu en pleine journée, ajoute-t-il.

Papa termine son café d'une gorgée et se lève en soufflant. Il s'avance vers la fenêtre, regarde un instant la rivière gelée, avant de s'asseoir à côté de la cheminée. Il ajuste une *Työmies** dans le fume-cigarette.

— Comme ça, vous avez eu de la malchance, fait-il en allumant sa clope avec un morceau d'écorce. C'est que la forêt n'aime pas vos agissements. C'est ça que ça veut dire.

— Ils parlent des roses, poursuit Väinö en le fixant.

— Ah bon.

— Tout le monde ne comprend pas que cette époque nécessite des sacrifices.

— C'est vraiment une drôle d'époque, rétorque papa. On n'arrête pas de sacrifier. Les jeunes hommes, les maisons, les champs, les forêts, les plans d'eau… Quand la patrie sera-t-elle satisfaite ? Lorsque tout sera ravagé, c'est ça ?

— Les forêts repoussent.

— Elles sont perdues pour toujours, réplique papa en balançant sa cigarette avec son tuyau dans le feu. T'as pas honte de venir ici dicter ta science, bordel ? Ils t'ont à ce point abîmé là-bas, au Sud ? Leurs discours sont grandioses comme ceux des Boches, mais quand ils s'en iront, il ne restera que des ruines !

* "L'ouvrier", marque de cigarettes sans filtre.

— Ça suffit, hurle maman, avec un visage rougi de pleurs retenus. Väinö, il vaut mieux que tu repartes. Je te prépare un petit casse-croûte.

Väinö se relève, remet son manteau et sa casquette à fourrure, dit que ce n'est pas la peine.

— Ça fait un moment que je m'en sors tout seul, tu sais.

Il extirpe une liasse de billets de sa poche et la pose sur la table.

— Maman, achète-toi du tissu, ou un poste de radio, ça vous apportera un peu de culture. Je doute que cela vienne à l'idée du vieux de t'en offrir.

Les portes claquent, elle fond en larmes. Je suis à deux doigts de pleurer moi aussi. J'avais tellement attendu Väinö. J'aurais voulu lui demander comment c'était à Helsinki, à quoi ressemblait la ville, ce qu'on y mangeait. Ça aurait été chouette de papoter un peu.

Il y a fort à parier qu'il ne reviendra plus jamais.

Papa se rhabille pour sortir en murmurant qu'il doit aller vérifier les pièges à renards, puis dit que Väinö ferait mieux d'arrêter ses conneries avant qu'il n'arrive quelque chose de pire.

SAMUEL
AVRIL 2009

Je travaillais au chenil sans entrain. J'avais mal partout et le ciel crachait des averses de pluie qui rendaient l'environnement triste. Arrivé à la remise, je m'aperçus que j'avais oublié de ramasser les gamelles du dernier enclos. En y retournant, je constatai que les crottes n'avaient pas été nettoyées et que la houe était restée dans la remise. Je faisais des pas inutiles. Ma tête était ailleurs.

La veille, autour d'une soupe, Matti m'avait posé des questions sur mon week-end de randonnée, et je n'avais pas répondu grand-chose. "C'est beau là-bas, dans l'Est", voilà tout ce que j'avais dit. Je n'avais pas envie de leur mentir plus que nécessaire. Je savais ce qui arriverait si je leur révélais la vérité. D'abord, ils m'en voudraient de leur avoir caché ma destination puis d'y être allé. Si en plus je leur racontais ce que j'avais fait, ils sortiraient de leurs gonds, et Sanna hurlerait que je m'étais foutu dans la merde.

Après m'avoir battu avec les mots jusqu'à ce que je m'effondre sous la table, Matti se mettrait à s'exciter à propos des chiens des Inuits. Il n'arrêterait pas de parler ; il présenterait des théories, prêcherait sur l'incroyable histoire de ces bêtes groenlandaises et sur ce qu'il faudrait faire – sans lui-même bouger d'un pouce. À nouveau, il verrait le soleil derrière le nuage même si le paysage était plongé dans la nuit noire. "Il se laissera apprivoiser", crierait-il si fort que les murs résonneraient.

C'était faux. Il n'obéirait qu'à une balle. Il ne vivrait pas jusqu'à l'automne. Ils ne lui donneraient pas cette chance.

En réalité, Matti ne s'intéressait pas à Nanok. Occupé, soi-disant, par ses tâches, il n'avait jamais eu le temps de se joindre à la traque. Une fois, Sanna avait dit que Matti était devenu un homme aux bonnes intentions. Il annonçait qu'il voulait participer à la course de Finnmark : cette fois, il le ferait, c'était décidé ! Il commencerait à entraîner les chiens dès l'automne, ils seraient au top, il leur montrerait ! Mais il n'y arrivait plus. S'il avait pris part à l'Arctic Barents Race, c'était uniquement parce qu'il y avait été invité. Matti était comme tous les *mushers* vieillissants, sa meilleure équipe était toujours celle de l'année suivante.

Je m'arrêtai au milieu de la cour et levai le regard vers le ciel. La pluie me mouillait le visage. C'en était terminé avec les recherches. Après cette pluie arriverait soit une nouvelle averse, qui ferait fondre la neige restante, soit le gel qui la durcirait ; dans un cas comme dans l'autre, le chien ne laisserait aucune trace. La traque deviendrait impossible et l'affaire serait close.

Matti s'approcha du chenil, ses bottes en caoutchouc faisant *splatch* à chaque pas. Il avait les cheveux en bataille et les yeux encore bouffis par le sommeil. Sans dire un mot, il se mit à évaluer son local tristounet, les coins des niches rongés, les poteaux jaunis de pisse, les jeunes chiens pataugeant dans la gadoue, les adultes bougonnant dans leurs abris… et parvint au constat que la météo était vraiment merdique.

— Mais demain, ça ira mieux, ajouta-t-il.

C'était plus fort que lui. Ça m'agaçait. Pour une fois, il aurait pu avoir un peu de compassion et dire que le temps était épouvantable et que ça ne changerait pas avant deux ou trois semaines. Que la vie était une longue épreuve.

— C'est fini, il n'est plus possible de récupérer Nanok, dis-je sans cacher ma déception.

Je voulais suggérer : pourquoi ne m'as-tu pas aidé, putain de fainéant ?

— Ça, c'est pas dit. On peut avoir plein de neige encore en mai, répondit Matti, esquivant mon attaque sans peine.

Il s'accroupit pour caresser un jeune husky femelle dont le poil trempé ne faisait qu'accentuer la maigreur.

— On s'est appelés avec Trond. Il était super content pour Inuk et te remercie une fois de plus. Il viendra le récupérer en été.

— De rien.

— Il était très embêté pour Nanok.

— Normal.

— Il a dit que tu pourras le garder.

— Garder quoi ?

— Nanok. Si tu le retrouves, il est à toi.

Matti sourit en haussant les sourcils. Si quelqu'un pouvait comprendre l'importance de cette nouvelle pour moi, c'était bien lui !

— Tu déconnes ? Je veux dire…

— Tu as bien entendu.

— Putain.

— Eh oui. C'est un chien superbe et tu l'as mérité. Tu es le meilleur *handler* qu'on ait jamais eu. Sanna le pense aussi. Ce serait génial si tu revenais l'hiver prochain, avec un vrai salaire, évidemment. Qu'en dis-tu ?

— Il se peut que j'accepte, répondis-je.

— Ça alors ! s'exclama Matti en tapant dans ses mains. Eh bien, marché conclu.

Une averse éclata au-dessus de nous.

— Ce vent est glacial, murmura Matti, en remontant son col.

Il se dirigea vers la maison, avant de se retourner.

— Attends, encore un truc. La météo prévoit du froid pour demain matin. La neige sera dure. Tu voudrais pas faire un tour avec l'équipe de compétition ? Cent kilomètres, ce serait pas mal, un peu d'entraînement en fin de saison.

— Oui, pas de problème, lui promis-je comme si de rien n'était.

Au fond de moi, j'avais envie de me ruer sur les berges de l'Ounas et hurler de joie.

SEPTIÈME JOUR

Je croque un petit bout de mon pain Wasa quotidien, je le mastique jusqu'à ce qu'il devienne tout mou puis le garde encore un moment dans ma bouche avant de déglutir. De cette façon, la bouchée me paraît plus copieuse. Je fixe le morceau restant dans ma main. Je louche et il se dédouble. Avec deux, je peux survivre.

Quelque chose bouge à la fenêtre. Je sursaute, recule, tombe du banc et avale de travers.

Je me relève en me raclant la gorge. C'est un mésangeai. Il agite ses ailes et on dirait un enfant qui invite son copain à jouer.

Au printemps, le mésangeai m'a indiqué où se trouvait Nanok. Je m'approche de la fenêtre me demandant ce qu'il a à m'annoncer maintenant. L'oiseau m'aperçoit et s'envole sur une branche de sapin. Je ne distingue rien d'inhabituel, seulement des arbres et le mésangeai.

Je décide d'aller voir de plus près. Je n'ai pas besoin de m'habiller, je porte déjà tous mes vêtements. La cabane s'est refroidie pendant que je dormais.

Je jette un coup d'œil par la porte. Personne. J'écoute les bruits. Le vent souffle, mais je n'entends aucun pas, aucune détonation. Pas de cris. La voie est libre.

Je me faufile derrière la cabane, loin de la rive. Là-bas, la forêt est plus dense et on ne peut pas me voir à distance. Je m'accroupis sous un sapin, m'adosse contre son tronc rugueux et inspire à fond. L'air a été purifié par l'automne ; il ne dégage plus l'odeur étouffante des champignons et des feuilles en décomposition.

J'attends les mésanges qui ne sont pas venues aujourd'hui. Je ne comprends pas où elles ont pu disparaître. Je voudrais examiner leur comportement, étudier les spécificités de ma proie, pour savoir où placer mon piège. Enfin, je pense jeter mon dévolu sur une branche de sapin particulièrement longue à côté de la cabane. J'ai l'impression que les mésanges aiment bien s'installer dessus pour observer leur environnement. En plus, la tapette serait visible par la fenêtre. Ce serait chouette de les regarder courir à leur perte. Le temps passerait plus vite.

Il y a du vent. Alors que les arbres se balancent, leurs branches se frottent les unes contre les autres. Il faudra absolument en tenir compte quand je réglerai la tapette. Si elle est trop sensible, elle se déclenchera toute seule et ce sera la fin de la chasse. D'un autre côté, elle ne doit pas non plus être trop rigide.

Je récupère le piège que j'arme sur les marches. Je le déclenche à l'aide d'un petit bâton. Je l'arme et le déclenche, encore et encore, tout en me demandant combien pèse une mésange. Quelques grammes ou plusieurs dizaines de grammes ? Son poids correspond-il à une caresse légère ou plus appuyée, une tape franche étant certainement de trop.

Je l'arme une dernière fois en posant le bâton sur le déclencheur et je ferme les yeux. J'imagine que je suis une mésange. Je vole dans la forêt mes plumes bruissant, je pépie pour alerter mes compères. “Venez, il y a de quoi manger !”, voilà ce que je leur crie en détectant la friandise. J'atterris sur la branche, la brise est forte et je dois battre des ailes pour rester en équilibre. Je sautille vers mon butin, tends mon cou pour mieux le voir. Puis je m'approche tout près, picore le morceau de pain gelé avec mon bec. Et *splaf!* Plus rien que du noir.

Je regarde le bâton coincé sous la barre et je souris. Le réglage est bon !

Mais toujours aucune mésange, seulement le vent dans la cime des arbres et le clapotement des vaguelettes contre la rive rocheuse. J'enlève mon bonnet, arrange mes cheveux gras et lourds derrière les oreilles. Je pourrais faire bouillir de l'eau et me laver la tête, mais à quoi bon ? Il faudrait trouver une raison valable.

Je fixe la tapette en me servant de la ligne en nylon de la canne à pêche qui était rangée sous la gouttière. Friable, elle se casse quand je la serre. Après ma deuxième tentative, le piège se trouve enfin en position satisfaisante, à l'extrémité de la branche de sapin, là où celle-ci forme une fourche. J'ajoute par précaution un bout de fil de fer, avant de chercher un morceau de pain Wasa. Je le mastique pour en faire une boule pâteuse que je dépose sur la plaquette. J'arme le piège, et quand la barre métallique est au bon endroit, je détache mes doigts doucement.

Je recule de quelques pas ; le vent remue la branche, mais le piège reste en place sans se déclencher. La nuit sera longue, mais pour une nouvelle raison.

AILA
1948

LA Tengeliö charrie ses dernières glaces. La crue monte sur la prairie. Papa pense que les blocs forment un barrage au niveau des rapides.

Mauno l'aide à retirer l'écorce des rondins. Pendant l'hiver, papa a abattu des pins pour construire un nouveau hangar. Il a dit qu'on terminerait les dépendances, que le hangar redeviendrait comme avant la guerre, si grand et haut qu'on pourrait y stocker le bois pour plusieurs années.

Papa pousse le sabot d'écorce, pendant que Mauno s'affaire avec la plane, son éternel sourire aux lèvres. Je me demande si ça lui arrive parfois de se lever du mauvais pied. Avant je pensais qu'il était un peu simplet, mais ça n'a rien à voir. Il a seulement bon caractère. Sa nuque s'est épaissie depuis l'été dernier. Il a retroussé les manches de son pull dévoilant ses bras musclés aux veines saillantes.

Je remplis mon panier de copeaux et dis à papa que je peux lui donner un coup de main s'il a besoin. Je n'ai rien d'autre à faire. Il trouve que c'est une excellente idée, et me propose de nettoyer les troncs avec Mauno pendant que lui va chercher du foin dans la grange avec Sonni, le cheval.

— Si Mauno veut bien de toi, ajoute-t-il.

— Mais bien sûr ! répond celui-ci.

Papa retourne alors sa casquette pour indiquer qu'il a fini pour aujourd'hui. Puis il se dirige vers l'étable à pas raides. De toute évidence, la journée pèse sur son dos.

— Comment vas-tu ? demande Mauno.

— Comme d'habitude, et toi ?

— J'ai pas à me plaindre, déclare-t-il en me regardant dans les yeux.

— Mon père te paie ?

— J'sais pas, je pense pas.

— Mais tu travailles pas gratuitement, quand même !

— Il a besoin de quelqu'un pour l'aider. Et je fais ça aussi pour autre chose.

— Comment ?

— Oublie. On pourrait poser les nasses ce soir, non ?

— Pourquoi pas, si Lauri ne se vexe pas. D'habitude, je pêche toujours avec lui.

— On n'a qu'à poser notre nasse. J'ai goudronné la barque.

— T'es vraiment un bosseur toi !

— Le monde ne nourrit pas les fainéants.

— Tu trouves que je suis fainéante ?

— Non, pas pour un sou !

Je m'assieds sur un rocher sur la berge des Pieti pendant que Mauno met la barque à l'eau. Son corps cache le soleil couchant, ce qui ne l'empêche pas de m'éblouir. Mauno est si mince que les rayons le traversent.

— Mais tu as goudronné même le banc, idiot ! dis-je en rigolant.

— C'est comme ça qu'on a l'habitude de faire par chez nous, répond Mauno, l'air confus.

— Vous goudronnez aussi le mât à drapeau ?

Là, le visage de Mauno s'assombrit.

— Arrête ! Je te taquinais !

— Ah ça, tu sais bien faire.

Mauno rame lentement. Sur le fond de la barque, entre nous, se trouvent deux nasses. Je regarde le jeune homme à travers les fils métalliques. Oui, un homme.

— On est devenus adultes. Bientôt, on quittera nos familles. Je serais prête à partir même tout de suite !

— Tu veux dire "ma maison, mes règles" ?

— Ouais. Papa est parfois un vrai âne.

— Il a un caractère têtu, c'est comme ça.

— T'as raison, on ne change pas les gens, approuvé-je.

— Et ça arrive à tout le monde d'être de mauvais poil.

— Sauf à toi. Je parie que tu ne te plains jamais.

— Qu'est-ce que t'en sais ?

— Je te connais comme ma poche.

— Alors si tu l'dis.

— Il y a que toi qui utilises cette expression.

— Il faut bien que les pauvres aussi aient leurs singularités. On posera la première nasse là-bas, à côté de ce bouleau. Et on mettra la deuxième dans la crique.

— Si tu l'dis, fais-je.

Les dents jaunes de Mauno brillent derrière la nasse.

SAMUEL
AVRIL 2009

C'ÉTAIT un matin froid et paisible, qui faisait scintiller les bouleaux tendus au-dessus de l'eau et les tiges d'herbe s'érigeant sur la berge. Je tirai le traîneau sur le point de départ devant le chenil, l'attachai à un pin avec un nœud de rappel puis étalai la ligne centrale.

Je le chargeai de plusieurs dizaines de kilos de viande congelée, qui était là uniquement par sécurité ; pour le casse-croûte, les chiens n'avaient besoin que d'un morceau de saumon, qui se dégèlerait rapidement. Si le traîneau était trop léger, l'attelage prendrait trop de vitesse et les bêtes risqueraient de se blesser, ou de me faire tomber dans un virage.

Matti m'avait proposé d'entraîner l'équipe entière composée de quatorze huskys, mais je n'avais accepté d'en avoir que dix. Avec l'équipe au complet, par ce temps, les chiens auraient couru comme des fous. D'après Matti, Terry Streeper avait concouru avec vingt-six chiens. Je lui avais rétorqué que c'était Streeper, et que moi, j'étais Somerniva. Il avait rigolé et dit que c'était une bonne réponse.

D'abord, je libérai de leur enclos les chiens de tête, Pete et Susan. Pete rejoignit le traîneau d'un pas tranquille en remuant la queue, puis attendit. Susan fit ses besoins sur le chemin. Je harnachai Pete, fis glisser la boucle du harnais dans celle de la ligne de traction et j'attachai son collier.

Susan s'approcha de moi à son tour. Je la harnachai elle aussi. Le réflecteur côté nuque, j'enfilai la tête à travers deux passants, et les pattes avant dans la sous-ventrière. Puis je l'attachai à la ligne de trait à gauche de Pete, et leur donnai l'ordre d'attendre. Ils s'immobilisèrent calmement. C'étaient des chiens de tête expérimentés, si bien que je n'avais pas besoin de les relier entre eux ; ils se maintenaient côte à côte d'eux-mêmes.

Les chiens de tête étaient les préférés des *mushers*, le cœur de l'attelage. Des compagnons de confiance, qu'ils emmenaient partout avec eux. Les *leaders* devaient posséder des qualités particulières ; d'un côté, de la détermination, pour montrer l'exemple à leurs congénères quand ces derniers commenceraient à se fatiguer, et de l'autre, de la souplesse, pour obéir au *musher* dans n'importe quelle situation.

Peu de chiens remplissaient ces critères, et les *mushers* mobilisaient beaucoup d'efforts pour en trouver. Ils traversaient l'océan pour s'en procurer en Alaska et payaient des sommes équivalentes à leur salaire annuel pour obtenir l'animal qu'ils désiraient. Susan avait été achetée en Norvège, alors que Pete avait été élevé par Matti, raison pour laquelle il était si spécial pour lui. C'était un mâle au pelage sombre avec une tête déjà grisonnante et un ventre tout blanc. Ses oreilles étaient droites avec les extrémités pendantes, et le regard de ses yeux marron était serein. Son corps était sec et dense. Bien engoncé dans sa carapace, comme le décrivait Matti. Malgré son âge, Pete était encore bien affûté. D'après Matti, il courrait encore un an, peut-être deux, mais ensuite ce serait au tour des autres. Quand il l'avait dit, son visage était devenu triste. La jeune femelle, June, maman des chiots de Pete, prendrait sa place le moment venu.

— Mais elle ne lui arrivera pas à la cheville, avait murmuré Matti avec nostalgie.

Il avait déjà commencé à faire son deuil. Le dernier voyage de Pete, à la carrière de la mort, approchait inévitablement.

Ensuite, je libérai le deuxième binôme, Sissy et Snacks. C'était des *swing dogs,* des chiens rapides en poste derrière les leaders. Le corps sec, Sissy avait tout d'une coureuse. Blanc et noir, le jeune Snacks avait hérité de ce sobriquet parce que, quand il était encore chiot, il avait volé et dévoré les casse-croûtes de tout l'attelage, si bien que Matti avait craint qu'il n'explose.

Pendant que je détachais les chiens un à un, les autres, qui observaient l'événement, commençaient à s'agiter, et très vite, le chenil qui comptait une centaine de têtes hurlait tellement que je dus me mettre un casque antibruit. Ils tournaient dans leurs enclos, au bout de leurs laisses, et le vacarme finit par exciter les chiens de l'attelage. Seul le vieux Pete se retenait. Il était assis, le regard fixé sur le chemin qu'on allait prendre, comme s'il planifiait le parcours.

En dernier, j'attelai les chiens de barre, positionnés devant le traîneau. Prêt à partir, Sepe montait sur ses pattes arrière en hurlant. À côté de Sepe, j'attachai James.

Enfin, je sortis le sac de chaussons. Je les enfilai en soulevant une patte à la fois et en pensant à bien resserrer les velcro. Je m'occupai de Snacks tout à la fin, parce qu'il avait pris la mauvaise habitude de mordiller ses chaussons.

Une fois le travail terminé, j'enlevai mon bonnet et essuyai la sueur sur mon front. Les chiens de barre s'agitaient. Susan tremblait et gémissait, mais Pete gardait son calme.

— Alors on rêvasse ? cria Matti au-dessus du vacarme.

Il était arrivé tout près de moi sans que je m'en aperçoive.

— Il fait beau ce matin, répondis-je en souriant.

— C'est vrai, un temps superbe ! Tu as pris assez de chaussons ? La neige est dure.

— Huit chaussons pour chacun.

— Et le casse-croûte et le trépied ?

— Oui.

— Un sac de couchage pour chien s'il arrive malheur ?

— Aussi.

— Bien. Bon, où penses-tu aller ?

— J'sais pas trop. Par ce temps, ça n'a pas tellement d'importance. D'abord, au sud, en longeant la rive, fis-je alors que j'avais un itinéraire précis en tête.

Je fermai la housse de protection du traîneau, enfilai le bonnet et la parka, que je laissai entrouverte. Je vérifiai que les moufles pendaient à leurs lanières, jetai un dernier coup d'œil autour de moi – non, je n'avais rien oublié – et je montai sur les patins.

Matti longea l'attelage, tapota et encouragea chaque chien. Près de Pete, il s'accroupit. L'animal le regarda dans les yeux, les oreilles rabattues vers l'arrière, et l'écouta avec attention. Matti bavarda avec lui pendant un moment, sans cesser de le caresser. Je ne distinguai pas les mots à cause du vacarme, mais cela ressemblait à un échange entre deux âmes sœurs.

Après avoir enlacé Pete, il fit la même chose avec les chiens qui se trouvaient de l'autre côté de l'attelage. Il leva le pouce, m'interrogeant du regard : Alors tu y vas ? Je hochai la tête. Il détacha le traîneau. Je criai : Allez ! Et c'était parti !

Il m'était impossible de m'habituer à la sensation que j'éprouvais chaque fois au moment du départ. Elle traversait tout mon corps. Je sentais l'énergie des chiens, leur fougue. L'attelage s'était tu comme par magie et avançait avec concentration. Les chiens s'étaient une fois de plus transformés en un monstre de trait dont chaque partie donnait de la force aux autres.

C'était un tableau fantastique qui faisait vibrer toutes les cellules de mon corps. Pendant les premiers kilomètres, impossible de tirer la tronche !

L'attelage galopait dans le lit de la rivière. La glace nous portait encore, il fallait seulement éviter les endroits où il y avait du courant en restant près des berges.

Un jour, tout ça sera à moi, pensais-je debout sur le frein. Un jour, je conduirai mon propre attelage, je posséderai un chenil, ici au Nord, avec des dizaines de niches bien arrangées. Je vivrai comme Matti, en faisant du traîneau et en aimant la femme que j'aurai choisie ; je lui serrerai les hanches sans aucune honte. À ce moment-là, mon rêve me semblait réalisable, à portée de main.

Derrière la route et les lacs commençait la forêt où courait le husky blanc. C'est là-bas que je me dirigeais. Personne n'avait jamais débuté avec une bête de ce gabarit. Si je réussissais à trouver une femelle ou deux de bonne lignée et à les accoupler avec Nanok, j'obtiendrais une grande avance. J'éviterais de jongler entre chiens de race et bâtards, et de faire de l'élevage pendant vingt ans avant de pouvoir constituer une équipe potable. Je serais dans les temps, et tout deviendrait possible. Absolument tout. Je m'imaginai les mains levées au milieu d'une foule criant "Hourra" dans les rues d'Alta. C'était mon rêve ultime.

Après les terres rasées, les marais abîmés et les taillis, une forêt de pins se dessina devant nous. Nous y plongeâmes sans hésitation. Je conduisis en silence, pour éviter de déranger qui que ce soit. Je laissai Pete et Susan choisir le meilleur itinéraire. Il me suffisait qu'ils avancent dans la bonne direction et que le soleil reste derrière nous. Nous traversions des terrains fermes, des étendues bosselées, descendions courir sur des marais longs et étroits. Les chiens galopaient sur les lacs, au pied des monts. C'était le summum du bonheur.

Je retrouvais des paysages familiers – des précipices, des blocs erratiques, l'immense pin qui poussait sur un rocher au milieu d'un ruisseau – impossibles à oublier. Mais avec l'attelage, mes sensations n'étaient pas les mêmes qu'à ski. J'étais libre, ouvert.

De petits oiseaux pépiaient, un grand tétras s'envolait d'un vallon en claquant des ailes. Un troupeau de rennes trottait sur le marais. Des perdrix gloussaient devant l'attelage. Un aigle surgissait de derrière un mont.

Alors que je pénétrais de plus en plus dans la forêt, je me détachais de mes soucis. Ni mes tracas du quotidien ni mon échec à attraper Nanok ne résistaient au rythme des chiens, les fantômes de mon passé s'emmêlaient dans les patins du traîneau, s'échouant l'un après l'autre sur le bord de la piste.

Tout semblait si loin, mon job d'été à la mine, le garçon timide qui portait des moufles de *musher* pendant la récréation espérant un miracle : que quelqu'un l'aborde et lui demande où il avait trouvé une paire de moufles aussi cool, si c'étaient de vrais poils de phoque.

Mais personne ne m'avait posé aucune question. Les autres garçons voulaient devenir des mineurs, des ingénieurs ou des footballeurs, même si peu d'entre eux devenaient quoi que ce soit. Les chiens ne les intéressaient pas. Aucun d'eux ne me prêtait attention.

Sauf Logo. Lui au moins avait essayé.

— Moi aussi j'aime bien les huskys, avait-il dit le regard baissé.

Nous nous étions retrouvés tous les deux sous le préau. La bande de Nikkanen semait la pagaille plus loin, poussant Väänänen à tenter un tour complet avec la balançoire. D'après la légende, un certain Matias Perttuli y était arrivé, il y a longtemps.

— Je trouve que c'est Balto le plus fort, avait poursuivi Logo.

— Ah bon, avais-je répondu.

Alors que, au fond de moi, j'avais eu envie de crier de joie : Tu connais Balto ? pour pouvoir ensuite décréter que ce n'était pas Balto le plus fort. Pour moi, c'était Togo, le chien de tête de Leonhard Seppala, le véritable roi de la course au sérum ; Balto, lui, n'avait rien fait de spécial. Il avait seulement eu la chance de transporter le sérum, qui avait sauvé les enfants de la diphtérie dans la ville de Nome, et d'attirer ainsi l'attention de la presse. Balto était une star sans le mériter, et à présent, il avait une statue érigée en son honneur à Central Park.

Mais je n'avais rien dit. J'étais parti.

Je m'emplis les poumons d'air frais. Est-ce que Logo aussi aurait pu trouver sa place ici, au Nord ? Peut-être que c'était aussi son rêve, ou que cela aurait pu le devenir, si je lui avais parlé et si je l'avais invité chez moi ? En fixant mon regard au loin, j'aperçus sa silhouette contre la neige immaculée. Il conduisait son attelage devant moi. Il lui donna l'ordre de tourner et me jeta un coup d'œil par-dessus son épaule, riant tellement que ses oreilles de Dumbo, rougies par le vent, tremblaient.

Je soupirai si fort que mon chien de barre, Sepe, se retourna. Je m'efforçai de penser à autre chose, pour me débarrasser du poids de mon enfance comme d'un frisson soudain. En me concentrant, je parvins à remettre à leur place, loin derrière moi, mon père, ma mère et leur maison achetée avec un prêt à taux réduit.

Tombèrent dans la neige les escapades au supermarché de ma mère, l'angoisse éternelle de mon père et les maudites galeries de la mine. Tout était parfait, les chiens couraient, la ligne tendue, le paysage se vallonnait, vivant comme dans mes plus beaux rêves.

Au bout d'un deuxième grand marais, quand nous avions parcouru quelques dizaines de kilomètres, je fis une pause. Après avoir enfoncé les ancres dans la neige, j'attachai, par précaution, l'attelage autour d'un pin et vérifiai les pattes des chiens. Ils haletaient, et les plus assoiffés mangèrent de la neige. Je distribuai les encas. Ensuite, je m'assis sur le traîneau, versai du thé dans ma *kuksa* et levai mon visage vers le soleil printanier laissant la brise me chatouiller les oreilles. Les chiens se couchèrent l'un après l'autre. Je fermai les yeux, et la chaleur me réchauffa les joues. Mes pensées se déchaînèrent ; elles montèrent dans le ciel, puis firent un petit saut dans les montagnes, avant d'atterrir sur le canapé de la maison.

Mika Häkkinen remporte le Grand Prix, mon père rayonne, la pendule sonne une fois, deux fois, trois fois ; l'odeur de la tarte aux myrtilles de ma mère flotte dans le salon, les pies apparaissent derrière la fenêtre, rentrent par le vantail et se mettent à picorer des miettes par terre. Ma mère dit pour plaisanter qu'elles deviennent arrogantes parce qu'il n'y a pas de chasseur à la maison. Mon père entre dans la cuisine, serre ma mère contre lui par-derrière et répond qu'on n'a qu'à acheter au fiston une carabine. À la télé, c'est le tour d'honneur. Le présentateur se réjouit, ça y est, Häkkinen est champion du monde, et pendant un instant, l'achat d'une carabine leur semble une idée fantastique. Dans la chaufferie, le chien participe à la joie générale en hurlant.

Puis je revins à la réalité. Une partie des chiens dormaient encore. Susan était debout, son regard bleu ciel rivé au-dessus du marais, vers le sud.

— On y va, Sue ? dis-je.

La chienne remua la queue en gémissant.

Ce jour-là, je me trouvai. Alors que les terres sauvages sifflaient sous les patins du traîneau, je sus que ce serait ça, ma vie. Je deviendrais *musher*. C'était tout ce qu'il me fallait, et je n'avais même pas eu à faire de choix. Il s'était imposé à moi.

Le soir, en descendant sur l'Ounas, mes bras engourdis et mes jambes flageolantes, je me sentais léger. Le soleil pliait bagage à l'ouest. Je le saluai de la main : à bientôt. Je regardai les huskys pour la millième fois. Ils couraient avec grâce, dix individus hors pair, une machine à dix cylindres. À un moment de la journée, j'étais devenu un membre de l'équipe, et nous ne faisions plus qu'un. Les chiens, l'homme et le traîneau, nous composions un ensemble tourné vers un but commun, nous partagions la même joie. Les *mushers* disaient souvent en rigolant qu'ils finissaient par se transformer en huskys eux aussi ; parlaient-ils alors de ce genre d'expérience ? La métamorphose débutait-elle par des instants comme celui-ci ?

Sur mon trajet, je vis un merle d'eau plonger dans un trou, les empreintes d'un lièvre passer tout près des rapides, un autour des palombes surgir de la forêt comme une fusée argentée. J'observais mon environnement avec un sourire.

Brusquement, un patin se prit dans une fissure.

Je chancelai, mes pieds dérapèrent l'un après l'autre. Seules mes mains restaient agrippées au traîneau.

Je criai “non” et “stop”, mais les chiens ne m'obéirent pas. J'essayai de remonter sur les patins, mais c'était impossible, et je perdis prise sur le guidon. Je tombai sur le visage en premier, ma bouche se remplissant d'une purée de neige fondue. J'entendis l'attelage s'éloigner. Quand je levai le regard, j'aperçus sa silhouette sombre qui disparaissait derrière un virage.

En me mettant sur le dos, je vis la cime des sapins noirs, telle une rangée de javelots sur fond de ciel rougeoyant.

La douleur arrive toujours avec retard. Elle me frappa dans l'épaule comme un couteau. En tentant de changer de position, je hurlai.

Merde.

Je m'efforçai de me redresser. Mon bras gauche pendait. Seules les empreintes de pattes sous les traces des patins rappelaient encore les chiens. L'angoisse me noua l'estomac, me coupa le souffle.

Ils vont monter sur une route et se faire écraser par un poids lourd. Au moins six cadavres d'un coup ! pensai-je. La largeur de ce genre d'engin correspond à peu près à ça.

Je commençai à marcher vers la nationale qui longeait la rivière. Je songeai aux chiens, les imaginant mourir de mille façons atroces, attachés les uns aux autres. Ils pourraient tomber dans la fente à côté de laquelle nous étions passés le matin, s'égarer de l'itinéraire et s'accrocher dans des arbres par leurs harnais, crever sans aide.

Le ciel s'assombrissait. La masse nuageuse arriva du sud pour s'installer au-dessus de moi, lourde comme ma culpabilité.

AILA
1948

DANS la chambre, maman me fait une natte en fredonnant *Loué soit le Seigneur qui apporte le salut à son peuple*. Elle me touche si tendrement que j'ai l'impression qu'elle me caresse.

— Tu as vraiment beaucoup de cheveux, dit-elle en m'observant dans le miroir. Et t'es tellement jolie que les garçons ne vont pas pouvoir détourner le regard.

— Ils se fichent de moi.

— N'importe quoi. Ce n'est pas papa que Mauno vient voir ici, c'est toi. Et ça n'a rien d'étonnant. Tu ressembles à ton père jeune. Les mêmes yeux et la même bouche.

— Mais pas la même barbe, heureusement ! fais-je.

Maman rit. Elle est à nouveau joyeuse. Sans doute se sent-elle obligée maintenant que papa est devenu un ours. Il va et vient quand bon lui semble, il a de gros cernes et il n'arrive plus à travailler. Il est triste à cause de Väinö et inquiet pour les forêts.

Au début de l'été, moi aussi, j'ai pris conscience de ce qui se passait sur les monts. D'abord, j'ai entendu des cris sur le lac et ensuite des troncs flottants sont apparus dans la rivière. Une forêt défilait à côté de la maison. Papa est resté la journée assis sous le sapin d'Arviitti à regarder le spectacle. Je me demandais combien de fois la lame de scie avait dû gémir et la hache frapper sur la base des branches pour obtenir cette quantité de bois. Avaient-ils envoyé toute une armée dans nos forêts ?

Kaisa arrive. Elle gare sa bicyclette au milieu de la cour et fait tinter la sonnette.

— J'y vais, crié-je.

Je n'attends ni les au revoir ni les avertissements. Aujourd'hui je suis libre comme une hirondelle dans le ciel.

Les roues passent dans les trous, les gravillons frappent le cadre. Nous essayons de rouler lentement pour éviter de transpirer, mais nos jambes ne nous obéissent pas. Elles sont pressées.

— Je sais que je vais puer, s'exclame Kaisa. Et personne ne voudra danser avec moi !

— Mais si, il y en a qui aiment l'odeur de la sueur.

— Ah non, je ne crois pas que ça existe.

— Et pourquoi pas ?

La route se rétrécit et devient d'abord un chemin puis un petit sentier, avec des racines qui secouent les roues si bien que je me mords la langue.

— On pousse ? dis-je en descendant de la bicyclette.

À ce moment-là, je l'entends. Quelqu'un joue de l'accordéon.

— Écoute ! Ils ont déjà commencé !

Kaisa renifle son aisselle.

— J'en étais sûre, maugrée-t-elle.

— Lave-toi avec la mousse.

Kaisa se précipite sur une pente en chercher. Je tends l'oreille à la Saint-Jean, au bourdonnement des insectes, au chant des oiseaux dans les arbres, à celui du courlis sur la tourbière, au vrombissement lointain des rapides. Derrière le bocage de pins scintille le Miekonen, avec au fond des monts si droits et puissants qu'on dirait qu'ils tiennent le ciel en place. Le soleil est encore haut, la soirée ne fait que commencer, mais mon sang bouillonne déjà.

Il boite, mais personne ne danse aussi bien que lui. Il porte une veste sans manches et une chemise blanche, son pantalon a été repassé avec soin.

— Je suis venu ici avec mes amis pour pêcher. Le saumon et l'ombre, explique-t-il en m'observant de ses yeux marron, pétillants, autour desquels il y a des ridules. Je n'aurais pas imaginé en partant qu'il me serait donné l'occasion de rencontrer une jeune femme si jolie.

J'ai honte de le dire, mais il est vraiment très beau pour un vieil homme. Kaisa passe à côté en dansant avec un garçon de Sirkkakoski, dont j'ai oublié le nom, mais qui a des bras longs et un rire joyeux.

Le morceau se termine et les danseurs applaudissent. Je les regarde. J'en connais un bon nombre, j'ai l'impression que tout le monde est réuni ici. Au bord de la piste, Mauno lève le bras et plisse les yeux comme il le faisait dans notre enfance quand il voulait me faire sourire. Il réussit son coup. Mon rire jaillit naturellement. Je suis enivrée, alors que je n'ai bu que de la bière maison sans alcool.

— Puis-je avoir encore cette danse ? s'enquiert le vieil homme.

— Ça dépend de qui demande, dis-je en lui tendant la main.

Il la prend et la serre fort.

— Désolé, j'aurais dû me présenter, s'excuse-t-il. Je m'appelle Aarno.

— Et moi, c'est Aila.

SAMUEL
AVRIL 2009

Les chaussures de l'infirmière chuintaient sur le sol en linoléum. Un vieux toussait, un bébé pleurait. J'avais envie de m'évaporer. La lumière froide du tube fluorescent de la salle d'attente pénétrait dans le cœur de ma honte en dévoilant quel homme pitoyable, trempé et tremblotant, j'étais.

Matti, lui, trouvait la situation drôle.

— C'est pas la peine de t'en vouloir à ce point, me dit-il en donnant sur mon épaule blessée une tape qui me fit gémir.

— *Sorry*.

— Sanna va me tuer.

— Mais non. Elle va juste t'engueuler, répondit-il en rigolant.

Mes gaucheries l'amusaient. Il frappait un homme à terre !

— Les chiens auraient pu être percutés par une voiture, murmurai-je.

Ma voix ressemblait à un pépiement de souris.

— Bah oui, mais ils sont rentrés.

— Mais ils auraient pu !

— Arrête, c'est du passé ! grogna Matti en se levant.

Il s'étira, puis fit deux-trois pas, avant de s'immobiliser devant le tableau d'affichage comme s'il avait vu une annonce intéressante.

Je frottais le bras qui me faisait mal. Quelque chose avait craqué dans mon épaule quand j'essayais de remonter sur les patins. La traque était désormais terminée. Impossible de skier avec un seul bras ! Je n'avais qu'à tout lui dire.

Matti arpentait le couloir, l'air de bonne humeur.

— Attention aux limitations de vitesse ! lança-t-il à une vieille mémé voûtée qui poussait un déambulateur.

— *Vraoum*, je fonce sur vous ! répliqua-t-elle d'une voix éraillée.

Matti se tourna vers moi avec un sourire en coin, vit mon visage désespéré et se ressaisit, se replongeant dans l'étude du tableau d'affichage.

— Ils veulent tuer Nanok. Ils ont installé des pièges à mâchoire et il y a eu des tirs, dis-je.

Matti garda le silence. L'assemblée générale de l'Alliance du cœur l'intéressait plus.

— Des bêtes vont se faire prendre. C'est une affaire de police ! poursuivis-je.

Matti continua à longer le couloir un moment, puis revint et se rassit. Voilà tout ce qu'il fit. Il ne me demanda pas comment je l'avais su. Il n'insista pas pour avoir des preuves. Pour lui, il s'agissait d'une évidence. Il se contenta d'une question :

— Alors, c'est qui le suspect ?

— Ben, ces enculés d'éleveurs.

— Mais lesquels ? répliqua-t-il, en regardant de droite à gauche et en tambourinant sur ses genoux avec ses index. Tu sais, il y a des choses qu'il vaut mieux accepter, même si c'est difficile. Ne perds pas ton temps avec ça.

— Ils vont le tuer !

— Ça se peut.

Je n'en croyais pas mes oreilles. Je serrai le poing du bras blessé. Les doigts bougeaient mal.

— Je pense que c'est juste une luxation, me rassura Matti en changeant de sujet.

C'était insupportable. Il expliqua qu'il avait eu des soucis de santé lui aussi. Il parla de sa jambe qu'il s'était fracturée pendant la course de Femund, "et ça, je te dis pas, c'était quelque chose". Il avait dû faire des centaines de kilomètres avec son genou gonflé, mais hors de question d'abandonner, les chiens couraient si bien. Il avait terminé troisième. Lui, Sa Majesté, l'immense *musher* Matti Saajo !

Il se fichait de Nanok. Le chien ne représentait rien pour lui. Son sort était entre mes seules mains.

Quand le médecin remit mon épaule en place, les larmes coulèrent sur mes joues.

— Pas de folies pendant quelques jours, dit-il.

J'acquiesçai, sans aucune intention d'obéir.

Dès le lendemain matin, je repartis. La nuit m'en avait donné l'ordre. Je l'avais écoutée avec attention en caressant mon bras douloureux sous la couette. J'étais passé chercher un verre d'eau pour avaler un Burana, puis j'avais continué à l'écouter.

C'est ton chien, Samu.

C'est une affaire de police, Samu.

Tu te souviens de l'endroit.

La ville se réveillait par un matin printanier. Une crèche entière de petits gilets fluorescents traversait la route, quelques paires de hanches de femmes, jeunes et fières, se balançaient sur le chemin pentu de l'université, des casquettes du lycée professionnel fumaient des clopes dans la cour de la station essence Neste. À la bibliothèque, un groupe de banderoles protestaient contre quelque chose qui les dépassait totalement. Je me garai dans le parking vide du commissariat, payai et entrai.

En partant, j'avais dit à Matti que j'allais à la pharmacie.

— Tu vas conduire avec une main ? s'était-il étonné en proposant de m'accompagner.

Mais je lui avais assuré que je m'en sortirais. Je préférais m'y rendre seul plutôt qu'avec quelqu'un qui s'en fichait.

Derrière le guichet, une femme entre deux âges me salua sans sourire. Elle semblait aussi lisse que sa frange. Il lui avait certainement fallu des années d'efforts pour atteindre cet état. Elle avait accepté sa place dans ce monde et n'avait plus aucune ambition. Elle partait au travail le matin et rentrait le soir, le vendredi, elle empruntait un polar à la bibliothèque qu'elle lisait un verre de blanc à la main, l'été, elle profitait de ses quatre semaines de vacances. Un véritable exploit auquel je n'arriverais jamais. Plutôt mourir.

— Je veux déposer une plainte, annonçai-je à cette héroïne banale.

Cette phrase, ces quelques mots fermes, me parurent magnifiques.

La femme hocha la tête, elle se dirigea vers l'étagère où étaient rangés les formulaires, et elle m'en apporta un.

— Remplissez ici les informations préliminaires, dit-elle en se retournant vers son ordinateur.

Peu après, j'étais assis en face d'une policière sérieuse à laquelle je racontais dans le menu détail tout ce que je savais. Pendant que j'expliquais, je sentais que mon corps retrouvait sa force d'avant. Ils seront obligés d'ouvrir une enquête, pensais-je, triomphant, en rejoignant mon pick-up.

Ensuite, je roulai en direction des villages du lac, au cœur de la forêt, sur les terres de Nanok. J'allais d'une bourgade à l'autre, me promenant là où j'en avais envie, observant la nature qui se dégageait de sa couverture neigeuse. Les oiseaux migrateurs étaient de retour. Un banc d'oies passa tout bas devant moi, des grues et des échassiers se déplaçaient sur une tourbière où des touffes apparaissaient déjà. Je me sentais nostalgique. Mes recherches étaient terminées. Peu importait ce que je désirais ou ce que la nuit me susurrait à l'oreille.

Le gouffre m'aspirait dans ses entrailles. La lumière ne tarderait pas à disparaître.

Nanok était désormais livré à lui-même, et cette situation comportait un seul point positif: personne ne pourrait plus suivre ses traces. La forêt était à nouveau remplie de gibier, car la nature mettait bas, éclosait, revenait vague par vague des pays lointains. Nanok s'en sortirait s'il restait caché, s'il évitait de toucher aux faons et de montrer ses flancs tout blancs sur les étendues où les coqs de bruyère et les chevaliers combattants dansaient ; et les balles fusaient.

Le troquet du village empestait la friture, des rangées de barres de chocolat peinaient à se vendre. Mon bras en écharpe, je réussis tant bien que mal à poser une tasse sur mon plateau et à y verser du café. Ensuite, je me débrouillai pour me servir un beignet dans la vitrine et pousser mes achats le long du comptoir jusqu'à la caisse. Une femme entre deux âges nettoyait mollement les tables, dans un coin se réunissait le parlement local, des vieux aux bonnets glissés sur l'arrière de la tête. La femme vint encaisser. Elle s'essuya les mains sur son tablier et son visage se fendit d'un rictus forcé.

— Autre chose ?

— Non merci, répondis-je en ramassant mes achats et en me dirigeant vers une table inoccupée.

Assis à côté, un jeune garçon buvait de la limonade à la bouteille avec une paille en m'observant de ses yeux marron et ronds.

— C'est toi qui serse les siens ? zézaya-t-il, sans sourire.

Je hochai la tête.

— Papa dit que t'es un con et qu'on devrait te péter la gueule !

Il reposa sa bouteille vide, prit son bonnet et ses moufles, puis partit. Les vieux hongres rirent. Les petits pas rapides du garçon résonnèrent sur le sol, la porte claqua.

Par la fenêtre, je le vis grimper sur son vélo et espérai qu'il se tournerait vers moi pour lui faire coucou de la main. Mais il garda son attention fixée sur la route.

Je jetai un coup d'œil circulaire. La serveuse m'observait avec un rictus. Le patron à l'allure de mammifère marin était apparu à côté d'elle et semblait jubiler. Un moustachu de la table du coin se détourna pour éviter mon regard, susurrant quelque chose à son camarade.

Le silence hurlait, mais je savais comment lui faire face. Je compris que je me trouvais dans les coulisses. Il y avait un problème, c'était évident, mais je n'avais pas l'intention de gâcher le spectacle.

Je récupérai sur une table le *Pohjolan Sanomat** aux bords noircis pour le feuilleter. Je bus mon café et mangeai mon beignet en ignorant mon environnement. Enfin, je me levai, reposai ma tasse dans le conteneur roulant et remerciai. La femme derrière le comptoir ouvrit la bouche, peut-être prononça-t-elle un mot, ou alors non ; je n'entendis qu'un petit bruit guttural.

Une fois dans la lumière, j'expirai l'air gras et pesant de mes poumons, afin de les remplir de fraîcheur. Je marchais vers ma voiture quand je m'en aperçus.

Sous un essuie-glace était apparue une rose desséchée.

* Le journal du Nord.

AILA
1948

DES touffes humides de mouron blanc atterrissent sur le bord de la parcelle. Le chiendent est plus dur à arracher, il s'enlève par petits bouts. Les plantes des humains ne se débrouillent pas toutes seules, elles ont besoin d'aide. La nature sauvage est plus robuste que la carotte ou le rutabaga, ou l'homme. Elle est têtue comme papa, elle n'abandonne jamais. Si l'homme veut que les champs lui apportent quelque chose, il doit se battre pendant tout l'été. Sans se dépasser, il n'obtient qu'un mal de dos.

Des bruits me parviennent. Je me redresse en m'essuyant le front. Une voiture noire passe sur la route. J'ai honte. C'est lui qui l'a envoyée, mon partenaire de danse, j'en suis certaine. Ici, personne ne roule dans une voiture flambant neuve.

J'ai réécrit la lettre au moins cinq fois et malgré tout, le résultat a été médiocre. Quand on n'est pas douée, on n'est pas douée. J'avais juste envie de dire merci, je crois. Ou je ne sais pas. Je ne sais plus rien.

Un tiraillement au ventre, un picotement à la nuque m'ont poussée à écrire. C'est rare qu'une fille comme moi ait la chance de danser avec un homme important, ou avec qui que ce soit. Surtout de cette façon. Personne ne danse aussi bien que lui.

Après la soirée, il m'a emmenée sur la berge rocheuse regarder les poissons sauter. Nous en avons aperçu trois, dont un si grand qu'Aarno s'est levé d'un bond comme un cheval effrayé et a crié :

— Tu as vu ça, Aila ? Il doit peser au moins un kilo et demi !

Quand l'eau a jailli, on aurait dit des pépites d'or dispersées dans les airs.

Nous ne nous sommes relevés qu'au petit matin lorsque le soleil était déjà haut. J'avais froid aux fesses. Il n'y avait quasiment plus personne à côté de la piste de danse. Un couple se tripotait dans le vallon. Un jeune garçon lançait des pierres dans les rapides. Kaisa était allongée sur des rochers un peu plus loin, accompagnée du jeune homme de Sirkkakoski ; elle riait. Au moment de nous séparer, Aarno m'a demandé de lui écrire. Je lui ai répondu que je ne pouvais pas m'engager dans une correspondance avec un forestier. Les gens comme lui n'étaient pas bien vus au village.

— On n'en parlera à personne, a-t-il dit. Il suffit de trouver une cachette où déposer les lettres, un endroit près de chez toi.

— En fait, j'en connais une, au creux d'un rocher. Je cachais là-bas mes trésors, mes vaches en pommes de pin et autres, quand j'étais enfant, ai-je expliqué et son regard s'est mis à briller.

— Mais c'est parfait ! Tu me montreras comment y aller, et j'y enverrai une voiture une fois par semaine. Je propose que tu m'écrives en premier. Je te répondrai.

Son enthousiasme m'a fait sourire. Il était excité comme un petit garçon qui joue dans son monde imaginaire. Et j'ai accepté.

On sent l'urgence dans les pas de Lauri qui approchent.

— Aila, papa dit que tu dois rentrer tout de suite !

Ma gorge se serre. Ce n'est jamais un bon signe quand mon père veut me parler en pleine journée de travail.

Je me nettoie tant bien que mal avec le foin et le bas de ma chemise, puis franchis le seuil. Assis au bout de la table, il me regarde.

— Comme ça, tu es allée danser, observe-t-il sèchement.

— Oui, tu m'as vue partir, non ?

— T'as dansé avec qui ?

— J'sais pas trop. Il n'était pas d'ici.

— On m'a dit que c'était le chef forestier, l'incarnation du diable.

— Possible.

— Apparemment, tu t'es bien amusée.

— C'est vrai.

— Ma fille ne sort pas avec un criminel. Pas question qu'il te touche !

— Il ne m'a pas touchée. C'est un homme courtois.

— Les hommes courtois ne balancent pas nos forêts dans le fleuve.

— Il m'a seulement invitée à danser, dis-je simplement, alors que j'aurais envie d'employer d'autres mots, plus directs.

Je voudrais dire qu'il menait comme un roi, mieux qu'aucun des incapables de ce trou paumé, qui ne lui arrivent pas à la cheville, même s'il a une jambe fichue. Qu'il m'a trouvée belle, et que ça m'a fait du bien. Et que toutes les poules du coin me toisaient, vertes de jalousie.

Mais papa n'a pas besoin de ces mots pour cracher son venin. Il est devenu le serpent méchant de la Tengeliö, il siffle et dessine de sa langue fourchue des images noires sur les murs. Il est constamment de mauvaise humeur, la gaîté et la légèreté l'ont quitté pour de bon.

Je ne réponds rien. Je refuse d'entrer dans son jeu. Qu'il crie et qu'il fasse son cirque si ça peut le soulager. Il n'a pas à se mêler de mes affaires. J'accomplis le travail d'une femme adulte, il n'a pas à me traiter comme une enfant.

J'en ai marre de ces villages et de leurs commères. Tout le monde est au courant dès qu'il arrive quelque chose. Ici, même les arbres ont des yeux. Je sais très bien qui a jasé. C'est ce lèche-bottes, ce satané courlis. Gare à lui, quand je le verrai la prochaine fois. Il paiera.

Je comprends bien pourquoi Väinö préfère rester au Sud. Il se protège. Il ne veut pas se rendre malade à cause des forêts et des lacs. Le prix de la liberté est trop élevé. Nous ne sommes pas assez nombreux pour nous battre contre une armée. Väinö désire une meilleure vie, une vie plus facile. Il écrit avec conviction dans une lettre que le développement technologique servira à tous. Même les pauvres pourront s'acheter une voiture et se construire une maison, avec une rangée de fenêtres et la lumière électrique. D'après lui, en Amérique, les ouvriers forestiers se désaltèrent à la limonade.

Il y a des jours comme celui-ci où je voudrais partir moi aussi. Au printemps, quand la nature est fraîche et que les rivières et les lacs sont dégagés, cette envie me prend souvent. Alors je me mets à rêver que quelqu'un m'emmène ailleurs, seule je suis incapable de bouger. De toute façon, comment pourrais-je aller où que ce soit vu que je n'arrête pas de travailler ?

Ah, si un jour j'avais la chance de voir comment ça se passe en ville ! C'est aussi pour ça que j'ai tellement aimé danser avec Aarno. Et qu'il m'a paru si beau. J'avais l'impression que le monde me tendait les bras.

Mon cœur bat à tout rompre. La pièce est dans la pénombre, ce n'est pas encore le matin. La silhouette de maman, deux bosses, la tête et le dos voûté, descend du lit, tandis que papa continue de ronfler. Je me lève à mon tour, me dirige vers la véranda à pas feutrés, prends ma petite laine sur le portemanteau et ouvre la porte prudemment, pour éviter qu'elle ne grince.

Dehors, la rosée me mouille les orteils. Je jette un regard circulaire, derrière l'étable, le soleil de minuit peint en or le miroir de la Tengeliö. Je distingue l'odeur du fumier et de l'herbe trempée. Killi revient de la remise en portant une souris dans sa bouche. J'écoute la nuit en retenant ma respiration. Une vache meugle sur la prairie, les oisillons de l'hirondelle pépient sous la gouttière, lorsque leur maman leur apporte à manger. Mais personne ne semble s'être réveillé, ou du moins être sorti de son lit.

Je marche jusqu'à ce qu'on ne puisse plus me voir, puis me mets à courir. L'enthousiasme fait avancer l'une de mes jambes et la peur l'autre. La voiture noire est passée hier. Je ne sais pas ce qui est arrivé à ma lettre. Pourvu qu'elle soit encore dans la cachette ! Je la récupérerai sans hésiter et la brûlerai dans le foyer de l'étable avant que maman vienne pour la traite. J'expliquerai que, comme je n'avais pas sommeil, je me suis mise au travail, la marmite est déjà sur le feu. Il n'y a plus qu'à !

Ma lettre était si naïve.

Vous m'avez demandé de parler de ma vie. Je ne sais pas quoi dire qui ne soit pas si ordinaire, si peu intéressant que cela ne vous ennuie. Par exemple, aujourd'hui, j'ai aidé ma mère en m'occupant des petits, et ce soir, j'irai récupérer le bétail sur la prairie pour que le bonhomme de la forêt ne les tue pas. Nous avons quatre vaches, un cheval appelé Sonni, et des brebis. Vous vous étonnez sans doute du nom stupide de notre hongre. Nous voulions lui donner un nom étranger, parce que le vendeur prétendait que s'il était aussi fort et élancé, c'était à cause de ses origines anglaises. En consultant un dictionnaire, mon frère, Lauri, a trouvé que ça voulait dire "fils". Cela semblait un bon nom pour un poulain mâle et voilà comment il est devenu Son et puis très vite après Sonni.*

J'ai honte, et en même temps j'espère que le conducteur de la voiture noire a récupéré la lettre, qu'il l'a tendue au monsieur grisonnant, assis dans son siège en chêne, qui allumera une cigarette puis l'ouvrira avec ses doigts couverts de poils blancs et épais.

Ensuite, je crains que le pire soit arrivé, que la lettre ait bien disparu, mais qu'elle soit tombée entre de mauvaises mains. Les yeux des arbres m'ont vue la glisser dans la cachette, quelqu'un l'a prise et projette, en ce moment même, de se rendre chez nous pour tout raconter. La fille légère aura eu ce qu'elle mérite, ils me traiteront de "pute du forestier" dans chaque village où la rumeur se propagera ! Que c'était stupide d'y mentionner nos vrais prénoms !

Je m'approche du rocher tel un renard qui a flairé une charogne. Je m'arrête souvent et regarde dans tous les sens pour m'assurer que la voie est libre. Comme si les gens se

* Taureau.

promenaient dans la forêt en plein milieu de la nuit. Dans le creux, j'aperçois quelque chose de blanc. La lettre y est toujours. J'imaginais quoi ? Qu'il enverrait réellement une voiture, qu'il se lancerait dans une correspondance avec une jeune femme comme moi ? J'étais folle ! Je glisse ma main dedans pour sortir la missive. Je fixe l'enveloppe. J'ai l'impression de suffoquer. J'ai la tête qui tourne. La voiture est passée deux fois. Dessus on peut lire *Pour la fée de Kaarannes*.

Rovaniemi, le 4 juillet 1948

Chère Aila,

J'ai été ravi de recevoir ta lettre. Elle m'a permis d'oublier mon dur quotidien, les projets de franchise et les cartes routières, et de revenir un instant à Kaarennes, au bal de la Saint-Jean, avec l'orchestre et le vrombissement des rapides. C'était une soirée exceptionnelle,

Et je t'en suis reconnaissant.

Ce matin, j'ai passé deux heures à écrire mon prochain livre, comme tous les jours. Je voudrais raconter une histoire où je me rends dans les forêts de l'Ouest, accompagné cette fois, non pas de mes vieux amis, mais d'une jeune femme. Le problème, c'est que je n'ai jamais vécu une telle aventure. Peut-être accepterais-tu de m'emmener un jour sur les monts où les grands tétras se réfugient à l'automne ?

À la fin du mois, je serai en déplacement pas loin de chez toi avec mes hommes, parce que j'ai des projets à mener dans vos forêts. Pourrions-nous nous rencontrer à ce moment-là pour en discuter ?

À bientôt,
A.I.

SAMUEL
MAI 2009

Une zone pluvieuse arrivait de la mer passant en force sur l'Ouest. Elle soufflait et soupirait, c'était une pluie sale, désagréable, différente des averses d'été qui réveillaient la nature somnolente et purifiaient l'air. Elle noircissait la neige immaculée, détachait les détritus des arbres et souillait tout. Sur les sentiers gelés de la ferme apparaissaient des cratères marron qui se remplissaient de boue.

L'Ounas ne tarderait pas à débâcler. Dans les enclos, l'eau dévoilait les secrets de l'hiver, faisant fondre la neige qui cachait des crottes, des touffes de poils, des os longs et bleuâtres. Elle exposait à la vue ce triste lieu de vie, et mettait fin au bonheur des *mushers*, comme tous les printemps. Car une fois la neige partie, il ne resterait que les chiens qui s'ennuyaient au bout de leurs laisses et la corvée de merde sans pitié.

Je réunissais mes affaires. Tout au fond de mon sac, j'enfonçai les bottes de *musher* que je m'étais offertes avec mon premier salaire. Je pliai mes T-shirts, et passai chercher au sauna ma brosse à dents, mon dentifrice et mon shampoing.

Je regardai ma chambre, qui avait été parfaite. J'en étais souvent parti pour vaquer aux occupations qui me tenaient à cœur. J'y avais dormi, je m'y étais réveillé, j'y avais mangé et parfois aussi bu, un peu. À présent, je n'avais plus qu'à sortir mes bagages et à faire le ménage.

Je récupérai sous la véranda mes skis de piste qui n'avaient pas servi, faute de temps. À côté traînaient les raquettes, complètement inutiles également. L'hiver était passé vite, il m'avait emporté dans son tourbillon comme une crue, et voilà que le jour du jugement était arrivé : la mine m'attendait.

J'attachai les skis sur la benne. À ce moment-là, Sanna apparut sur le perron pour m'inviter à manger. Je la saluai de la main. Le dernier repas avant le chemin de croix.

Dans la cuisine de Matti et Sanna, je fixais la fenêtre trempée. Sanna apporta à table la soupe de cabillaud. Matti arriva de son bureau habillé de son caleçon en laine rouge et s'assit.

— Comment va ton bras ? me demanda-t-il.

— Il est toujours là, répondis-je en constatant que les gouttes formaient des ruisseaux sur la vitre. Du coup, je n'ai pas pu récupérer Nanok.

— C'est comme ça avec les bêtes, tout est imprévisible, dit-il.

Encore une banalité, en toute insouciance ! J'eus envie de balancer mon assiette contre le mur. La pendule sonna cinq coups. Une nouvelle averse fit trembler la fenêtre.

— Écoute, poursuivit-il en se raclant la gorge. Ça arrive un peu à la dernière minute, mais on s'est dit avec Sanna qu'on tenterait quand même…

Il semblait mal à l'aise.

— Tu as ce job à la mine et tout, mais on s'est demandé… euh… si tu ne voudrais pas rester ici pour l'été.

J'observai mes chefs. Sanna avait l'air confiante. Matti attendait ma réponse en serrant sa cuillère, et comme je gardais le silence, il ajouta :

— Tu pourrais m'aider avec les chiens et en même temps chercher Nanok. On ne peut pas te payer un salaire, mais tu aurais le gîte et le couvert, et on s'occuperait aussi de tes autres frais.

— Alors qu'est-ce que tu en dis ? intervint Sanna.

Mon visage se fendit d'un grand sourire.

— Ben, je crois que je vais rester.

II

Nous entrâmes avec quatre bateaux dans la Tengeliö qui a ses cataractes, plus incommodes par le peu d'eau qui s'y trouve, et le grand nombre de pierres, que par la rapidité de ses eaux. Je fus surpris de trouver sur ses bords si près de la Zone glacée, des roses aussi vermeilles qu'il en nait dans nos jardins.

PIERRE LOUIS MOREAU DE MAUPERTUIS,
La Figure de la terre, 8 AOÛT 1736

SAMUEL
HUITIÈME JOUR

Le chant des mésanges me parvient jusqu'à la cabane. Ce matin, elles ne sont pas en retard. Je regarde mon piège par la fenêtre. Il est si bien camouflé par les branches qu'on ne peut pas le voir sans savoir où il se trouve.

De toute évidence, les oiseaux sont sur le côté de la cabane. Je prends mon courage à deux mains et sors. J'ai décidé cette nuit qu'il était grand temps d'oser à nouveau. Je veux faire confiance à mamie. Quand nous étions au chevet de mon beau-papy mourant, elle a caressé sa main et lui a dit que ce n'était pas la peine d'avoir peur, la mort est en nous dès la naissance.

Pas la peine d'avoir peur. Même si on était mort de trouille.

Les mésanges boréales sautillent dans un arbre en cherchant leurs cachettes de nourriture, puis volent vers un autre, et encore un autre. Elles font le tour de tous les arbres à proximité de la cabane, évitant celui où se trouve la tapette.

Peu à peu, elles s'éloignent, je n'entends plus qu'un faible pépiement du côté du rivage, qui sera bientôt couvert par les soupirs de la forêt.

Je reste dehors à les attendre. Le vent se lève, il souffle dans les conifères, sinon tout est calme. Il n'y a ni clapotis des vagues ni cri de corneille, rien. J'essaie d'appeler les mésanges. Mes sifflements sont atroces, faux et beaucoup trop graves ; ils rompent le silence comme une sirène. Les oiseaux ne reviennent pas. Quel dommage. Mon projet Belette avance trop lentement, et je ne peux pas patienter. Je pensais qu'il suffisait de se servir, et c'était une erreur. Comment avais-je pu oublier qu'on ne prend rien dans la forêt ? C'est elle qui donne, si elle en a envie.

Je pivote sur mes pieds, exécutant un tour complet. L'impuissance se répand dans mon corps, je sens mes mauvaises nuits dans mes bras et mon manque de nourriture dans mes jambes. Tout à coup, je suis énervé. Mes poings se serrent. J'attends quoi, putain ! Je n'ai qu'à partir à la chasse aux mésanges ! Je tirerai au clair où elles se cachent. Certainement pas loin, vu leurs ailes ridicules. Je les attirerai avec des miettes de pain, leur parlerai de la pluie et du beau temps comme un paysan à son cochon avant de l'assommer puis l'égorger. C'est une bonne raison de quitter la cabane, en tout cas la meilleure que je puisse trouver. Je me tirerai d'ici, je suivrai les mésanges, tout se passera bien, je m'en irai et reviendrai plus tard si j'ai le courage.

Pas sûr que je revienne.

Je marche dans la forêt près du rivage. Un vent mesquin pénètre sous mon pull. Je regrette mon anorak que j'ai dû laisser à Babysitteur, mais peut-être me protégera-t-il mieux là-bas, sur le bord des rapides. Il y a eu deux-trois matins où ma parka d'hiver et mon pantalon de ski m'ont manqué, et où j'aurais donné n'importe quoi pour mon caleçon en laine mérinos. Je ne tiendrai pas longtemps avec ces vêtements, mais aujourd'hui ils me suffisent encore si je maintiens un bon rythme.

Mon agacement s'efface. Ça fait du bien de marcher avec un objectif. Cet été, la marche est devenue pour moi une habitude et un remède contre tous les maux. Le temps est limpide, mais il ne fait pas très froid, et à chaque inspiration, je me revigore un peu plus. Quand j'arrive près du ruisseau, je me mets à le longer. J'accélère, la chaleur m'envahit la poitrine et le dos, puis se répand dans les mains, les orteils. Je scrute la cime des arbres, les branches. Mésanges, où êtes-vous ?

Mes jambes en réclament encore plus et forcent l'allure ; je cours. L'air fredonne dans mes oreilles. Je franchis des touffes d'herbe, passe à travers des broussailles. Je ne veux pas m'arrêter, et au lieu de chercher un endroit pour traverser le ruisseau, je préfère le suivre.

Dans l'eau flotte un tas de feuilles de bouleaux jaunes qu'un tourbillon a roulé en boule. Nous avançons ensemble, côte à côte, que c'est amusant ! Nous croisons des arbres, petits et grands. À la fin, les feuilles se font piéger par un sapin tombé en travers.

— J'ai gagné ! crié-je en me tournant vers un mont.

Je grimpe son flanc raide avec une telle ardeur que pendant un instant je ne pense qu'à respirer.

Une fois tout en haut, je m'arrête. Je reprends mon souffle en prenant appui sur mes genoux. J'ai un goût de métal dans la bouche, j'ai des nausées. Quand je me sens mieux, je prends conscience du paysage. Devant moi se dessine le sommet rocheux avec ses blocs de pierre hors du temps et ses pins désuets. Je monte sur le point le plus élevé, une saillie, qui offre une vue panoramique.

Je contemple la taïga, sa verdure infinie, les bouleaux aux feuilles marron, les lacs dont les surfaces si bleues en été sont désormais noires et automnales, et tout à coup, le chagrin et la tristesse me submergent.

Je regarde vers le bas, et cela ne me fait pas peur. L'abîme m'appelle. "Viens, jeune homme, sans crainte, je suis déjà en toi", murmure-t-il, et je fonds en larmes. Je pleure comme un enfant, de vieilles images remontent, je redeviens le gamin inconsolable qui a cassé ses skis et qui a mal au genou.

C'est sans doute la faute de ces journées tristes et solitaires, qui m'ont pris par surprise : je n'ai pas voulu voir les signes annonciateurs, alors qu'ils sautaient aux yeux. Tout peut arriver quand on est amoureux.

Sur le chemin du retour, je m'arrête près du ruisseau. J'ai besoin de marquer une pause, angoissé par la cabane qui m'attend. Ce taudis me vide de mon énergie.

Je m'appuie sur mes genoux, puis me laisse échouer sur une touffe d'herbe. Elle semble froide, ce qui veut dire que je n'aurais pas dû m'asseoir dessus. Mon pantalon sera trempé, mais bon, je m'en fiche. Il faut que je me repose.

Le ruisseau coule sous des sapins immenses aux branches étendues. L'eau est sombre, mais je sais que c'est à cause de cette lumière et que la vase n'y est pour rien, car cet été, mon amie et moi, nous y avons bu avec avidité tels des gnous après la traversée de la savane. Elle sautille sur les galets couverts de mousse vert vif et tourbillonne au creux d'un tronc allongé, là où se cachent de petites truites.

Mon regard suit le ruisseau en aval jusqu'à ce qu'il entre dans la forêt. Elle y est en ce moment même. Si je confectionnais un bateau en écorce, m'installais dessus et le poussais dans le courant, je serais transporté sur le large d'un lac. Il faudrait pagayer pour le traverser, après quoi je pourrais à nouveau me laisser emporter. Encore un lac et une rivière. La rivière grossirait, il y aurait d'autres étendues d'eau et, à la fin, j'arriverais sur l'étang à proximité duquel se trouve la maison verdâtre. Dans la chambre à l'étage, mon amie se déshabillerait, pour ensuite se faufiler toute nue sous une couverture fraîche.

La terre m'attire. Je bascule mon dos sur la mousse froide et je vois les radeaux de nuages gris sillonner le ciel au-dessus des arbres.

Peut-être serait-il possible de lui envoyer un message. Une bouteille à la mer. Je glisserais ma lettre dans une flasque de gnôle et la balancerais dans le ruisseau, puis je croiserais les doigts. Cela pourrait marcher. Il faudrait des prières, un peu de chance et un vent fort, pour éviter que le récipient ne se casse dans les rapides ou s'accroche dans des branches ou pièges et que le courant la catapulte suffisamment loin de la rive, afin que l'haleine glacée de la maîtresse du Nord* puisse l'amener à destination.

Mon envoi finirait par arriver chez elle, entre le bateau pour la pêche au saumon et celui pour la pose des filets, au

* Il s'agit de *Louhi*, puissante sorcière, qui règne sur Pohjola, un mystérieux pays du Nord. Elle est l'une des protagonistes du Kalevala.

milieu de crochets, de lignes, de seaux et de boyaux de lavaret. Elle soulèverait la bouteille en souriant, pensant que c'est un jeu, mais la cognerait quand même contre une pierre et récupérerait la lettre.

Et très vite elle comprendrait que la missive lui est destinée. Elle la lirait d'abord en la dévorant puis lentement, plusieurs fois.

Bonjour d'ici où tout a commencé. Je ne peux pas t'en dire plus, de peur que cette lettre se retrouve entre de mauvaises mains. Ma situation est compliquée, et elle ne risque pas de s'arranger.

Je ne suis pas en colère et je n'exige pas d'explication. Il est trop tard pour ça. Mais j'ai quelque chose à te demander.

Imagine que tu es entourée d'un blanc sans contour, sans horizon. Comme si tu te trouvais à l'intérieur d'un abat-jour en papier de soie immaculé, à travers lequel filtre une forte lumière. Tu flotterais sans pouvoir distinguer le haut du bas si la terre ne t'attirait pas vers elle.

Ajoute les bruits : le sifflement des patins, le hurlement du vent, le tambourinement des pattes des chiens et leur halètement. Pas d'odeurs, car elles sont emportées par la brise.

Une fois que tu y es arrivée, projette devant toi une petite tache bleu azur. C'est un morceau du ciel sous lequel tu peux observer l'infini.

C'est infini. C'est la toundra.

J'essaierai de te retrouver. Mais si je n'y parviens pas, dis-toi que je me trouve dans ce paysage, là où j'ai toujours voulu être.

— Ta Charnue

Après avoir fini, elle essuierait ses larmes et reconnaîtrait qu'elle m'a aimé, qu'elle m'aime toujours, glisserait la lettre sous son soutien-gorge, contre le sein le plus gros, parce qu'elle sait que j'adorais le caresser.

— Tu penses que ça pourrait marcher ? demandé-je au ruisseau.

Il ruisselle, rigole en guise de réponse, se moque de moi. L'odeur de la mousse en décomposition me parvient. C'est moi qui pue.

JUIN 2009

Le bouillon humain déferlait et fumait, tel un troupeau de rennes désorienté dans un enclos de tri. Le vrombissement des rapides était caché par le bavardage, les rires et les beuglements enivrés. Deux pêcheurs se tenaient en haut des chutes, les pieds dans l'eau. Leurs lignes fouettaient l'air, répandant des gouttelettes dans le ciel brumeux dont l'horizon nord était illuminé par le soleil de minuit. Sous des pins aux troncs dorés zigzaguait un chemin menant vers la musique battante. Le feu de la Saint-Jean crépitait sur la berge rocheuse. Autour du feu grouillaient des jeunes filles aux débardeurs et aux jeans moulants qu'une cohorte de types en casquettes essayait d'impressionner. De ce lieu de fête se dégageait une promesse de contact physique.

J'examinai ma tenue. Je ressemblais à un troll. Ma chemise était en sueur, tachée, et elle sentait l'air extérieur. Une jambe de mon pantalon de randonnée était souillée de merde de chien. Putain de vieux, ce qu'il m'a fait !

En début de soirée, j'avais reçu un coup de fil qui m'avait obligé à partir vers les lacs.

— Viens chercher ton bâtard. Ce satané molosse traîne chez moi ! avait dit le vieux au téléphone.

Quand j'avais demandé à quoi le chien ressemblait, il avait répondu :

— Une bête à quatre pattes, pose pas de questions stupides.

À la fin, il avait menacé de le tuer si je n'arrivais pas illico.

Je n'avais pas eu d'autre choix que d'arrêter le repassage de ma chemise, et d'annoncer à Matti et à Johannes du chenil voisin que je les rejoindrais plus tard. Nous avions convenu d'aller en terrasse ensemble, mais là, il fallait que j'aille voir le chien.

J'étais entré dans la cour d'un taudis qui donnait sur un lac austère. Nanok n'y était pas, seulement un vieil ivrogne assis au pied du mât à drapeau, une bouteille de *Leijona** à moitié vide posée à côté.

— Alors c'est toi qui traques le molosse, avait commenté le bonhomme, son expression trahissant sa curiosité.

— Où est le chien ?

— Il était là-bas, au bord de l'eau. Mais tu es encore un blanc-bec. Enfin, à ton âge, on sait déjà apprécier la chatte, avait-il analysé en dévoilant ses dents longues et noires.

Son rire était gras comme si sa gorge était remplie de tonnes de glaires.

J'avais examiné la berge et sa couverture de sable. Aucune marque des griffes, aucune empreinte de pattes. Ce vieil ivrogne avait raconté des salades ! Puis subitement, j'avais entendu des bruits joyeux et je m'étais souvenu que c'était la veille de la Saint-Jean. Tous les jeunes ne sillonnaient pas

* "Lion", marque de vodka.

les rivages en quête d'un rêve inatteignable. Ceux qui avaient toute leur tête profitaient de la vie, passaient du temps en bonne compagnie, côte à côte, et avec un peu de chance, l'un sur l'autre. À la Saint-Jean, on était censé faire la fête et non traquer un chien.

L'écho résonnait par à-coup sur le miroir du lac. De la musique. Il y avait peut-être une fiesta ? Plus j'écoutais, plus j'avais envie d'y aller. C'était comme l'odeur du miel dans les antennes d'une abeille ou le tambourinage d'un pic noir contre un pin. C'était l'appel d'une nuit d'été.

Au-dessus de la porte du restaurant, un panneau lumineux indiquait en lettres rouges Pub Ujo Rautu*. Je décidai de me diriger là-bas. Je passai à côté de l'estrade en plein air, placée près des rapides, sur laquelle un groupe se déchaînait. Les enceintes beuglaient, un rappeur vêtu d'une chemise de forestier, d'une casquette et d'un jean large affirmait avec un fort accent du Nord : "Je n'ai pas besoin de caillebotis pour traverser un marais. Je me fraie un chemin tout seul, à la lueur de ma torche** ..."

Ça puait la fumée de cigarette devant le pub. À l'entrée, je fus accueilli par un air chaud et humide. Deux jeunes femmes au regard terni sortaient en titubant, je leur tins la porte. Elles cherchaient leurs cigarettes en parlant d'un type qui était *vraiment lourd*, elles semblaient d'accord sur l'analyse.

Je plongeai dans la foule et, après un bref coup d'œil par-dessus la mer de gens, pris la direction du bar.

* Pub de l'Omble chevalier timide.
** Extrait de *Villikoira*, chanson de Talonpoika Lalli (Lalli Mustakallio).

J'observais à tour de rôle les serveurs et les clients. Une blonde à la poitrine généreuse, habillée d'une robe d'été m'effleura en se déhanchant, suivie d'une copine rondelette qui n'arrêtait pas de tourner la tête de droite à gauche. Du côté des alcôves parvenait le meuglement de jeunes types. C'est fou comme les fils de putes sont facilement identifiables : pendant la récréation, dans les vestiaires de la piscine, sur la banquette au fond du bus, partout le même boucan écervelé !

Je réussis à me frayer un chemin jusqu'au comptoir bondé. Je levai un doigt en espérant qu'un des serveurs me verrait. Je n'avais pas soif, mais je voulais commander à boire pour avoir une raison de rester et d'observer les gens.

Quelqu'un se glissa près de moi, en travers, si près que je pouvais sentir son odeur. Je la reconnus.

Non, je ne m'étais pas trompé, c'était bien la jeune femme du troquet du village. Elle appela "Jarmo". En sueur, un barman se tourna vers elle, deux chopes pleines dans les mains et hocha la tête.

Je me redressai discrètement. Mon doigt toujours levé, je faisais comme si je n'avais pas remarqué la jeune femme. Mais elle m'avait vu.

— Tu continues à chercher le chien ? dit-elle.

Je me retournai, ses yeux marron me fixaient d'un air malin.

— Je sais où il est.

— Alors où ?

— Ça a un prix.

— Combien ? demandai-je.

J'acceptai de jouer son jeu même si j'étais persuadé qu'elle ne savait rien. Les gens d'ici étaient comme ça, que des paroles vides, mais celle-ci avait un beau sourire.

— Tu me paies un Kekkonen et tu me ramènes, répondit-elle en se rapprochant. Je ne peux pas rester longtemps, j'ai les yeux qui piquent.

Je jetai un regard circulaire. La bande de fils de putes nous toisait. Près de la porte, deux hommes plus âgés se détournèrent.

— C'est quoi, un Kekkonen ?

— Jarmo ! cria-t-elle en faisant signe au barman. Un Kekkonen !

Puis elle se tourna vers moi :

— Qu'est-ce que tu prends ?

— Une limonade.

— Une limonade ?

— Enfin, une Jaffa.

Ma réponse fit rire la jeune femme.

— Un Kekkonen et une Jaffa. Ce joli garçon paie.

Le barman arriva avec les boissons. Il échangea quelques mots avec elle, lui expliqua qu'il avait trop de monde, qu'il ne pourrait pas partir fêter la Saint-Jean avant deux heures du mat. Je payai. En me rendant la monnaie, il se pencha vers moi pour me chuchoter à l'oreille, assez fort pour que la belle l'entende :

— Fais gaffe avec celle-là.

Elle jura en riant :

— Jarmo putain d'enfoiré.

Je pris une gorgée de Jaffa. Elle était fraîche et sucrée. J'avais honte.

La jeune femme buvait son cocktail avec une paille, en silence. Je me taisais, moi aussi, de peur de dire encore une énormité. Comme "une limonade".

J'observais les étagères remplies de bouteilles d'alcool, Jarmo et ses copains qui couraient dans leur enclos. C'était du travail de maintenir cette quantité de monde en état d'ivresse pendant toute une soirée. Mon regard parcourait les murs, à côté de l'entrée étaient collées des photos, des affiches, une vieille publicité pour un concert sur laquelle on avait gribouillé : LE 19 MAI À 21 HEURES. Sur la porte des toilettes, on avait accroché une pancarte avec la paire de lunettes iconique du président Kekkonen et le texte : MERCI À KEKKONEN, NOUS LUI DEVONS TOUT. La porte d'entrée s'ouvrit, des jeunes et quelques notes de musique pénétrèrent dans la salle.

— Tu es venu avec qui ? voulut savoir ma nouvelle amie.

— Seul. J'étais parti chercher ce chien.

— Et tu pensais le trouver ici, à Rautu ?

— Non, enfin…, bredouillai-je, alors qu'elle riait à gorge déployée. Quelqu'un l'avait aperçu pas loin d'ici.

— Et tu t'es dit qu'il était peut-être allé boire un verre, comme c'est la Saint-Jean et tout, c'est ça ? Tu me rappelles ce coupeur de griffes de chiens, ce Mertsi*, tu vois ?

Mes joues étaient brûlantes, bientôt elles éclaireraient tout le bar, défiant en éclat le soleil de minuit derrière les rapides. J'avais honte, et me disais que ça devait être mon rôle : avoir honte, rougir, puis avoir honte d'avoir rougi.

— Bois ta limonade et qu'on se casse, dit ma nouvelle amie.

Elle se rapprocha pour me chuchoter à l'oreille :

— Ça sent la pisse de renne ici.

Je m'exécutai tout en jetant des coups d'œil autour de moi. Les taureaux de l'alcôve du coin nous fixaient muets et atones.

* Protagoniste bienveillant mais maladroit de *Koirankynnen leikkaaja* "Coupeur de griffes de chiens", roman de Veikko Huovinen.

Le Hilux glissait à travers la soirée calme. Sur notre route, nous vîmes des lacs scintillants, sur lesquels flottaient des barques, et des maisons aux cours fauchées, où des feux de la Saint-Jean projetaient des étincelles dans le ciel. Dans les carrefours, appuyés contre leurs vélos, des enfants nous saluaient. C'était la fête, et nous étions tous copains, comme si chacun se sentait proche de l'autre simplement parce que, pendant un instant, la vie était légère.

L'été du Nord était sur le point d'éclore. La forêt, l'eau, les jardins apportaient de nouvelles récoltes. Autour de nous, tout grandissait, y compris ma confiance en l'avenir.

Nous arrivâmes à un carrefour en T.

— Où est-ce qu'on va ? demandai-je.

— Tu as de quoi picoler chez toi ?

— Non.

— Dans ce cas, tourne à droite.

Elle se présenta : “Aava.” Je trouvais que le prénom lui seyait à la perfection. Elle se comportait avec moi comme si nous nous connaissions depuis toujours. Ce n'était pas de l'indifférence, c'était de l'extrême franchise, tellement sincère que je ne me sentais pas gêné. Elle parlait de sa vie ouvertement, sans fausse pudeur, sans honte. Elle expliqua qu'elle travaillait au pub où nous nous étions rencontrés, et que c'était sa première semaine de vacances. La semaine précédente, elle avait été en congé à cause de fortes douleurs menstruelles.

— Quand j'ai mes règles, je saigne comme un porc, dit-elle en riant.

L'ironie qu'elle avait cultivée dans le pub avait disparu. Peut-être avait-elle voulu me tester, voir si je tenais le coup. Quoi qu'il en soit, je me rendis compte que nous discutions, de choses et d'autres, même de sujets profonds.

— Qu'est-ce qui t'attire chez les huskys ? demanda-t-elle, après que je lui ai parlé du sport d'attelage et de mon projet d'avoir ma propre équipe ainsi qu'un chenil.

— Je sais pas. C'est juste magnifique. Peut-être que c'est cette force, tu vois, ces chiens sont capables de tirer une charge d'une tonne. Ou bien cette connexion, quand tout l'attelage partage le même objectif.

— Ça t'est arrivé de monter ?

— À cheval ?

— Oui, enfin, en général c'est à cheval qu'on monte, plaisanta Aava.

Heureusement, elle poursuivit son explication, sinon j'aurais encore piqué un fard ; et j'aurais dû sauter dans le lac pour rafraîchir ma gueule brûlante.

— Il y en a beaucoup qui parlent des chevaux comme toi tu parles des chiens. Moi, j'ai eu un poney il y a longtemps.

Aava l'avait eu quand elle était petite fille. Il s'appelait Ponu et il était blanc avec des taches noires. Mais un jour, alors qu'elle rentrait de l'école, son enclos était vide.

— Bourré, mon père l'avait échangé contre un renne de course. Putain, j'étais hors de moi. Je le suis toujours.

— C'était un bon renne ? demandai-je.

— Même pas ! Il n'obéissait pas, c'était un peureux. Mon père l'a tué peu après.

— Pas terrible comme échange.

— Pas terrible comme être humain.

— Mon père n'est pas bien mieux.

Un silence tomba. Mais c'était un silence "finno-ougrien", aussi naturel que la conversation. Aucun de nous ne se sentait mal à l'aise, chacun était plongé dans ses pensées tout en étant présent. Aava regardait l'été par la vitre latérale. Du coin de l'œil, je vis ses traits, la courbe harmonieuse de son oreille, derrière laquelle elle avait rangé ses cheveux, le cou à la peau douce à travers laquelle on devinait le mouvement des tendons.

— Je n'ai jamais eu de passion, avoua Aava en observant un pré au-dessus duquel, à contre-jour, flottait une armée de graines parachutistes. Je suis un peu comme ces pissenlits. Je vais là où le vent me porte.

La longue ligne droite se termina par une série de virages et un carrefour en croix. Nous roulions vers le sud, laissant le soleil derrière nous.

— Tout droit, me guida Aava.

Elle expliqua qu'elle était une locale, du côté des lacs. Elle avait fait un tour dans le monde, traîné dans les villes plus au sud où la vie était censée être meilleure, sans réussir à s'y accrocher. Les forêts y étaient étranges, les arbres trop gros ou trop petits. Au printemps, l'eau était boueuse et à l'été, toute bleue, à cause des algues. Les filets devenaient vite dégueulasses et on arrêtait de pêcher.

— Tu pêchais au filet là-bas ? m'étonnai-je.

Aava me toisa du regard.

— Mais bien sûr. Il fallait sortir les poissons !

— Très peu de femmes de ton âge pêchent au filet, ou pêchent tout court.

— Il y a une limite d'âge pour ça ?

— C'est pas ce que je voulais dire.

Aava se tut à nouveau. Tout à coup, la forêt autour de nous changea.

— C'est horrible, fit Aava.

Nous observâmes les étendues ravagées qui se déployaient des deux côtés de la route, les taillis qui émergeaient, les racines pointues saillant de la terre retournée.

— Pourquoi est-ce que la forêt est si différente chez vous ? la questionnai-je.

— Merci à Kekkonen, nous lui devons tout, répondit Aava en souriant. Et à Järvi. A. I. Järvi, enfin je crois.

— Ah, cet écrivain ? Je connais ses livres.

— Moi aussi. On le lisait à l'école. *Dans les contrées sauvages*. C'est de la merde.

— Mais qu'est-ce que ces hommes ont à voir avec la forêt ?

— Beaucoup. Järvi et Kekkonen ont sauvé nos forêts, et nos plans d'eau.

— Mais c'est génial !

— Oui, dans un sens, dit Aava sans enthousiasme.

En tendant le cou vers le pare-brise, elle observa les bâtiments, les boîtes aux lettres, puis m'annonça que nous étions presque arrivés. Je ralentis et le bruit du moteur s'atténua, le chemin de gravier bombardant le bas de caisse comme un visiteur indésirable.

— Ici, s'écria Aava.

Je tournai dans la cour rugueuse et m'arrêtai. Aava se précipita vers la maison, un billet de vingt euros à la main. Par terre, devant l'étable, traînaient de gros bidons d'essence et un tas de métal rouillé qui ressemblait vaguement à une chenille de pelleteuse. La porte coulissante de la remise s'était déboîtée. Dans un coin grognait un chien d'élan gris tirant sur sa corde, et à côté de sa niche se dressait un *kota* fait de planches, sans doute pour le fumage de la viande à l'automne. Le ciel était clair et limpide, le soleil peignant d'or l'herbe et les pins si bien que l'ensemble semblait presque beau, un peu comme les vieilles photos de notre album familial, dans lesquelles mes parents posaient en souriant.

Je réfléchis, impossible que Nanok soit là, près des habitations, au sud de la forêt, où il ne s'était encore jamais rendu.

Au bout de quelques minutes, Aava revint au pas de course en brandissant une bouteille en plastique transparent.

— Qu'est-ce qu'il y a dedans ?

— De la joie et de l'amour, répondit-elle en riant.

Elle dévissa le bouchon et but une lampée.

— Et on rebrousse chemin.

— Le chien n'est pas ici ?

— Non, Mertsi, pas du tout. Roule.

— Où est-ce qu'on va ? demandai-je, irrité.

Le sentier à pied semblait se poursuivre à l'infini. Je me tapai sur le dos de la main. Les moustiques gonflés de mon sang se transformèrent en une bouillie rouge.

— Cher monsieur, vous pouvez me faire confiance, déclara Aava.

Elle leva la bouteille en riant tellement qu'elle faillit glisser avec ses tennis.

Nous passâmes à côté d'un rocher abrupt qui émergeait du lac. À la lumière du soleil de minuit, flamboyant, il paraissait si majestueux que je compris instinctivement qu'il s'agissait d'un endroit sacré.

— C'est le Paha*, expliqua Aava, avant d'ajouter comme si de rien n'était : Un ancien lieu de sacrifice.

* Le méchant.

Puis elle se mit à courir d'un pas léger mais chancelant, comme un faon. Devant elle, au bout du sentier, se dressait une cabane en bois gris.

Quand je la rattrapai, elle buvait au goulot. Assise sur les marches, les pieds rentrés vers l'intérieur, les genoux joints et le dos arrondi, elle ressemblait à une adolescente, alors qu'elle devait être mon aînée de plusieurs années.

— Un peu de gnôle, dit-elle en me tendant la bouteille.

J'avalai une gorgée. L'eau-de-vie me fit pleurer. L'arrière-goût était à la fois mordant et doux. Le produit était de qualité.

— Ça alors, tu avais soif! s'exclama Aava.

— Forcément, je suis avec Vous.

— Je t'ai donné chaud?

— Oublie.

Nous continuâmes à picoler, en silence. L'alcool me montait à la tête. Peu à peu, je commençais à comprendre que, cette nuit, le chien n'était peut-être pas le plus important. Je passais la Saint-Jean de ma vie avec une belle jeune femme et, cependant, au fond de moi, j'étais tarabusté par le sentiment de me faire avoir. Aava jouait à ce jeu qui plaisait à tout le monde dans le coin. Elle bavardait, tout en semblant entretenir un mystère, qui bien sûr n'existait pas.

Il n'y avait aucun chien ici. Pas plus que chez le vieil édenté plus tôt dans la soirée.

Mais, et alors? Où était le problème si elle voulait seulement célébrer cette nuit de fête en tête à tête avec moi? Il faudrait peut-être me frapper sur le crâne et me briser quelques côtes pour que je finisse par piger!

J'avais laissé Nanok prendre trop d'importance. Ce qui prouvait que je n'étais pas près de devenir un *musher*.

Des brochets sautaient, un plongeon arctique criait. De petits oiseaux continuaient à chanter avec entêtement. La nuit d'été aiguisait les sens, tous les sons et toutes les odeurs apparaissaient purs et puissants. Excitée, Aava racontait une histoire sur une plantation de pommes de terre.

— Et cette andouille rajoutait de la terre sur la parcelle avec sa brouette !

Un couple de garrots à œil d'or passa à côté de nous en chemin vers l'extrémité du lac où les lavarets mouchaient en surface. La nuit était belle, mais mon agacement ne s'effaçait pas, résistant même à l'alcool.

— Le chien n'est pas ici, dis-je en reprenant une lampée.

En guise de réponse, Aava souffla.

— Il n'est pas ici, répétai-je avec plus d'entrain.

— Je te jure que si ! répliqua Aava. En tout cas, il était bien là la semaine dernière. Il est descendu sur la berge en face et a traversé le lac à la nage. Il n'avait pas peur de moi.

— Comment ça, il n'avait pas peur ?

— Il ne me craint pas.

— Je ne te crois pas. Il est complètement sauvage !

— Tu es libre de croire ce que tu veux, rétorqua Aava en se levant.

Elle chercha dans la cabane un sac en papier décoré de l'image d'un labrador et le fit tomber sur les marches. Ensuite, elle me montra une gamelle en métal qu'elle remplit de croquettes.

— Je le nourris, affirma-t-elle. Et comme tu as pu le constater, la gamelle était de nouveau vide.

Je la regardais si manifestement incrédule qu'elle s'en aperçut. Elle ramena le récipient, s'assit à côté de moi et se mit à raconter. La première fois, elle avait vu le chien quand elle était partie à la pêche sur glace sur un petit lac *saivo*[*]. Il avait semblé si affamé qu'Aava lui avait donné une petite truite de son butin. Le lendemain, elle avait déposé de la pâtée sur la glace, et à en croire les empreintes, le chien était bien passé la manger. Avec l'arrivée de l'été et la fonte des neiges, il avait disparu un moment, puis était réapparu près de la cabane : il avait longé le sentier le museau baissé, l'air de tracer les pas d'Aava. Elle lui avait parlé et, au lieu de s'enfuir, il avait remué sa queue. Elle lui avait laissé de quoi manger en repartant, et c'est ainsi que tout avait commencé. Elle ne le voyait pas chaque fois qu'elle venait, mais la gamelle était toujours vide.

Je dévisageais Aava en me demandant si elle disait la vérité ou si elle racontait des salades. Elle avait l'air sincère. Quand elle se tourna vers le lac, ses yeux s'emplirent de mélancolie, ce qui jurait avec l'ambiance, mais lui allait si bien que j'eus honte de mes accusations. J'aurais voulu m'excuser et l'enlacer, mais je n'osai pas.

— Je lui ai parlé, j'ai chanté aussi… il est si beau… Bon, passe-moi la bouteille !

Je la lui tendis. Aava l'examina contre la lumière. Il ne restait plus qu'une petite goutte au fond.

— C'est pas vrai, tu l'as vidée ! Quel poivrot ! me gronda-t-elle en rigolant.

Elle se releva en titubant. Je la suivis dans la pénombre de la cabane. Mes pas étaient tout légers.

— D'habitude, il y en a toujours ici, dit-elle en se glissant sous la banquette.

[*] Il s'agit de lacs à l'eau claire qui, selon certaines croyances, abritent un monde magique.

J'entendis des bruits sourds. La lumière qui entrait par la porte éclaira le jean d'Aava.

— Je le savais ! s'exclama-t-elle, enthousiaste.

Aava ressortit, une bouteille d'alcool presque pleine à la main.

— La planque ne trahit jamais !

Cela devait être le matin puisque la soirée semblait lointaine. Rien ne permettait de l'affirmer. Le lac scintillait comme à notre arrivée, seule la place du soleil avait changé. À présent, il était à l'est, derrière la forêt. Au nord, un plongeon arctique répétait son mantra teinté de tristesse. C'était l'instant où les moustiques ne volent plus.

Aava était allongée sur la berge rocheuse en appui sur ses coudes, un cadavre de bouteille à côté d'elle.

— Salomo est là-bas, dit-elle en pointant vers le lac. Enfin, peut-être.

Son bras était sans volonté, délié, tel un fouet qu'on lui aurait accroché à l'épaule, et je m'attendais presque à entendre un claquement, comme dans les westerns. Mais il n'y en eut pas.

Aava se tourna sur le dos en plissant les yeux. Le coucou chanta six fois.

— Je suis saoule comme un coucou, comme on dit ici. Mais le coucou est-il saoul ? fit-elle en rigolant.

Puis, redevenue sérieuse, elle s'assit. Ses sourcils sombres se froncèrent. Ses yeux lancèrent des éclairs de folie, ou de colère. Peut-être des deux.

— En sortant du lac, il a craché la vase de ses poumons, il s'est secoué et il s'est mis à hurler. Je te jure, ce chien a le mauvais œil ! Il faut le lui enlever et l'ensevelir dans la terre gelée, derrière l'étable. Comme on fait avec des fœtus morts !

Aava éclata d'un rire hystérique, sans se calmer avant d'avoir à nouveau la bouteille sur ses lèvres. Elle suça le goulot, tentant d'attraper la dernière goutte.

— Putain, ça tourne plus rond chez moi, constata-t-elle en s'essuyant la bouche avec sa manche.

— C'est vrai, répondis-je en fixant le lac.

J'avais beau essayer de cadrer, l'image restait floue.

— Ta gueule ! Tu ne sais rien de rien !

Je me tus. Elle avait raison : je ne savais rien. De rien. Comment aurais-je pu ?

— Ne m'en veux pas, mignon, poursuivit-elle, sur un ton séducteur cette fois. J'aimerais te baiser. Dis, ça te fait combien ?

— Combien quoi ?

— Peu importe.

— Dix-neuf.

— Mais c'est long, ça ! s'écria Aava.

À force de rire, elle bascula sur le dos. En se relevant, elle se frotta la tête en gémissant :

— Merde.

Je titubai jusqu'au bord de l'eau. Mes joues brûlaient. Je ne savais pas comment m'exprimer en sa présence ni comment me comporter avec elle. Cette femme était une force de la nature, et capable de tenir des propos si grossiers que le *musher* le plus rustre ne ferait pas le poids face à elle. Mais elle voulait baiser !

Je maudissais mon état. Quelle cuite merdique. L'alcool devait diminuer les inhibitions et m'encourager, me pousser à prendre des décisions surprenantes, impossibles en restant sobre. Que dalle ! C'était quoi cette ivresse de nase ?

Je respirai la chaleur du matin en réfléchissant. Je n'avais jamais été nu devant une femme. Et je ne savais rien de ce qu'on était censé faire. Comment la glisser dedans, en quelle position ? Où mettre les mains à ce moment-là ? Des questions défilèrent dans ma tête. J'hésitai un moment, avant de retrouver du poil de la bête.

Si j'avais envie, je n'avais qu'à m'approcher d'elle, prendre sa main et voir où cela mènerait. Et le plus tôt serait le mieux. J'inspirai profondément, me redressai et cherchai une expression déterminée. Les poings serrés, je me tournai vers Aava.

Cette folle s'était endormie sur le rocher.

J'entrai dans la lumière. Les marches grincèrent, ma tête bourdonna et la chaleur me caressa le visage. Je m'éloignai de quelques pas en titubant, et pissai. Puis je fis des tours en essayant d'estimer ma localisation exacte et de reconstituer la suite des événements depuis la veille. Le temps se moquait de moi. Il me semblait que c'était le matin, mais la position du soleil au zénith indiquait autre chose. J'avais soif et j'étais pris de vertiges.

Je rentrai dans la cabane sur la pointe des pieds pour ne pas réveiller la dormeuse, j'attrapai une tasse, puis rejoignis la rive. Je puisai dans l'eau et bus, encore et encore. Il ne faut pas être pressé, surtout pas, pensai-je. J'avais la trique, et j'écoutais les conseils de ma gueule de bois.

J'entendis la porte claquer. Aava sortit les cheveux en bataille et s'assit à côté de moi.

— Bonjour, dit-elle d'une voix desséchée par la nuit.

— Bonjour, répondis-je.

Son visage était blanc comme la neige qui vient de tomber, ses yeux gonflés. Elle ne se sentait pas bien.

— Putain, soupira-t-elle.

Je remplis la tasse dans le lac et je la lui tendis.

— Merci, fit-elle en saisissant le récipient de ses mains tremblantes.

— Qu'est-ce qu'on a fait ? demanda-t-elle doucement, en s'essuyant les lèvres sur sa manche.

— Rien. Tu t'es endormie sur ce rocher. Comme il faisait un peu frais, je t'ai traînée à l'intérieur.

— Merci, chuchota-t-elle, comme si elle craignait de s'effondrer en parlant d'une voix normale. Au fait, je te souhaite une putain de Saint-Jean !

— Bonne Saint-Jean à toi aussi.

Quand Aava eut fini la tasse, je la récupérai pour la remplir à nouveau. Le soleil éclatant faisait onduler l'air au-dessus du lac. Dans la nature s'était opéré un changement d'équipe. Les animaux se taisaient à présent, mis à part le pouillot qui continuait à gazouiller tristement, et c'étaient les plantes qui avaient pris la parole. Les feuilles des trembles, devenues grandes, froufroutaient au vent, derrière la cabane, un pin se frottait contre un autre en grinçant, les roseaux de la rivière bruissaient au rythme de la brise comme les balais du percussionniste. La forêt parlait.

Aava poussa un soupir, avant de jurer.

— J'ai l'impression d'avoir dormi sur un tas de fumier, dit-elle en s'efforçant de rire.

Brusquement, elle enleva son T-shirt. Elle ôta ses chaussures, arracha ses chaussettes et balança son pantalon sur la mousse. Quand elle dégrafa son soutien-gorge, ses seins sautèrent, ravis d'être libérés. Aava était nue, les contours de sa peau blanche se dessinaient contre la forêt sombre, généreux et souples, la pointe du triangle noir orientée vers l'endroit secret ; et je ne savais pas comment réagir. Je la regardai, car mes yeux en avaient envie, mais les détournai vite vers le sol et vers le lac. Puis je me mis à contempler le ciel, comme s'il y avait des étoiles en plein jour.

Aava pénétra dans l'eau, poussa des cris à cause de la fraîcheur, mais plongea quand même.

Elle m'appela.

— Ça fait du bien. Viens !

— Non, je crois pas, répondis-je. Je prendrai une douche en rentrant.

Aava sortit du lac. Des gouttelettes coulaient sur sa peau, contournant les tétons raidis par le froid, et c'en fut trop pour moi. Je fixai mes chaussures. Derrière les talons, j'aperçus une brindille de bruyère sur laquelle s'avançait un papillon bleu.

Pendant qu'Aava s'essuyait avec son T-shirt, vêtue de sa petite culotte, je me forçai à me concentrer sur la marche du papillon, à la fois légère et maladroite. Il posait ses pattes frêles en cherchant l'équilibre, le vent l'obligeant à battre des ailes.

— Regarde, il est là-bas ! annonça Aava tout à coup.

Quand je levai les yeux, Aava se séchait les cheveux avec une main, ses seins sautillant au rythme du mouvement, et son autre main pointait vers le lac. Je distinguai dans l'eau un sillon et une tête blanche qui l'ouvrait.

— Nanok ! m'écriai-je en me relevant.

Aava n'avait pas menti. Le chien se cachait ici, dans le calme de ce lac sauvage !

— Il emprunte le même trajet que la dernière fois, mais en sens inverse, expliqua Aava.

— Parle-lui, dis quelque chose, chuchotai-je, avec empressement.

— Et si je chantais, comme l'autre jour ? suggéra Aava en me jetant un coup d'œil.

Je hochai la tête en guise de réponse. Aava se racla la gorge, son expression devint sérieuse. Le chien avait presque fini sa traversée quand elle commença.

Là où, sur la rivière,
à l'abri des berges, le canard se berce,
germe l'espoir de la Tengeliö,
qu'il fasse beau ou que la tempête gronde…

Sa voix était claire et pure. Le chant était étrange, mais le son celui d'un ange. À tel point que j'avais du mal à croire qu'il jaillissait de cette jeune femme au langage grossier et encore un peu bourrée.

Je vis le chien tourner la tête, sans changer de direction. Il monta sur la rive en secouant son pelage et se faufila dans la forêt.

— Continue, murmurai-je.

Aava s'approcha du lac en chantant. Debout sur la berge, à moitié nue, elle faisait résonner son chant sur l'étendue d'eau. Mouillés, ses cheveux paraissaient presque noirs, son dos était trempé.

Je pleure les disparus,
Comment les oublier ?
Ces braves des forêts, ces fées,
que le courant a emportés…

Un couple de sarcelles d'hiver s'envola du fond de la crique en face. Le chien surgit des broussailles et monta sur un rocher en tendant ses oreilles vers nous et en levant son museau, sans peur. Il était en parfaite santé, son pelage brillait et ses muscles étaient bien dessinés.

Là où scintillent la Tengeliö,
ses miroirs, ses courants,
Tu peux trouver le bonheur
si tu découvres la fleur.

— Chante encore, insistai-je.

Aava se retourna, émue aux larmes. Elle secoua la tête lentement, et je jetai un coup d'œil sur la rive opposée.

Nanok avait disparu.

AILA
1948

KAISA et moi nous sommes allongées dans sa chambre d'été. Son père lui a fabriqué une pièce dans leur grenier à partir de cartons. Il y a une porte, une fenêtre et un lit. Kaisa est ma meilleure amie. On a discuté de notre soirée et on a rigolé pendant des heures. Kaisa me parle du jeune homme de Sirkkakoski. Il s'appelle Paavo et il sent bon l'amande.

— Tu devais être tout près… pour avoir une idée si précise de son odeur.

Kaisa rit. Ses joues rougeoient, lorsqu'elle explique qu'elle l'a sentie, son envie. Elle était toute dure.

— J'ai pu la toucher.
— T'as pris sa bite dans ta main ?
— Non, idiote ! À travers son pantalon.
— Alors vous allez vous marier ?
— Peut-être, qui sait ?
— Tu es amoureuse !
— C'est possible.

Je lui parle d'Aarno, mais je me limite à ce que tout le monde a pu observer : il m'a invitée à danser, nous nous sommes assis ensemble pour bavarder. Nous avons contemplé les poissons, discuté comme un père et une fille, ou enfin, il pourrait presque être mon grand-père. Je me garde de lui révéler le meilleur : que je lui ai déjà écrit deux fois et que j'ai été assez folle pour lui proposer de nous retrouver à l'été ; pour cela, il doit m'envoyer une lettre officielle me demandant de lui servir de guide pendant sa randonnée de pêche. À la place, je lui explique qu'il sent l'argent et la ville – à moins que ce soit son après-rasage ? –, qu'il est originaire d'Helsinki et qu'il y a vécu longtemps.

— Je voudrais bien y aller moi aussi, voir les voitures et les immeubles, les habitants, dis-je.

— Quand vous vous serez mariés, il t'y emmènera, c'est sûr.

— Tu es folle !

— Mais tu l'aimes. Tu aimes l'odeur de la ville.

— Et ton Paavo, lui, aime l'odeur de la sueur !

Kaisa me donne un coup de poing sur l'épaule en riant au point de s'étouffer. Elle réussit avec peine à bredouiller que la toilette à la mousse n'avait servi à rien.

La nuit est déjà presque tombée quand je pars à vélo de chez Kaisa. Le ciel est blanc, le monde a perdu ses couleurs. Les villages dorment, mais il y a du mouvement près des rapides. En m'approchant, je distingue une silhouette élancée, mince, qui s'y affaire. C'est Mauno. Je le rejoins sur la berge. Je veux lui parler.

Il s'installe sur le ponton avec son épuisette à saumons, lorsqu'il m'aperçoit. Il rigole. Moi, je n'ai pas envie de rire.

— Qu'est-ce que tu fais ici la nuit ? crie-t-il par-dessus le grondement de l'eau.

— Un petit tour de vélo, dis-je en m'avançant. Tu es une vraie commère !

— Comment ça ?

— T'as dit à mon père que j'avais dansé avec le chef forestier.

— Certainement pas, c'est n'importe quoi ! Pourquoi j'aurais fait ça ?

— Je te plais et t'as fait une crise de jalousie. Quel toupet !

Mauno est mal à l'aise. Il laisse tomber l'épuisette et s'approche de moi, il est presque trop près. Il écarte ses bras.

— Oui, tu me plais, à tel point que je ne te ferais jamais une chose pareille !

Il affiche un air grave, triste. Puis il ramasse l'épuisette et monte sur le ponton. Il ne se retourne plus. Il pêche.

SAMUEL
NEUVIÈME JOUR

Les mouches se sont réveillées. Elles se sont dégourdi les pattes pour quitter leurs trous et venir profiter de la chaleur de la cabane. Je les observe depuis plusieurs heures. Elles grimpent sur la vitre, cherchant un chemin vers la lumière. Il y en a sept, et elles ont toutes le même plan. Après un petit vol, elles atterrissent en bas de la fenêtre, s'accrochent à la vitre avec leurs ventouses et commencent leur montée, continuant jusqu'à ce qu'elles butent contre le cadre. Puis, elles tournent en rond, l'air de réfléchir, avant de tout reprendre à zéro, certaines que cette fois sera la bonne.

Leur confiance en l'avenir semble inépuisable, elles sont persévérantes et optimistes, comme Matti Saajo ; et stupides de la même manière que tous ces gens entreprenants qui ont du mal à saisir qu'il ne sert à rien de se tuer à la tâche. Après avoir grimpé et grimpé encore, nous retournerons à la terre ou nous nous transformerons en esprit, chacun selon ses convictions.

Les mouches croient à fond en leur victoire. Elles ont décidé de gagner cette partie. Le bonheur et le succès sont à leur portée si elles parviennent à se frayer un chemin vers l'extérieur. Elles sont persuadées qu'une fois arrivées jusqu'en haut, elles découvriront l'été et une jolie charogne sur laquelle elles pourront s'accoupler.

Moi aussi, j'ai cru à ce genre de choses. J'étais sûr que chacun a ce qu'il mérite. Qu'en œuvrant, on réussit. Seulement, il ne faut pas traîner ! J'ai cru au travail et à l'effort, à l'engagement, dont le sérieux se mesure dans les moments où on avance malgré les difficultés, et me voilà, dans cette cabane avec les mouches, dans la même situation qu'elles. J'attends, je patiente, je reste positif.

Il est inutile de se débattre, les gens d'ici l'ont tous bien intégré. Y compris Aava.

Chez elle, l'eau potable se trouve dans un seau sur la table. J'ai eu beau chercher, je n'ai vu ni télévision, ni cafetière, ni ordinateur, ni micro-ondes. La cuisinière, la radio et le réfrigérateur étaient les seuls appareils électriques. Même son téléphone portable, mon Dieu, était de ces modèles d'antiquité avec le jeu du serpent ! Un jour, pendant que nous transportions l'eau pour le sauna, j'ai proposé à Aava d'installer un tuyau à partir du puits et de pomper, ce à quoi elle a rétorqué :

— Mais pour quoi faire ? On ne se lave pas assez ? Tu trouves que je suis sale ?

À présent que je pourris ici, au cœur de l'immense forêt avec pour seule compagnie mes pensées, qui s'égarent, et la belette toujours aussi timide, je commence à les comprendre. Je devrais me calmer également. On m'avait montré ma place dans le rang des mineurs, mais j'étais trop fier pour l'accepter. Je voulais plus, c'est-à-dire: tout. Je croyais que c'était du courage, mais peut-être était-ce tout simplement de l'avidité et de la bêtise.

L'après-midi, le mouvement des mouches se ralentit. Au lieu de courir, elles avancent avec peine jusqu'au montant du haut puis s'arrêtent, transies. J'ai froid, moi aussi. Je décide, une fois de plus, de transgresser les consignes de sécurité de Babysitteur et d'allumer le feu, même s'il ne fait pas encore nuit. Un petit feu ne peut pas être bien dangereux. Ce serait vraiment un coup de malchance si quelqu'un se pointait ici à ce moment précis et sentait la fumée. Regarder les mouches est pour moi un divertissement bienvenu et je ne voudrais pas m'en priver de sitôt.

Vers midi, l'une d'elles, au dos d'un noir profond, a essayé de changer de stratégie et de se frayer un chemin vers l'extérieur par la fente du cadre. Dans une trousse, il y a toujours un crayon mieux taillé que les autres. Mais les mouches les plus averties sont celles qui continuent à hiberner tranquillement dans la charpente en attendant l'été et leur chance. Je me demande combien nichent là-bas, ou dans les interstices des rondins. Des centaines? Il doit y avoir aussi d'autres insectes dans les structures de la cabane; des chenilles et divers mangeurs de bois, qui dévorent les rondins les plus bas et le fond de la bâtisse.

Déjà cet été, je m'étais dit que la cabane devrait être rehaussée pour éviter qu'elle pourrisse. Ces petites bestioles, qui en ce moment dorment d'un sommeil profond, renaîtront avec la chaleur et retrouveront une nouvelle vie. D'ailleurs, cela me tenterait, moi aussi, de m'assoupir sur cette banquette et de ne me réveiller qu'au chant des oiseaux, sous le soleil éclatant du printemps. Aava serait là. Elle aurait préparé sur les braises des truites, pêchées peu avant. "Lève-toi, mignon, et viens manger, dirait-elle, c'est l'été."

La cabane se chauffe. Les mouches se revigorent et le spectacle se poursuit. Un petit envol, l'atterrissage sur la vitre, et en route vers les étoiles, jusqu'à ce que leurs têtes aux yeux globuleux heurtent le montant. Puis une nouvelle tentative, avec la même énergie. Elles n'abandonnent jamais.

J'ajoute deux bûches. La chaleur qu'elles apportent suffira jusqu'à la tombée de la nuit. Alors la danse des mouches s'arrêtera, car elles vont toujours vers la lumière. C'était aussi mon plan : partir en traîneau vers le soleil du Nord quand il y a encore de la neige, en mai, et faire demi-tour juste avant que l'océan me mouille les orteils.

Une mouche tombe. Un léger bruit sec, et la bête se retrouve par terre sur le dos. Pendant un instant, elle pivote sur elle-même en essayant de se retourner, en vain. La vie est comme un élastique avec lequel on peut jouer pendant un temps, mais qui finit toujours par craquer.

Je m'interroge pour savoir si mes efforts ont servi à quelque chose. Et voici la réponse : non, il aurait mieux valu ne rien faire. Si je ne m'étais pas autant battu pour réaliser mes rêves, je ne serais pas en train de crever, et quand bien même je crèverais, j'aurais au moins des funérailles dignes de ce nom.

Ma mère, mon père, Risto, Matti et Sanna n'auraient pas à se demander si j'allais réapparaître ou s'ils pouvaient me déclarer mort et organiser la bénédiction. Et à un moment propice, quand un vent fort soufflerait sur la toundra, ils grimperaient au sommet de Rásttiigáisá et répandraient mes cendres dans les airs de Finnmark, où je voulais tellement aller.

Cela ne fait rien que mon raisonnement soit rempli de contradictions, sans queue ni tête. Je crois que je vais le noter au verso de ces lettres, en guise de testament, même si ma disparition n'a aucune importance, évidemment. En fin de compte, nous sommes comme des mouches sous un ciel immense.

Il commence à faire nuit. J'accroche le plaid à la fenêtre, j'allume une bougie et la pose par terre. Je fixe la mouche. Elle bouge ses pattes, l'une de ses ailes frémit. Elle est encore en vie, mais peu à peu ses mouvements se ralentissent. Le spectacle touche à sa fin. Tout se déroule dans le calme et l'élégance.

JUIN 2009

Un faucon crécerelle chassait dans le ciel. L'herbe stridulait et bourdonnait. Des papillons bleus, bariolés, orange vif, luttaient contre le vent au-dessus de la prairie côtière visant les trolles d'Europe, les renoncules âcres, les pissenlits et les géraniums qui se balançaient autour de moi tel un océan. Voilà où j'étais allongé.

Installés entre mes jambes, les chiots se chamaillaient. J'avais pris la moitié de la portée de June avec moi, sur la suggestion de Matti :

— Comme ça, ils apprendront à voyager.

Je sortis mon téléphone de ma poche et l'observai. Il fallait que je passe un coup de fil. Ou que je rédige un message ; un SMS bref et innocent, qui donnerait l'impression d'avoir été écrit à la va-vite, sans avoir réfléchi pendant des heures sur sa forme et son contenu, sur l'interprétation que le destinataire en ferait, ou pas.

La Saint-Jean était déjà loin. Aava ne tarderait pas à m'oublier.

Le gazouillis de petits oiseaux remplissait le bocage de bouleaux à côté du champ. Les troncs blancs brillaient au milieu du vert comme des mâts à drapeau. Le monde tout entier grouillait de vie et d'énergie. C'était ça, l'été du Nord, et son esprit était contagieux. Le faucon se déplaça, il cacha le soleil et disparut dans la lumière éclatante. Seules les extrémités de ses ailes restaient visibles.

J'ouvris le clapet de mon appareil et me forçai à écrire.

Salut, Comme je suis dans le coin, je te fais coucou pour savoir comment tu vas. Samu.

Envoyer.

Parti ! J'imaginai mon SMS traverser les airs, passer d'un pylône à l'autre puis faire "bling" sur son portable. Impossible de l'annuler, je n'avais plus qu'à attendre. Je posai mon téléphone dans l'herbe à côté de moi et je fermai les yeux, laissant le soleil me chauffer le visage. Les minutes s'écoulaient. Un des chiots ronflait. Le sommeil fait grandir les bébés, me rappelai-je. C'est ce que disait mon beau-papy au moment du coucher, assis sur mon lit, dans ma petite chambre. Mamie s'affairait dans la cuisine, le vieux réfrigérateur vrombissait. Beau-papy me caressait la tête. C'était il y a combien de temps déjà ? À l'horizon, le ciel était tout bleu. Au loin, un cygne poussait son *joïk* en tapant l'eau avec ses palmes. Dix minutes. Toujours pas de réponse.

Je vérifiai le numéro sur mon téléphone. Non, je ne m'étais pas trompé. Je regrettai. Je n'aurais pas dû lui écrire. Mais bien sûr que si. Et mieux aurait valu le faire une semaine plus tôt. À présent, il était peut-être trop tard.

Je reposai l'appareil, refermai les yeux et pensai au soir où nous nous étions rencontrés. C'était la Saint-Jean de ma vie, malgré un début fâcheux. Pour une fois, j'avais réussi à avoir le dessus sur cette fête, à entrer dans l'ambiance carnaval, au lieu de me contenter du rôle du spectateur. Et la fiesta avait été trépidante, un véritable lâcher-prise, un périple dément sous une nuit d'été. Un peu comme une balade à traîneau, la même sensation de légèreté et de liberté – qualités qui pour certains font partie intégrante de la jeunesse. À cet instant, il y eut un bip dans l'herbe.

Salut ! T'es où ?

Du côté de Lohijärvi.

Alors viens me voir ! On boit un café. Je suis seule à la maison.

Bah, je viens.

Tu te souviens où j'habite ?

Ouais. À toute.

Je m'en souvenais très bien. J'étais passé plusieurs fois devant la bâtisse verdâtre en espérant, tout en redoutant, qu'Aava se pointe à la boîte aux lettres ou qu'elle se redresse dans le potager à ce moment précis. Qu'elle me fasse des signes de la main, me dise, arrête-toi, idiot, et que cela marque le début de quelque chose.

Mais la cour avait toujours été vide, sauf une fois, par une belle soirée, où l'odeur des rapides me parvenait par la vitre ouverte du pick-up et l'horizon était coloré de pastels. Alors j'avais aperçu sur le perron une vieille femme desséchée et voûtée, sans doute Ämmi, la grand-mère d'Aava.

Je me levai d'un bond. La petite femelle au pelage gris qui s'était assoupie contre moi eut peur et recula pour se cacher dans l'herbe.

— Ne t'inquiète pas, petite, lui dis-je en me baissant pour lui caresser la tête. C'est juste qu'il faut y aller. Aava m'invite pour un café. Elle est toute seule chez elle.

AILA
1948

QUAND la lettre d'Aarno adressée à mon nom arrive dans une enveloppe officielle du ministère de la Forêt, maman se demande ce que j'ai bien pu faire. Pendant que je la lis dans un recoin de la pièce principale, papa et maman, assis à table, me fixent d'un regard scrutateur.

— Monsieur le chef forestier souhaiterait que je lui serve de guide pendant sa randonnée de pêche, il n'a pas d'autres relations par ici, dis-je. Pendant le bal, on en avait parlé. Il veut écrire un nouveau livre.

— On connaît ce genre de randonnées, grogne papa. C'est un vieux porc qui court après une jeune femme. Non mais quel toupet, celui-là !

— Je serai payée. Deux fois le salaire d'un ouvrier itinérant.

— Ah, carrément, marmonne-t-il.

— C'est une belle somme, observe maman. Ce serait bien pour Aila d'avoir un peu d'argent à elle.

— Et c'est combien la rémunération journalière d'une putain ?

— Papa ! hurle maman si fort qu'il se lève et recule.

J'ai envie de lui casser la gueule.

— C'est que je peux facilement imaginer ce que le bonhomme a en tête, bredouille-t-il en s'approchant de la fenêtre.

— Mais tu te rends compte, il a ton âge ! crié-je, le cœur débordant de colère. C'est un vieillard comme toi, sauf que ce n'est pas un grincheux de merde.

— Aila ! s'indigne maman, à cause de moi cette fois.

Elle n'aime pas les disputes, mais je trouve que ça fait du bien de se lâcher de temps en temps. On se sent comme purifié. Je m'attends à ce que papa se mette en rogne, mais cela n'arrive pas. Il s'assied sur la banquette, le regard fixé au-dehors. J'ai honte, mais je n'ai pas l'intention de céder.

— Je lui répondrai que nous pourrons partir une fois la fenaison terminée.

Aarno soulève ma valise et la pose dans la voiture, je cache mon vélo dans la forêt. J'ai pédalé un bon bout de chemin, je ne voulais pas lui donner rendez-vous chez nous de peur qu'il tombe sur papa. Ce dernier aurait tenu des propos venimeux et j'aurais été morte de honte. Aarno me dit par-dessus le fossé qu'il souhaiterait aller aux rapides de Kaarannes ou de Pessa, mais je secoue la tête.

— Tu n'as pas besoin de guide si tu pêches dans les coins familiers, dis-je en enjambant le fossé. Je t'emmènerai dans un endroit que peu de gens connaissent. Il y a des saumons et des ombres. Dans les lacs *saivo*, les brochets sont grands comme des rondins et les perches ont la tête aussi grosse que celle des veaux. Et pour les lavarets, deux kilos ne sont qu'un petit poids !

Puis j'ajoute :

— Mais tu n'as pas le droit d'y aller seul, jamais. Uniquement avec moi.

— Marché conclu.

— C'est assez loin.

— Nous avons tout notre temps, répond Aarno en extirpant de sa poche intérieure un carnet noir.

Il note quelque chose au crayon, puis dit, avec un sourire en coin, que c'est une belle aventure qui s'annonce.

Nous traversons la forêt. Sur les étendues humides, je me réjouis du vent d'est, bien frisquet, qui emporte les moustiques et la transpiration. En longeant des ruisseaux, j'enlève mes chaussures et laisse l'eau rafraîchir mes pieds brûlants. Aarno marche derrière moi avec un grand sac à dos. Il est essoufflé, et quand nous grimpons sur le flanc d'un mont, je vois que sa jambe lui fait mal.

— Je peux porter le sac à mon tour.

— Merci, je me débrouillerai. C'est une vieille blessure, et je ne suis plus si jeune. Ici, dans ces forêts, je suis forcé de l'admettre.

Dans ses yeux, il y a du chagrin. C'est bien un être humain, même si papa le traite de porc. Je devrais l'inviter chez nous, demander à maman de préparer du vrai café et dire à papa de se comporter correctement. Ça leur apporterait une ouverture sur le monde.

— Faisons une pause, je propose.

Aarno ne veut pas en entendre parler. Il désire découvrir le plus vite possible les eaux de pêche miraculeuses où les perches ont la tête aussi grosse que celle des veaux.

— Tu n'as pas menti ! Quel magnifique coin sauvage ! s'enthousiasme Aarno quand nous arrivons à la bouche d'un ruisseau, d'où on peut apercevoir une bonne partie du lac. L'eau est claire comme dans un puits. Le fond doit être marécageux.

— Tu croyais que je te racontais des histoires ?

— Bien sûr que non. Mais tu as véritablement l'œil pour la beauté !

— Tu veux dire que ça valait le coup de venir jusqu'ici ?

— Absolument, répond Aarno en se débarrassant de son sac à dos. Mais nous sommes si loin que notre randonnée risque de durer plus longtemps que prévu. J'espère que nous aurons du poisson.

— Vraiment tu me prends pour une menteuse !

— Pas du tout. Mais j'ai appris qu'il ne faut pas nettoyer les poissons avant de les avoir attrapés. C'est la nature qui décide.

— C'est ce que mon père n'arrête pas de ressasser. Mais cet endroit est spécial. Ici, il y en a toujours.

Aarno sourit, sort sa *kuksa* et boit une gorgée d'eau.

— Nous verrons bien.

Nous convenons avec Aarno que j'allume un feu de camp et prépare le café, pendant qu'il extirpe son matériel de pêche et essaie d'attraper une truite. Tout en m'affairant, je l'observe. Son équipement est beau : un grand moulinet vert, une longue canne dorée et brillante, une multitude de leurres. Nos cannes à pêche sont de simples bâtons en tremble munis d'un bout de ligne, d'un hameçon et d'un ver de terre.

Le feu aux branches de sapin crépite. J'en rajoute quelques-unes, plus épaisses, et vais remplir ma cafetière noircie dans le lac. Aarno est en train d'attacher un leurre sur la ligne, et m'explique, le fil entre les dents, dans quelle poche du sac je trouverai le pain croustillant et le pot de beurre. Ensuite, il se relève avec peine et s'approche de la berge en boitant. Il fait un lancer et le poisson mord immédiatement.

— Tu avais raison, déclare Aarno faisant l'éloge des truites qui cuisent sur les braises.

— Et toi qui ne voulais pas me croire.

— Je ne pense pas avoir dit cela. Seulement, j'ai appris que l'homme n'a pas toujours ce qu'il désire.

— Mais les truites, tu les as eues.

— En plus, je t'ai eue, comme guide.

Aarno est de bonne humeur, il me parle de sa vie. Après la guerre, il a vécu quelque temps dans la région avec sa famille en attendant qu'ils construisent une nouvelle maison à Rovaniemi. Les satanés Boches avaient brûlé l'ancienne. Il regrette ses livres restés là-bas. Les livres, c'est tout, et une aquarelle inachevée.

— Cette aquarelle était ma meilleure œuvre. J'avais réussi à donner au ciel de janvier la même flamme pourpre qui en hiver, par un grand froid, colore les ailes du coq de bruyère.

Aarno raconte des incidents drôles arrivés pendant ses randonnées, et je rigole, même si tout ça m'ennuie. Je sais comment on pêche. Je sais comment on tue un coq de bruyère et à quoi il ressemble en hiver, perché sur un pin tel l'empereur du Japon. Je connais le peuple de la forêt, y compris ceux qui sont invisibles. En revanche, la ville m'est étrangère.

Aarno sort un sac de café.

— Comme c'est un moment particulier, que je suis en charmante compagnie et que la soirée est magnifique, je propose que nous préparions du vrai café. Et ensuite, un petit cognac !

— Ça alors, tu as apporté toute la panoplie ! Pas étonnant que ton sac pèse si lourd !

— Le cognac est bon pour le cœur, répond Aarno.

— Je croyais que c'était bon pour la tête, fais-je, et Aarno rit à gorge déployée.

C'est peut-être déjà la nuit, je ne sais pas, mais le soleil chauffe encore. Le ruisseau clapote, le cri du plongeon arctique résonne dans les monts. L'alcool me fait grimacer, je ne comprends pas pourquoi il faut abîmer le café avec ce pipi de chat. Aarno allume une cigarette, tire dessus avec contentement, me tend le paquet.

Je me sers, et je le remercie. Je ne suis pas une fumeuse, mais j'ai déjà testé. Une fois, avec Mauno, nous avons volé à papa des *Työmies*, que nous avons fumées derrière la remise en crachant nos poumons. Mauno a dit que si on mangeait du savon, ce ne serait pas pire.

Aarno me tend un bout de bois qui brûle. J'insère ma clope entre mes lèvres et me penche vers le feu. J'aspire et je tousse. Il fait mine de ne rien voir. Il se demande si, au lever du jour, il n'essayerait pas d'attraper des lavarets avec un leurre de surface. Ensuite, il dit que là, tout de suite, il ferait bien un croquis du paysage, mais que, d'abord, il monterait quand même le bivouac, parce qu'il risquerait d'être trop fatigué après la pêche.

— J'ai pas besoin de dormir, dis-je.

— À ton âge, je pensais la même chose.

— C'est comment, la vie à Helsinki ?

— Comme dans les villes en général. Il y a du monde, des voitures et du bruit.

— Je voudrais y aller un jour. Ou au moins dans un bourg. C'est vrai qu'à Helsinki, on peut acheter du pain et de la brioche dans les épiceries ?

— En ce moment, il est difficile d'en trouver, mais oui, en temps normal, c'est possible.

— Et qu'il y a un endroit où on peut se baigner, passer au sauna, et s'asseoir dans un tonneau rempli d'eau chaude ?

— Oui, il y a des stations thermales. Une journée là-bas fait du bien aux vieux corps. Aux jeunes aussi, pourquoi pas.

— Tu y es allé ?

— Plusieurs fois. Mais ces services ne sont rien comparés à ça. Ce paysage est si beau qu'il me bouleverse !

Je tire sur ma cigarette en me demandant s'il n'est pas devenu un peu neuneu. La fumée remplit mes poumons, me monte à la tête. Le cognac y est déjà. Je me sens légère, comme une plume. Si le vent se lève, je m'envole. Je ferme les yeux et j'imagine la station thermale, les piliers en marbre, l'eau bleue, les bourgeois en train de profiter d'un bain de pieds, vêtus de leurs peignoirs en coton. Allongée dans une baignoire, je suis bien au chaud, aucune tâche ne m'attend. La peau rêche de mes mains s'assouplit, et mes cornes s'effacent, l'une après l'autre.

Aarno se relève.

— Je dois aller faire la vidange. Le café et le cognac, ils passent à travers, explique-t-il, embarrassé.

— Je peux la tenir quand tu pisses ?

— Tenir quoi ?

— Eh ben, ça. J'ai toujours voulu essayer de pisser comme les hommes.

Aarno me regarde bouche bée avant de se ressaisir.

— Très bien. Que vais-je faire de toi ! Au moins, ici, on ne risque pas d'être vus… sacrés rêves que tu as !

Je me lève d'un bond. Pour une raison inconnue, je ne ressens aucune honte.

Aarno ouvre les boutons, sort son pénis tout ridé. Je m'installe derrière lui. Aarno prend ma main et la mène au bon endroit.

— Je le tiens par là ? Comme ça ?

— Tire le prépuce vers l'arrière, voilà.

— Et maintenant tu pisses ?

— Oui, si je ne me sens pas trop intimidé, répond-il, tremblant de rire.

Je souris, moi aussi.

— C'est l'été qui nous fait tourner la tête, dis-je.

Il se tait et urine. J'écoute le bruit que cela fait dans les broussailles, osant à peine respirer. J'ai l'impression que l'opération dure longtemps. Enfin, c'est terminé, l'organe frétille.

Je sens qu'il gonfle. Comme si je tenais à la main un gros cornichon chauffé par le soleil.

SAMUEL
DIXIÈME JOUR

J'AI mis de côté le dernier morceau de pain Wasa, me disant que je le dévorerais le jour où Babysitteur reviendrait me chercher. Aujourd'hui, c'est mon huitième jour ici. Ou peut-être déjà le neuvième, je ne sais plus. J'essaie de me concentrer sur les mouches. Elles débordent d'énergie et de joie de vivre, alors qu'il n'en reste plus que cinq. Deux n'ont pas eu le courage de poursuivre.

Tout à coup, une mite atterrit sur la vitre. La situation devient intéressante. La mite vient tout juste de se réveiller, mais semble blême et maigre à côté des mouches.

Je fixe le pain dur sur la table. Je laisserai les petits gladiateurs de la fenêtre décider de son destin. Je choisis la mouche au dos noir profond comme adversaire pour la mite. Qui des deux sera la plus tenace ? Si c'est la mouche qui gagne, je mangerai le pain tout de suite. Si c'est la mite, je persévérerai – jusqu'au retour de Babysitteur.

La compétition commence. L'enjeu est de taille. Je soutiens la mouche.

La bataille s'annonce serrée. Les deux se donnent à fond. La tactique de la mouche est basée sur la force et l'entêtement. Un décollage rapide, un nouveau plan de vol, le retour sur la vitre, et c'est reparti. Le style de la mite est plus posé. Parfois, elle somnole sur la vitre et, quand elle s'envole, elle effectue un grand tour dans la pièce.

La journée avance, et les deux adversaires n'abandonnent pas. Je me sens nauséeux. Puis le sommeil me terrasse. Je m'enroule dans le plaid et voyage dans les prairies de Bethléem, qui dégagent l'odeur de l'herbe mouillée.

Quand je me réveille, il fait sombre, mais la compétition se poursuit. Aucune des deux ne montre de signes de fatigue. La mouche quitte la fenêtre, mais au lieu de revenir immédiatement, s'aventure un peu plus loin. Elle passe à côté de moi, se pose un instant sur un rondin, puis virevolte vers le plancher. Elle s'installe à côté du poêle, sur le bord de la bassine en émail. Je regarde la mouche, et le récipient.

— Et la grande gagnante de la compétition est la mouche !

À présent, la mouche est dans la bassine remplie de croquettes pour chien. J'ai vidé le fond du sac dedans. C'est de la nourriture. De la matière grasse, des glucides et des protéines. Exactement ce dont j'ai besoin ! Si les chiens courent toute leur vie grâce aux croquettes, elles devraient aussi pouvoir assouvir un homme. À la base, l'être humain est un charognard. Et ce n'est pas le moment de faire la fine bouche.

Je pose la bassine sur la table, la mouche retourne à la fenêtre.

Je prends quelques croquettes dans le creux de ma main. Elles sont sèches, pas collantes de gras comme celles des huskys. Elles viennent du supermarché. Les chiffres sur le paquet le confirment : protéines, 21 %, matières grasses, 12 %. J'en mets deux poignées dans une casserole. Cette portion suffirait à un husky en période de repos, elle me suffira aussi. Je prépare une deuxième portion dans une assiette, dans la bassine, il ne reste plus grand-chose. Cela veut dire que j'ai de quoi manger pour deux soirs.

Et ce n'est pas tout. Dans le placard, sur l'étagère du haut, il y a la saucisse pour chien. Qui dit saucisse dit nourriture !

Si je divise en deux le pain Wasa et la saucisse, j'obtiens, en plus du dîner croquettes, un petit déjeuner pour deux jours.

Deux jours et deux nuits. Seulement après, j'aurai une grosse faim. Je coupe une bonne tranche de saucisse et la pose sur un minuscule morceau de pain Wasa. Je l'assaisonne avec un peu de sel de mer et je déguste.

— Merci, Dos noir, je dis à la mouche, mais elle a disparu.

Je la cherche sur les murs, je craque une allumette en espérant que ce faux soleil l'attire, mais elle reste cachée. Peut-être a-t-elle trouvé un chemin vers l'extérieur, pensé-je, puis je regarde sous la fenêtre.

Dos noir est allongée par terre sur un côté, ses pattes bougent à peine. La mouche a fini par s'épuiser. Je pose mon talon sur l'insecte, qui s'écrase dans un bruit sec, et je sens les larmes monter.

Quand un animal souffre, il faut l'aider.

JUIN 2009

L'ODEUR typique d'une maison de grand-mère me frappa sous la véranda. Il était difficile de la décrire, mais il y avait une odeur de renfermé, une vieille veste accrochée sur le portemanteau, des bottes en caoutchouc usées, des pantoufles élimées. Le lambris noirci par le temps qui ne dégageait plus le parfum du bois frais. Le plancher crasseux, sur lequel on avait marché en bottes d'étable, en grosses chaussures ou pieds nus, la poignée de porte agrippée, encore et encore, durant des décennies.

Aava remplit de mots l'espace entre nous. Expliquant qu'Ämmi était partie rejoindre son club d'activité, elle m'invita à entrer par la porte de gauche et à m'asseoir sur le canapé en bois pendant qu'elle passerait prendre la glace dans le congélateur.

Elle revint avec un paquet bleu à la main se demandant à voix haute si elle ne devrait pas refaire du café, plus fort, parce que son visiteur avait l'air de somnoler.

— À cause d'Ämmi, j'ai pris l'habitude de préparer du café si léger qu'on peut voir à travers, dit-elle depuis le coin cuisine, derrière l'immense poêle.

En guise de réponse, je bredouillai quelque chose d'incompréhensible, qui ressemblait à un hennissement d'étalon. C'était moins ridicule qu'un grognement de cochon, un hurlement de chien ou un cancan de canard, mais bon.

J'examinai la pièce, le poêle en plâtre blanc, l'abat-jour en plastique jauni, le plancher bleu gris recouvert de lirettes longues et colorées. Les murs en papier peint aux motifs arrondis étaient décorés de photos en noir et blanc, d'une tapisserie en laine bariolée, d'un assemblage de roses séchées et d'une étagère sur laquelle étaient rangés le meilleur service à café et des fanions d'honneur.

— Vous vivez à deux ? demandai-je pour rompre le silence.

Un "Oui" me parvint de derrière le poêle, avant qu'Aava n'apparaisse, une cuillère à glace à la main.

— Cela fait cinq ans que j'habite ici. C'est pour tenir compagnie à Ämmi qui s'ennuyait.

Puis elle se retourna. Je l'entendis ouvrir le réfrigérateur, sortir les tasses, tout en continuant à parler. Elle était originaire de Lohijärvi, où je venais de passer.

— D'ailleurs, qu'est-ce que tu faisais là-bas ? fit-elle.

— Je me baladais avec des chiots. Je cherchais aussi ce chien sauvage.

— Tu as des chiots dans la voiture ?

Aava réapparut avec un plateau rempli de brioches.

— Oui, quatre petits alaskan huskys.

— Je veux les voir ! s'exclama-t-elle en riant.

Je n'avais pas contemplé son sourire depuis la Saint-Jean. Il illuminait tout son visage, transformant ses yeux en deux traits.

Aava m'invita à table. J'obéis. Elle servit le café, avant de retourner prendre deux coupelles de glace avec de la confiture de fraises maison. Moins foncée que celle du supermarché, elle était faite de fruits entiers et avait un goût authentique.

Puis elle me rejoignit. Elle posa son regard sur moi et se tut. Je sentis le vide entre nous se gonfler. Cette fois-ci, le silence était pesant. Je cherchais des sujets de conversation, en vain.

Aava souffla sur son café avec les lèvres arrondies et aspira bruyamment. La lumière qui entrait par la fenêtre éclairait ses boucles et sa peau lisse. J'étais mal à l'aise. Le café me brûla la langue, mais je ne dis rien – de ça non plus.

Elle goûta sa glace en léchant longuement sa cuillère, avant de me lancer une grimace impudente. Je me cachai derrière ma tasse. Il fallait absolument que je parle !

— Tu as déjà conduit un attelage de chiens ?

— Non, fit Aava. Et ce ne sera pas possible dans l'immédiat, ça ne glisse pas trop en ce moment.

— Tu devrais essayer. C'est incroyable.

— T'as qu'à m'emmener !

— Je t'emmènerai, répondis-je en imitant son accent.

Elle rit. Je me redressai. La conversation était amorcée.

— Les plus longues courses d'Alaska, comme Iditarod, font plus de mille miles, c'est-à-dire mille six cents kilomètres. Mon rêve, c'est d'y participer un jour.

Je commençais à me détendre.

— T'es fou.

— Je voudrais la remporter.

— Pourquoi ?

— Parce que j'ai envie.

Aava se leva pour nous resservir du café.

— Je n'ai jamais eu envie d'autre chose que de baiser, lança-t-elle en me transformant en morceau de granit, muni de deux mains qui s'agrippaient à la tasse maladroitement.

Aava buvait, le visage tourné vers la fenêtre, feignant de ne pas apercevoir mon embarras ; en bonne maîtresse de maison, elle laissait son hôte retrouver son aplomb sans le brusquer.

— Si on allait voir tes petites boules de poils ? me suggéra-t-elle, une fois que j'eus pris ma dernière gorgée.

J'avalai de travers.

— Tu veux dire, les chiens ? bredouillai-je, comprenant à l'instant même la bourde que je venais de commettre.

Aava éclata de rire. Ce n'était pas un rire naturel, mais une raillerie exagérée, condescendante, et j'eus envie de m'enfuir ; mon regard se déplaçait dans la pièce à la recherche de la sortie la plus rapide. Enfin, Aava se ressaisit, elle s'essuya les yeux et lança un “Pouah” en posant sa main sur la mienne.

— Toi, t'es un sacré Mertsi, murmura-t-elle en grattant mes doigts avec son ongle.

Je m'étais préparé avec minutie pour la traque du chien. J'avais fait des tartines au saumon, sans oublier de glisser des feuilles de salade entre les tranches de pain, j'avais rempli ma thermos de thé au miel. J'avais acheté des sirops, au cas où il ferait chaud, et une tablette de chocolat pour les petits creux.

J'avais lavé mon pantalon et mon T-shirt, aéré mon anorak. La chemise à carreaux était propre et repassée, les bottes en caoutchouc décrottées. J'étais aussi resté un moment au sauna : je m'étais rasé, j'avais nettoyé avec soin mes aisselles et le dessous du prépuce, j'avais même coupé aux ciseaux quelques poils. Devant la glace, j'avais mis de la cire dans mes cheveux pour leur donner du volume, et un peu de Rexona sous les bras, tout en cherchant une expression qui apprivoiserait la bête. Tout portait à croire que cette fois serait la bonne : la chance serait de mon côté et je décrocherais la victoire.

Je posai mon assiette de spaghetti bolognaise sur la table et m'assis à ma place, en face de Sanna et Matti. Ils m'observèrent longuement, puis échangèrent un sourire. Je mélangeais mes pâtes comme si je n'avais rien vu.

— Eh ben dis donc, fit Sanna, sur un ton joyeux.

— Comme ça, tu pars traquer… le chien, dit Matti.

— C'est ça, l'idée.

Matti renifla comme un chien de chasse qui flaire une proie.

— Tu penses l'attirer avec ton after-shave ? Attention, ne fais pas tomber de la sauce sur tes vêtements ! Tu risques de passer à côté… du chien, plaisanta-t-il.

Sanna pouffa. Et même Matti fut incapable de rester de marbre. Il tapota sa femme sur la joue et lui demanda s'ils ne devraient pas, eux aussi, traquer le chien aujourd'hui. Sanna éclata de rire, évidemment, et Matti avait les larmes qui coulaient.

Très drôle. J'accélérai. Les spaghettis bolognaises me salissaient les contours de la bouche, je me penchai sur mon assiette pour éviter les éclaboussures. Mais qui avait pu inventer un plat pareil ? On aurait dit des vers, ceux que les chiens déféquaient parfois après un traitement au vermifuge !

— Merci, dis-je en me levant. Je vais y aller.

— Eh bien, tu vas y aller, répéta Matti, tout guilleret.

— Attends ! s'écria Sanna en se précipitant vers moi.

Elle vint si près que je craignis qu'elle ne m'enlace, mais elle voulait seulement ajouter une dernière touche à ma coiffure. Elle dégagea mes oreilles et réajusta le col de ma chemise.

— Tu es très beau, déclara-t-elle me gratifiant de son sourire chaleureux. Bonne chance !

Je me garai dans la cour de la maison verte. Entourée de couleurs estivales, elle semblait encore plus délabrée qu'avant. La peinture s'était effacée à l'endroit des jointures entre les planches et les montants des fenêtres étaient écaillés. La tête d'Aava apparut derrière la vitre, puis la porte claqua.

Aava s'était fait des tresses serrées et avait mis un peu de rouge à lèvres. Les manches de sa chemise à carreaux bleu et blanc étaient retroussées jusqu'aux coudes. Les boutons du haut étaient ouverts dévoilant sa peau bronzée. Quand elle s'assit, son odeur remplit la voiture. Elle me regarda :

— On y va ?

Avant d'arriver à la route principale, je vis le rideau bouger et le visage gris d'une vieille femme se figer derrière la fenêtre.

— Ne t'en fais pas. Ämmi n'aime pas que les gars viennent me chercher chez moi, expliqua Aava en levant la main en guise d'au revoir.

Nous traversâmes des villages, scrutâmes la forêt par les vitres latérales, roulâmes sur de longues distances, en sachant tous les deux que nous ne retrouverions pas le chien de cette façon. Mais impossible de faire autrement : nous avions convenu que nous traquerions le chien. Ce soir-là, les SMS avaient sillonné l'Ouest, les téléphones n'avaient pas cessé de biper.

Nous tournions partout avec le Hilux, marquant quelques arrêts, mais discutant très peu, car autour de nous, l'air était trop chargé pour parler.

Je cherchai une station de radio musicale pour remplir le silence, essayant d'oublier que j'étais censé prendre l'initiative ; me ressaisir, m'y mettre. Le jingle retentit. Ce fut le signal.

— Bon, le chien n'est pas là, dis-je.

— Non, approuva Aava. C'est seulement pour lui qu'on est ici ?

— Comment ça ?

— Je croyais que tu avais envie de moi…

— Non, pas seulement pour le chien, enfin…

— Peut-être qu'on pourrait aller à la cabane ? proposa-t-elle.

Elle tapota doucement sur ma cuisse, puis laissa sa main dessus.

La forêt était muette, comme si elle attendait la suite des événements en retenant son souffle. Les pins tendaient leurs bras sur les berges, un plongeon arctique au cou raide traçait lentement un sillon dans l'eau. Pressée, une hermine traversa le chemin pour se précipiter dans son terrier. Les ailes étendues, sans bouger d'un pouce, une maman mésange boréale couvait ses oisillons rouge et blanc, tout nus.

Mon caleçon tomba sur le plancher. À côté atterrirent ma chemise et mon T-shirt. Les mains fraîches d'Aava se déplaçaient sur ma peau comme si elles cherchaient un endroit pour se réchauffer. Le poêle bourdonnait, transformant le froid humide de la cabane en chaleur incandescente.

— Attends, il faut que je te dise une chose, chuchotai-je. Je n'ai jamais… euh…

— Tu veux dire que c'est ta première fois ?

— Oui…

— Je te promets que je serai à la hauteur.

— J'ai acheté des… il y en a dans mon portefeuille.

— Chut, fit Aava en appuyant son doigt sur mes lèvres.

Et c'était parti. Nos ailes déployées, nous volâmes comme des hirondelles dans le ciel d'août, moi d'abord en tâtonnant, jusqu'à ce que j'apprenne à me laisser emporter.

Puis j'explosai.

Je retombai sur la banquette, vidé de mon énergie, mes plumes flottant dans l'air.

Aava se redressa et posa mes jambes molles sur les siennes pour les caresser. Elle nettoya mon pénis fatigué avec sa culotte attrapée dans un coin du banc.

— C'est pas grave, dit-elle. Je te ranimerai.

Nous nous étions installés sur la rive, emmitouflés dans un plaid en laine épaisse. Le soleil nocturne s'était caché derrière le mont Paha et, au sud, le ciel bleu profond annonçait la pluie. La lueur du feu de camp colorait le visage d'Aava en rouge.

Elle glissa sa main sous ma chemise. Je frissonnai.

— Moi aussi, ma première fois, c'était ici, dit-elle. C'était le début de l'hiver, le gel faisait craquer les bouleaux. On est venus là, comme on n'avait nulle part ailleurs où aller. Le soir, on était assis sur la berge, exactement comme toi et moi. Les aurores boréales couraient dans le ciel au-dessus de l'étendue de glace et derrière l'océan d'étoiles on pouvait apercevoir la Voie lactée.

— Ça devait être quelque chose.

— La nature sait quand c'est le moment de briller.

Aava me pinça les côtes si bien que je gémis. À l'extrémité nord du lac, un plongeon arctique poussa un cri, répété par l'écho. Je me penchai contre Aava, j'enfonçai mon visage dans ses cheveux et j'inspirai son odeur comme si je voulais en emmagasiner pour l'hiver.

— Keijo avait deux ans de plus que moi. Il s'est installé à Oulu après le lycée, expliqua Aava. Je lui avais promis de le rejoindre, mais je ne l'ai pas fait.

— Pourquoi ?

— J'sais pas. J'ai pas eu le courage. Je suis bien partie, mais plus tard et dans une autre ville.

— Ensuite, tu es revenue. Il y en a qui ne reviennent jamais.

Les lavarets mouchaient en surface. Les mésanges bruissaient dans des sapins, dont pendaient d'épaisses touffes d'usnée.

— Je me sens bien avec toi. Tu es si douce, murmurai-je en serrant Aava contre moi. Merci.

— Faut jamais dire merci pour le cul ou pour l'alcool, rétorqua Aava en se détachant de moi.

Je la regardai stupéfait, ce à quoi elle réagit en expliquant que c'était juste un dicton.

— Vous en avez des dictons !

— Ouais, plein. Mais voilà ce qu'on va faire maintenant : je vais au petit coin et ensuite on baise.

Aava se dirigea vers un sentier. Ses pieds nus flottaient dans ses bottes trop grandes. En marchant, elle souleva sa chemise pour dévoiler ses fesses nues. À en juger par son rire, elle savait que je la regardais.

La lumière blanche de la nuit d'été filtrait à travers le rideau en coton clair. Nous avions verrouillé la porte avec un crochet rouillé, par principe : personne ne nous aurait dérangés en plein milieu de la nature sauvage. Sur la banquette, nos corps se tortillaient l'un contre l'autre comme des vipères frigorifiées dans le creux d'un rocher.

Elle prit ma main pour la guider là où cela faisait du bien. Elle s'offrit à moi, j'entrai en elle et nous commençâmes à nous bercer. La nuit se remplit de soupirs et d'odeurs, et nous n'aurions voulu être nulle part ailleurs qu'ici, dans la pénombre de ce petit taudis en bois, sur un vieux matelas maculé de pisse de souris et couvert de toiles d'araignée.

Le matin, nous étions allongés en cuillère. Les oiseaux chantaient dans la forêt. Le vent s'était levé. Il soufflait dans la cime des arbres, fouettant le toit en tôle avec une branche de sapin. Un animal grattait dans un coin. Mon bras était engourdi, car la tête d'Aava reposait sur mon biceps, mais je n'osai pas le bouger, de peur que la magie disparaisse. Nous étions bien ainsi, apaisés.

Il ne m'avait rien manqué pendant cette nuit. J'avais même oublié mes rêves : les montagnes de Ruija et l'attelage aux pelages givrés étaient loin, sans aucune importance. Je n'avais pas non plus pensé au passé, me torturant avec mes souvenirs, ou fui quoi que ce soit. En fait, mes yeux s'étaient ouverts : j'avais couru après mes rêves tout en fuyant – non seulement le gouffre, la bande de Nikkanen ou les morts-vivants de la maison de la rue Helena, mais aussi quelque chose qui émanait de moi-même. En fin de compte, j'étais comme Nanok, un animal peureux sans famille. Comment réussirais-je à l'attraper un jour si nous fuyions tous les deux ?

Je posai un baiser sur l'oreille d'Aava. Elle répondit par un petit "hum", collant ses fesses contre moi.

— On pourrait rester ici un peu. Passer encore une deuxième nuit, chuchotai-je.

— On n'a rien à manger.

— On a l'un l'autre.

— Tu veux me croquer ? susurra-t-elle d'une voix ensommeillée en touchant mes cheveux.

— Oui, affirmai-je en entrant en elle.

La graisse de la truite gouttait sur le feu de camp. Aava tournait la grille à poisson, l'odeur qui se répandait dans les alentours fit gargouiller mon ventre. J'avais vidé en elle tous mes liquides vitaux. Il ne restait plus que ma peau desséchée par la nuit chaude et la journée torride. Nous avions continué les galipettes jusqu'à ce que mes doigts refroidissent et qu'Aava commence à s'inquiéter. Je n'avais pas fière allure.

Elle avait cherché pour moi dans le placard des morceaux de sucre fondus. En tombant sur un sachet de riz presque vide, elle avait observé qu'il était temps de remplir les réserves. Elle s'était habillée rapidement et avait pris les choses en main. Elle m'avait demandé de ramasser des chenilles et des vers pendant qu'elle préparerait la canne à pêche. Sous la gouttière de la remise, elle avait récupéré une vieille canne, examiné l'hameçon et le fil, retiré le flotteur et conclu qu'elle ferait l'affaire.

J'avais donné mon butin d'appâts à Aava et je l'avais suivie, apathique. Avant d'arriver au ruisseau, elle avait levé le bras, m'ordonnant de m'arrêter. Elle avait glissé une chenille sur l'hameçon et s'était mise à avancer à l'abri des buissons. À quelques mètres de l'eau, elle l'avait lancé dans le courant et à peine avait-il touché la rocaille qu'un poisson y avait mordu.

— Ça va, tu tombes pas dans les pommes ? demanda Aava, amusée, en retournant les poissons sur les braises. Une petite truite commence à être prête.

— Toi d'abord, je peux attendre.

— Non, c'est pour toi. Je ne veux pas avoir sur la conscience de t'avoir baisé à mort.

Aava rit. Moi non. Mais je n'étais pas non plus triste ou honteux, ni fâché. Je ne ressentais rien. Aava me tendit la truite et la casserole. Je me servis du riz avec une cuillère, ôtai la peau du poisson avec un bâtonnet, et mélangeai le tout, avant de dévorer la tambouille. Je me brûlai la langue, mais je m'en fichai. Aava m'en donna une deuxième en souriant en silence. De toute évidence, le one-man-show que je lui offrais la divertissait. L'effet comique était garanti !

J'étais en train de manger ma troisième truite quand Aava entama sa première. Je me sentais mieux. La sueur froide avait séché sur mon dos. Je remplis ma tasse d'eau et je m'allongeai sur l'herbe à côté d'Aava. Je me mis à décortiquer la tête d'un poisson.

— C'est autorisé de pêcher comme ça ici ? fis-je en enfonçant un morceau de chair de truite dans ma bouche. Je veux dire, à la canne à pêche ?

— Tu avais faim, non ?

— C'est pas ça, mais je croyais que c'était interdit là où il y a du courant.

— On a bien le droit d'assouvir sa faim ! rétorqua Aava que ma question semblait dépasser.

Peut-être que la loi s'arrêtait à la lisière de la forêt. En tout cas, c'était l'impression que j'avais depuis un moment. Cette contrée n'intéressait pas les autorités. Une fois, ils m'avaient téléphoné pour me dire que l'affaire du braconnage avait été transférée à la police responsable des zones frontalières à l'Ouest, puisque les faits soupçonnés s'étaient déroulés là-bas. Après quoi, aucune nouvelle. À l'Est, des tas de policiers équipés jusqu'au cou surveillaient les touristes du Nord, mais ce patelin entre les villes portuaires et les montagnes était abandonné.

Après le repas, nous nous reposions à côté du feu de camp. La végétation était sèche et chaude. Les arêtes des poissons fumaient sur les braises. J'étais redevenu moi-même. Je remerciai Aava et lui caressai les cheveux. Elle se blottit contre moi, appuyant son oreille sur ma poitrine.

— Je suis bien, chuchota-t-elle.

— Moi aussi.

— Ton cœur bat lentement.

— Au moins il ne s'est pas arrêté.

Une grande libellule bourdonnait au-dessus de l'herbe du rivage. Les clapotis tapaient contre les brins.

— La fin de notre famille a débuté ici, dit Aava. J'avais sept ans.

Je levai la tête. Elle fixait le lac.

— Mon oncle, Salomo, était venu à la cabane pour pêcher le lavaret. Il avait noté dans le livre d'or qu'il avait attrapé deux beaux spécimens. Puis il a disparu.

— Comment ça, disparu ?

— Sans laisser de traces. On l'a cherché pendant des semaines. Tous les soirs, je demandais à maman : "Quand est-ce qu'il revient ?" et elle répondait : "Bientôt." Après la tombée de la première neige, elle m'a dit que, comme on pouvait voir les empreintes, tout deviendrait plus facile. À Noël, j'espérais qu'il arriverait avec le traîneau du père Noël et, selon maman, c'était possible. Salomo lui manquait beaucoup aussi. Mon père, lui, était absent depuis des mois, et elle prétendait qu'il était à sa recherche. Mais c'était faux, il était parti se saouler. Lui et Salomo étaient copains.

— Il n'a jamais été retrouvé ?

— Non.

— Putain, commentai-je en arrachant un petit saule.

Je l'écorçai en réfléchissant à ce que je pourrais dire. Mais aucun mot ne vint, et je restai muet. Aava caressa mon ventre, avant de continuer son histoire qui s'assombrissait de plus en plus.

— L'année suivante, Pâques a eu lieu tard. Maman et moi étions chez Ämmi, installées à la table dressée pour la fête, quand j'ai encore demandé pour Salomo. Alors Ämmi a répondu que la forêt l'avait pris, et m'a dit d'arrêter de ressasser. Elle a quand même ajouté : "Salomo va bien maintenant, mais tu ne le reverras plus." Maman a fondu en larmes, et avant les grandes vacances, elle avait disparu elle aussi. Un matin, elle n'était plus là, et j'ai trouvé mon père assis dans la cuisine avec une bouteille. Il m'a expliqué qu'elle était partie vivre à Tornio, parce qu'elle n'avait plus la force de rester avec nous.

— Elle t'a laissée avec un ivrogne ?

— C'est ce que je croyais à l'époque. Je pensais que le peuple de la forêt me punissait à cause de mes bêtises. On m'avait enlevé tous ceux que j'aimais parce que je rechignais aux tâches ménagères et que je jurais. Plus tard, j'ai appris que maman avait été hospitalisée sans consentement à Keroputaa.

Aava s'était immobilisée, et je sentis ma chemise se mouiller. Je caressai ses cheveux.

— Salomo était important pour toi ?

— Hyper important. Il racontait toujours des blagues, il pouvait jouer avec moi des journées entières. Il m'écoutait. Et quand j'avais des chagrins, il me berçait dans ses bras en fredonnant le chant de la Tengeliö. Salomo était différent de mon père, répondit Aava.

Elle me parla de leurs “fouilles archéologiques”. Ils avaient retourné des pierres à la recherche de signes des temps anciens, Salomo débordant d'enthousiasme.

— Salomo était professeur d'histoire. Il est venu ici de Pirkkala. C'est maman qui est arrivée d'abord, à cause de mon père, et lorsque Salomo a appris qu'il y avait un poste vacant à l'école de Meltonen, il n'a pas hésité. Il a été déclaré mort, on a organisé un enterrement, mais je ne suis jamais allée sur sa tombe. Je me suis recueillie ici. Je le fais toujours. Je lui parle et je lui chante des chansons. J'ai attendu que la forêt me fasse signe qu'il me voyait. Quand ce chien est apparu, j'ai pensé que j'avais eu ma réponse, que c'était mon cher oncle, si fort et si beau.

Je touchai sa joue. *Fort et beau*, voilà comment il était, Nanok. Je ne saisissais pas le rapport entre lui et cette histoire, mais parfois, même moi, je sais qu'il vaut mieux se la fermer.

Le vent soupira dans les arbres, et une vague échoua près du rivage.

— Une fois un gobemouche a percuté notre fenêtre. Il n'est resté de lui qu'un petit tas silencieux. J'ai alors demandé à Salomo où étaient partis son chant et le souffle sous ses ailes. Mon oncle a répondu que, d'après ce qu'il comprenait, on ne mourait pas vraiment, on changeait seulement de forme. Et il a ajouté que lui, il deviendrait un laïka de Sibérie tout blanc, et qu'il arpenterait les forêts en été comme en hiver.

— Et quand tu as vu Nanok, tu as pensé…

— Oui, mais ce n'était pas lui.

— Qui sait ? Je trouve que c'est étonnant que tu sois l'unique personne qu'il ose approcher.

Aava frotta sa joue contre ma chemise, avant de glisser ses doigts entre les miens en guise de remerciement.

AILA

Rovaniemi, le 27 juillet 1948

Ma chère Aila,

Je n'ai pas pu m'empêcher de penser à toi, j'ai donc différé mes plans et je me suis mis à écrire. Comment vas-tu ? Notre voyage dans les monts de l'Ouest a été mémorable par sa beauté. Je dois avouer que j'ai été surpris à ton égard. Tu n'es plus une petite fille.

Le lieu de pêche était l'un des plus incroyables que j'aie vus. Je suis toujours aussi amusé en songeant que tu m'as fait passer une nuit en bivouac, avec des moustiques, alors que nous étions tout près de votre cabane. Mais tu t'es bien justifiée. Il n'est pas question de tout dévoiler à un étranger.

Je suis reconnaissant que tu aies fini par m'y emmener. Je me remémore avec émotion les moments partagés avec toi. À présent, je comprends que la vie ne nous prévient pas de ce qui nous attend quand nous partons en voyage. J'espère de tout mon cœur avoir su me comporter avec courtoisie. Et je tiens à te dire que je n'ai aucun regret. Pourvu que toi non plus.

PS. Merci pour la rose ! Elle m'a fait plaisir. Il n'y avait ni le nom de l'expéditeur ni aucun mot, mais le cachet de la poste m'a permis de deviner qu'elle venait de chez vous. Je l'ai mise dans un verre sur mon bureau. Elle me rappelle ton existence.

Ylitornio, le 6 août 1948

Aarno,

Je n'ai pas cessé de songer à Toi, tu ne peux pas savoir !

Une fois, je t'ai imaginé contre ma peau avec une telle intensité que j'ai oublié le bidon de lait sur le perron et qu'il a fini par tourner. Et le soir, quand je humais tes cheveux, plongée dans mes pensées, mon père m'a demandé si j'étais partie en Suède ou carrément à l'étranger.

Au moment du coucher, j'essaie de m'endormir, mais c'est difficile, parce que je suis en flammes. Je serre mon oreiller comme si c'était toi, je le caresse de la même façon que ton dos robuste. Je revis, encore et encore, l'instant où je t'ai senti en moi.

Sache que je ne l'oublierai jamais.

Avec le cœur en peine,
Moi

SAMUEL
ONZIÈME JOUR

JE me réveille sur la banquette le visage tourné vers la pièce. Quand je me suis couché, je ne portais qu'une chemise, mais dans sa gentillesse la nuit m'a emmitouflé dans le plaid. Viti émet de petits bruits en dessous. Je ne bouge pas, qu'elle s'affaire tranquillement. Elle marque une pause, puis se met à courir, s'approche de moi. Entre nous, il n'y a que la planche de la banquette. Je pense qu'elle me renifle, fait des observations sur le nouvel occupant de ce taudis oublié.

Viti surgit de dessous, s'arrête à côté du pied de la table, à l'abri. J'admire son physique optimal. Avec un corps aussi souple, il est facile de plonger dans la neige et de pénétrer dans les galeries des taupes. Elle sautille partout puis, tout à coup, grimpe sur le banc et, très vite, sur la table en prenant appui sur le mur. Elle court dessus, le papier du livre d'or ouvert bruisse sous ses pattes minuscules. Je la vois parfaitement à présent.

Son poil luit dans la lumière qui déborde par la fenêtre. Sa respiration rapide secoue tout son corps. Elle a déjà son pelage d'hiver, il ne reste plus qu'un peu de marron sur une oreille. Cela m'inquiète. La belette change de couleur au même rythme que la nature, et il ne faudrait pas qu'il neige. Je ne pourrai pas sortir de la cabane sans laisser de traces.

Son pelage n'est pas le seul changement que j'aie observé. Je n'entends plus les passereaux. Le lac est noir et silencieux, le rivage givré au lever du jour. Les plongeons arctiques qui, il y a peu, se languissaient de la beauté des nuits lumineuses et de la brièveté de la période estivale, ne pêchent plus depuis deux jours ; ils sont partis. Hier après-midi, un couple de cygnes a tambouriné la surface du lac avec ses palmes, puis s'est envolé au niveau de la cabane, pour ne plus revenir.

J'ai souvent contemplé la noirceur du mois de novembre en craignant que l'hiver n'arrive pas. À présent, j'ai peur du contraire.

— C'est déjà l'hiver ? demandé-je à Viti, qui a trouvé quelque chose d'intéressant sur la table.

Elle se retourne et me fixe, immobile.

Je poursuis :

— C'est trop tôt !

La belette sonde l'air, mais ne s'enfuit pas cette fois. Elle émet un léger bourdonnement, et on dirait qu'elle ronronne :

— Oui, c'est trop tôt.

Viti avance d'un bond, puis stoppe à nouveau.

— Je pense que tu es une fille.

La belette couine.

— J'en étais sûr ! Impossible qu'un être aussi beau soit un gars.

Je me lève prudemment. L'animal prend peur, saute sur le plancher et se cache.

Une volée de petits oiseaux gris passe devant la cabane. Je me précipite à la fenêtre. Les mésanges sont revenues !

Elles sont perchées sur un grand sapin à côté de celui où j'ai posé le piège. Pour une raison inconnue, elles préfèrent gazouiller là-bas. Pourquoi mon pain ne les intéresse-t-il pas ? Elles ne voient pas la douceur qui les attend dans la mâchoire ?

Je n'ai qu'à déplacer le piège dans l'arbre qu'elles aiment et à mettre l'appât bien en évidence, en prenant soin de bien camoufler la tapette. Si ça se trouve, elles craignent les dents métalliques ? Je pourrais cacher la plaquette avec des épines et des feuilles mortes, et si j'avais vraiment envie de fignoler, enfiler les fils de fer dans des tiges d'herbe.

Le piège va être parfait.

— Viti, tu es d'accord avec moi ? Elles ne se méfieront pas !

JUILLET 2009

DANS la cour, Aava sautillait autour de moi. Elle m'indiqua le chemin à travers des parterres de fleurs flamboyantes. Elle monta sur le perron à pas légers et ouvrit les portes, sans arrêter de parler.

— Tu poses les chaussures là, ou peu importe, tu avances, c'est la porte à gauche, enfin tu connais, t'es déjà venu.

Elle semblait tendue, ce qui me rendit encore plus nerveux. Quand je pénétrai dans la pièce principale, j'étais transi de peur.

Nous avions convenu que je prendrais Aava chez elle et que nous partirions traquer le chien. À mon arrivée, Aava avait couru me rejoindre à la voiture, sa queue de cheval oscillant de droite à gauche, et m'avait invité à entrer, parce qu'Ämmi nous avait préparé un café.

— Ämmi, il est là ! annonça Aava en me jetant un regard en souriant.

J'entendis le cliquetis de la vaisselle et le "ah oui" d'une personne âgée, suivi de pas légers qui s'avançaient vers nous. Une femme petite et maigre sortit de derrière le poêle.

— Le voilà, dit-elle en s'essuyant les mains sur son tablier.

Elle s'approcha de trop près pour me fixer dans les yeux, et me tendit sa main ridée.

— Bonjour. Je suis Aila, Ämmi de cette jeune femme, autrement dit sa mamie.

— Bonjour. Moi, c'est Samuel, mais on m'appelle Samu.

— Alors il n'y a plus qu'à, commenta la vieille en retournant dans le coin cuisine.

Aava me montra une banquette en bois, et je m'assis pendant qu'elle s'installait dans un fauteuil à bascule. La pendule murale sonna dix fois. Derrière le poêle, Ämmi fredonnait une chanson qui parlait de monts, du son des cloches des rennes et des fleurs. Dans un cadre, sous la pendule, un soldat nous fixait d'un air grave, et dans un autre, à côté, un vieux couple bien fatigué s'efforçait de paraître respectable. Sur un tableau décoratif réalisé au crochet, on pouvait lire : LE BONHEUR, C'EST LE RIRE ET UNE PAIRE DE CHAUSSETTES CHAUDES.

La mamie se déplaçait d'un pas vacillant entre la table et la cuisinière en parlant toute seule :

— Manque plus que la brioche et tout est bon. Venez, le café est prêt. Installez-vous et cassez la croûte.

Aava hocha la tête en souriant et se leva. Je suivis son exemple.

— Tu n'enlèves pas ta veste ? me demanda Ämmi.

— Pardon, bien sûr. Je vais la mettre sur… vous avez un portemanteau ?

— Ne fais pas ça pour moi. Je me disais juste que tu devais avoir chaud, fit-elle pour me taquiner.

Elle avait remarqué mes joues rosies de nervosité, presque aussi écarlates que mon anorak.

— C'est une jolie veste, cela dit, ajouta Ämmi.

— Qualité finlandaise, lâchai-je.

— On se fout des Finlandais, rétorqua-t-elle, et je baissai la tête pour me concentrer sur ma boisson.

Ämmi trempait la brioche dans son café au lait, pour ensuite mâcher bruyamment la tambouille. Aava buvait à petites gorgées, le visage tourné vers la fenêtre. À l'évidence, elle ne se rendait pas compte que son invité était bien embarrassé.

— Alors qu'allez-vous faire ? voulut savoir Ämmi.

Aava sursauta.

— On va chercher ce chien sauvage, répondit-elle.

— Tu l'as beaucoup cherché, je crois, dit la vieille femme en posant sur moi un regard scrutateur.

— J'ai essayé. J'ai réussi à attraper le premier, mais avec celui-ci, c'est plus compliqué.

— Tu ne devrais pas y aller seul.

Ils ressassaient tous la même chose. J'avalais mon café à toute vitesse. J'avais hâte de voir le fond de la tasse, de dire "merci" et "bon ben", après quoi Aava ferait "eh bien, on y va" ; et nous serions libérés. Je ne me sentais pas bien. Cette vieille me mettait mal à l'aise.

— Je te ressers ? proposa-t-elle.

— Non merci, c'est parfait.

— Comme tu veux.

— Je crois qu'on va y aller, annonça Aava en se tournant vers nous, comme si elle se réveillait enfin.

La mamie prit la crémière et se dirigea vers le coin cuisine en chantonnant.

— Tu viens ? chuchota Aava en me faisant signe de la suivre.

Je remerciai la vieille. De derrière le poêle me parvint :

— De rien, de rien.

— Tu as une sacrée mamie, dis-je à Aava dans la voiture.

J'étais en sueur et mes joues étaient toujours brûlantes.

— Ämmi ne change pas. Mais tu peux être content, tu es le premier gars qu'elle invite à prendre un café.

— Pourquoi moi ?

— Parce que t'es une célébrité.

— On est plusieurs ? plaisantai-je.

— Bien sûr que non. Je me sers d'un seul mec à la fois, fit Aava en me faisant un clin d'œil.

Je ne répondis rien. Par la vitre latérale, je vis la forêt céder la place aux champs de fleurs.

— T'es jaloux ?

— Non.

— Mais si, c'est évident. Alors que t'as aucune raison de l'être… espèce de bite charnue !

— Tu as de ces expressions.

— C'est Ämmi qui dit ça.

— Je ne suis pas étonné.

— Ämmi a aussi des dictons percutants, comme celui-ci : L'homme qui refuse de soulager une femme en chaleur est un pécheur. Toi, tu n'as rien d'un pécheur, blagua Aava, en posant sa main sur la mienne, avant de chuchoter : Ma charnue.

Les portières claquèrent. Nous nous ruâmes dans la forêt avec détermination. Nous cherchions le chien partout, retournions chaque pierre. Nous courions sur des monticules et, tandis que nous grimpions sur des flancs abrupts, nos doigts s'enfonçaient dans la mousse. Nous cherchions le chien avec fougue, nos fesses en l'air, sous un soleil au zénith, adossés à un tremble ou sur un rocher lisse. Nous le cherchions et l'appelions, nos corps emmêlés, nous genoux noircis par des myrtilles, nos chevilles couvertes de piqûres de moustiques ; nous sifflions pour qu'il nous rejoigne, tout en espérant qu'il n'apparaisse pas avant que nous ne soyons assouvis.

Plus tard, assis sur le sommet pierreux du Jupukka, nous contemplions la taïga qui s'étendait jusqu'à l'horizon et même au-delà. Au nord, un soleil rougeoyant répandait sa chaleur en colorant le ciel en pourpre côté sud. Le Suuri Miekonen était bleu et calme, une barque blanche, solitaire, traçait un sillage à la surface de l'eau.

— Regarde ce paysage, dit Aava.

— Je ne fais que ça.

— Tu m'as demandé une fois pourquoi j'étais revenue. Moi, je me demande comment j'ai pu partir.

Je la serrai dans mes bras. J'avais trouvé la perle rare, plus besoin de continuer les recherches. L'épouse parfaite pour un *musher*, c'était elle ! J'inspirai l'odeur de ses cheveux, mon nez ne s'en lassait pas, et j'aurais eu envie de dire "Je t'aime", pour finalement réussir à bredouiller :

— On allume un feu de camp ?

— Si tu veux, répondit-elle.

Quand nous rentrâmes, les bouleaux jetaient une ombre nocturne sur la maison verdâtre. Nous n'avions rien trouvé et nous avions trouvé absolument tout. Nous étions fatigués et affamés, la sueur avait séché sur ma chemise collée à mon dos.

— Ämmi a chauffé le sauna, constata Aava en observant la cheminée de la dépendance qui diffusait une chaleur douce dans la fraîcheur du soir. Tu resterais pas pour la nuit ?

— Mais ta mamie…

— Elle dort déjà. On se lave et on se faufile dans le grenier. Je passe nous chercher un petit en-cas.

— Je sais pas.

— C'est moi qui fais ta toilette. De fond en comble… chuchota Aava.

Comment refuser ?

Nous nous levâmes tôt, compte tenu du fait que nous avions baisé toute la nuit. Il faut battre le fer quand il est chaud, comme disait mon copain Kemppainen. Assis sur le lit d'Aava, je me grattais le ventre en m'efforçant de me mettre en action. L'air me sembla renfermé et j'ouvris la fenêtre. Un vent frais m'aiderait peut-être à me réveiller.

J'aperçus Ämmi dans la cour. Elle enjamba un petit fossé.

— Où est-ce qu'elle va ?

— Comment ça ? demanda Aava en se redressant avec un bâillement.

— Elle se dirige vers la forêt.

— Elle va sûrement voir l'arbre.

— Quel arbre ?

— Le nôtre. Le sapin d'Arviitti. Tu n'as pas d'arbre, toi ?

— Non. Qu'est-ce qu'elle fait là-bas ?

— Ce qu'on fait d'habitude, dit Aava, sans entrain.

Je voyais bien qu'elle était irritée de devoir expliquer des évidences, mais j'étais curieux.

— Pourquoi est-ce que tu vis ici ?

— Et toi, pourquoi tu m'interroges ?

— Eh bien, peu de jeunes femmes vivent avec leur grand-mère.

— Bon, je vais répondre soit par hasard, soit à cause d'une dette, soit par flemme. À toi de choisir.

— Je prends la dette. Comment t'es-tu endettée ?

— Ma jeunesse passée avec un ivrogne fou furieux a été une putain de galère. Ämmi m'a soutenue pendant cette période et, du coup, c'est à mon tour de l'aider maintenant, expliqua Aava sur un ton qui me fit comprendre qu'elle en avait marre de ce jeu.

Puis, brusquement, elle me renvoya la balle.

— Et toi, Samuel Somerniva, c'est quoi ton côté sombre ?

— Je n'en ai pas.

— Tu mens. Je l'ai vu tout de suite, à la Saint-Jean.

— N'importe quoi.

— Tu prétends avoir eu une enfance heureuse ?

— Je n'ai pas dit ça ! répliquai-je.

J'essayai de localiser ma chemise. Il était grand temps de rentrer à la ferme.

— Tu avais une amoureuse chez toi. Elle t'a quitté ? C'est ça qui te pèse ?

— Tu fais chier ! grognai-je, en enfilant ma chemise et mes chaussettes. Où est passé mon pantalon ?

Aava rigola.

— J'ai touché là où ça fait mal !

Je déplaçai le couvre-lit qui traînait par terre et donnai un coup de pied dans l'oreiller, tout en jurant. Je finis par trouver mon pantalon sous l'armoire ; je le secouai pour le défroisser avant de le mettre.

— Ils me battaient, dis-je en rebouclant ma ceinture, ébranlé. Ou me jetaient dans un fossé. Balançaient mes livres dans une flaque d'eau. Enfonçaient ma tête dans la cuvette ou me frappaient au ventre, pour qu'on ne puisse pas voir l'hématome. Ça se passait pendant les récréations et sur le chemin de l'école, s'ils réussissaient à me rattraper. Tu es satisfaite ?

Ma voix était étranglée.

Choquée, Aava se tut, elle m'enlaça en me demandant pardon, pour ensuite me tirer sur le lit et poser sa joue contre mon épaule.

— Je savais pas.

Moi non plus, je ne le savais pas, mais c'était ma nouvelle vie et dans une nouvelle vie on a le droit de choisir son passé. Ce passé, je l'avais emprunté à Logo. Il n'en avait plus besoin. Aava n'aurait pas compris si je lui avais dit que mon plus gros problème, c'était que je n'en avais pas. Tout allait bien, sauf que j'étais mort d'angoisse. Autour de moi, il n'y avait que des putain d'enfoirés, engendrés par la mine, aucun vrai copain, et les adultes faisaient de longues journées dans les galeries.

Des hirondelles jacassaient derrière la fenêtre, et le chat miaulait sur le perron pour qu'on vienne lui ouvrir.

— J'ai encore envie. Et toi ? chuchota Aava en massant mes épaules.

— Ämmi va entendre.

— Je crierai dans l'oreiller, je te promets.

C'était l'après-midi, je me redressai pour soulager mon dos douloureux. J'examinai mon ouvrage. La parcelle semblait interminable. Ce potager n'avait rien d'un petit passe-temps de mamie, c'était un camp de travail.

Nous avions eu l'intention de reprendre nos recherches, mais Ämmi avait jeté un coup d'œil au calendrier et ne nous avait pas laissés partir. La vieille avait parlé de lunes montante et descendante, de la pleine lune. La lune descendante était pour tuer et arracher, la lune montante pour faire pousser. À la lune descendante, on plantait les pommes de terre, les carottes et les rutabagas, à la lune montante, les salades. À la fin de sa leçon, elle avait observé que le potager n'avait pas été sarclé alors que la lune descendante était presque terminée.

— Au travail ! Vous avez encore des dos souples, avait-elle dit.

Aava avait protesté, ça pouvait attendre la semaine suivante, ce à quoi la mamie avait rétorqué que ce serait trop tard.

— La lune sera morte. Ce sera plus la peine de faire quoi que ce soit.

C'était un mensonge, bien sûr. Il y avait toujours du travail. Réparer des clôtures, nettoyer le poulailler, chercher une cachette d'œufs dans la forêt, rentrer le bois de chauffage. Une vie si simple et tant à faire.

Nous avions convenu qu'Aava s'occuperait des carottes et des navets, moi, des rutabagas et des betteraves rouges. Nous sarclerions ensemble les oignons. Aava était loin devant moi. Elle se pencha en avant pour arracher une mauvaise herbe. Je laissai mon regard reposer sur son short qui dévoilait une partie des fesses. Plutôt que m'énerver, je n'avais qu'à profiter de la vue. Le travail prendrait plus d'une journée, nous ne partirions pas chercher le chien. Mais en réalité, ce n'était pas bien grave. Il n'était pas possible de le trouver en été. Je parcourais ces contrées, parce que j'aimais ça, et cette forêt. Et les moments que j'y avais passés avec Aava étaient d'une telle richesse que je n'étais pas près de les oublier.

Aava se retourna.

— Qu'est-ce que tu regardes ?

— Les beaux paysages.

— T'as envie ?

— Toujours.

— On finit ces rangs et on va se reposer un peu dans le vestiaire du sauna, dit Aava avec un sourire.

Je me remis au travail avec entrain. Aava savait comment me motiver.

Au bout d'une heure, nous étions en train de boire du sirop de groseilles sur les marches du sauna. Les tempes d'Aava luisaient de transpiration. Le coq chanta, et celui du voisin lui répondit. Les moutons bêlaient sur la prairie du rivage, une mouche bourdonnait, des hirondelles rustiques traversèrent le ciel à pleins gaz pour retrouver la remise et leur nid en criant. Le pommier devant le sauna débordait de fruits de taille ridicule.

— Je devrais préparer des fagots pour les moutons, mais j'ai la flemme, dit Aava avec nonchalance. Et à la lune montante, des *vihta* pour le sauna. Et c'est déjà un peu tard. Je dois aussi buter les plants de pommes de terre et déplacer la clôture des moutons.

— Mais vous pourriez acheter vos patates au supermarché, non ?

— Toi et tes questions, répondit Aava en arrachant une fléole qui poussait au pied des marches.

Elle mordilla l'extrémité de la tige vert pâle, puis poursuivit :

— Et si on allait à la pêche ce soir ?

— Avec plaisir. Tu veux pêcher comment ?

— Au filet. Les brochets se tiennent près du rivage en ce moment. Je pose les filets et toi, tu leur feras peur pour qu'ils bougent.

— Je pensais que tu parlais de pêche à la ligne, mais en fait on va bosser.

— La pêche à la ligne m'ennuie.

— Mais on pourrait s'ennuyer ensemble, par exemple, en contemplant le coucher du soleil.

— Non, il faut remplir le congélateur.

Nous reprîmes le travail. Le soleil de l'après-midi me ramollissait vite, mais Aava ne semblait pas gênée par la chaleur. Elle se redressa, et ensuite ce fut mon tour.

— Tu ne nettoies pas dans le bon sens. Tu devrais avancer vers l'est.

— Quoi ?

— L'est donne, l'ouest enlève. Pour sarcler, on avance vers l'est, sinon le mal nous emporte.

Je la regardai, incrédule, avant de me déplacer vers l'autre extrémité de la parcelle. Aava avait l'air contente.

— Tu restes pour la nuit ? demanda-t-elle.

— Je ne sais pas. Et Ämmi ?

— On s'en fiche. Demain, je pensais aller rendre visite à ma mère. Tu viens avec moi ?

— Pourquoi pas, répondis-je avec un sourire.

Aava voulait me présenter à ses proches. C'était un bon signe. Mon projet "une épouse de *musher*" avançait comme cet été merveilleux, vite et sans encombre. Je m'accroupis pour continuer le travail. Les mauvaises herbes s'envolaient à un rythme effréné sur le côté du potager. Aava était vraiment forte pour me motiver.

La Torne s'écoulait sous un pont blanc. C'était l'été, et il y avait peu d'eau, mais la force du fleuve, accumulée depuis les montagnes, était tangible. Sur le pont, nous croisâmes des cyclistes, au sud, sur un autre pont, passa un défilé de camping-cars et, au nord, je vis un enfant sauter d'un long ponton. Des gens en tenue légère buvaient de la bière sur les terrasses, et j'avais envie de proposer à Aava qu'on les rejoigne. Cela me détendrait. Juste une pinte pour me donner du courage avant la visite.

À un moment de la nuit, alors qu'Aava était allongée sur mon épaule dans le lit étroit de sa chambre, elle m'avait parlé de sa mère. D'après elle, je devais comprendre qu'elle n'était pas comme la plupart des mamans. La disparition de Salomo l'avait affectée pour toujours.

Les parents d'Aava avaient divorcé, et elle avait alors décidé de s'installer définitivement à Tornio. C'était un compromis. Elle avait une sœur et d'autres proches à Pirkkala, mais elle avait souhaité être plus près de sa fille, même si elle n'était plus capable d'assumer son rôle de mère. Elle ne pouvait pas retourner vivre à la campagne, car là-bas tout lui rappelait le père d'Aava et Salomo. Elle avait donc choisi cette drôle de ville entre Pirkkala et les villages reculés d'Ylitornio, où elle était toute seule. À Tornio, elle ne connaissait personne qui en vaille la peine.

Quand son esprit s'assombrissait et qu'elle voyait le mal partout, ce qui lui arrivait de temps en temps, elle allait se reposer à l'hôpital de Keropudas. En sortant, étourdie par les médicaments, elle était calme, mais incapable de faire quoi que ce soit. Aava lui téléphonait alors quotidiennement pour s'assurer qu'elle avait pensé à manger et à se promener et que son infirmière, Ulla, était passée, sans oublier d'ajouter : "Et pas question de picoler pour le moment."

Les rôles s'étaient inversés. La fille s'occupait de sa mère. Cela arrive à tout le monde un jour, mais certains se retrouvent dans cette situation beaucoup trop tôt, alors que leur propre vie vient à peine de commencer.

— En pratique, je suis orpheline, avait chuchoté Aava.

Quand je lui avais demandé de préciser, elle s'était tue et elle s'était rapprochée de moi. Elle ne parlait presque jamais de son père, mais j'avais compris qu'il n'était pas mort. Je l'avais entourée de mes bras et l'avais serrée fort. Elle me raconterait son histoire le moment venu, car les secrets étaient comme de la glace entre les êtres humains et aucune glace ne supporterait longtemps notre flamme.

La cage d'escalier multiplia le bruit de nos pas et fit résonner le claquement de la porte comme les cordes d'un instrument. Aava entra dans l'appartement avec ses clés. Devant la fente de courrier traînait un tas de dépliants publicitaires.

Le logement sentait le tabac, le linoléum était couvert de vieille crasse.

— Maman, nous sommes là.

La porte du balcon s'ouvrit. Nous entendîmes un murmure, qui devait être une salutation ou une constatation.

— Tu as apporté des clopes ?

— Maman, je te présente Samu, dit Aava à la femme au visage fatigué.

La mère d'Aava donnait l'impression d'être à la fois grosse et maigre. En réalité, elle était bouffie, sa peau était molle et relâchée. Je lui tendis la main, mais elle ne la saisit pas. Elle me lança un regard effrayé, puis se réfugia dans la cuisine.

— J'ai plus de clopes. Aava, tu ne peux pas aller m'en chercher ? J'ai fait du café ce matin, il est dans la Thermos. Prenez-en. Je pense que c'est toujours bon.

— Tu vas bien ?

— Ça peut aller. Hier, j'ai eu ma dernière réunion de groupe. Ils l'avaient avancée, parce que tous les animateurs partaient en vacances.

L'appartement était modeste. Dans la cuisine se trouvaient une table et trois chaises. Le dossier de la quatrième était cassé, et elle servait de porte-journaux dans un coin ; dans un autre coin était posé un sac-poubelle à moitié rempli. Sur le plan de travail traînaient de la vaisselle sale et l'emballage vide d'un gratin de foie.

Le salon était meublé d'un canapé en cuir, noir et usé, d'une bibliothèque marron poussiéreuse et d'une télévision. Ce décor me rappela la piaule de Renne Viinikka. Gamin, j'y allais souvent avec mes copains, Kemppainen et Joni, pour quémander au vieil homme des cigarettes.

Kemppainen qualifiait nos visites d'œuvres de charité. Elles permettaient à Renne de nous raconter ses histoires sans queue ni tête sur le rayonnement de fond et le complot juif. Nous faisions semblant d'être intéressés. Kemppainen lui posait des questions, et en récompense, nous avions chacun droit à une clope. Parfois, Renne nous offrait une bouteille de bière Karjala et là, c'était la fête. Ici, c'était la même ambiance. Le logement était celui d'une marginale qui ne faisait plus partie de la société. Pauvre vieille !

Aava lui raconta son été, ses vacances, une version censurée de nos recherches, le jardinage et la pêche. Elle mentionna aussi Nanok, évoquant des tas de détails que je ne pensais pas lui avoir donnés. Sans doute trouvait-elle que parler d'un animal était idéal pour remplir le vide qui régnait dans l'appartement, au sens propre comme au figuré.

— Tu as un chien en liberté dans cette forêt horrible ? me demanda la mère d'Aava en me regardant dans les yeux pour la première fois.

— Oui, enfin, il n'était pas à moi à la base. Et cette forêt est très belle.

— Non, elle est laide. Les arbres ont le mauvais œil. Il ne faut pas y aller.

— Mais je n'ai jamais eu de problème !

— À ta place, je n'irais pas. Aava, tu peux me chercher des clopes ?

— Tu passeras en chercher. Ça te fera prendre l'air.

— L'air ne m'intéresse pas, je veux des clopes.

— On a fait un saut à Kero, dit Aava pour changer de sujet. La cabane est toujours debout.

— Ah, fit sa mère et son visage s'assombrit.

En silence, elle se tourna vers la fenêtre et je vis que sa lèvre inférieure tremblait.

— Salomo me manque, à moi aussi, murmura Aava.

Sa mère ne réagit pas. Figée à côté de la table, elle me fit penser à mes parents.

Enfin, elle se leva et se dirigea vers le balcon. Sur le point de refermer la porte derrière elle, elle se retourna.

— Et toi, jeune homme, tu pourrais pas acheter des clopes pour moi ?

— Pourquoi pas.

DOUZIÈME JOUR

J'ÉTALE à nouveau sur la table les papiers trouvés dans la cachette, parce que je me sens affreusement seul. Ces derniers jours, j'ai lu des passages au hasard en guise de somnifère. La peur danse à l'autre bout de la table, me chuchote des atrocités à l'oreille et me fait tressaillir. J'appréhende ce qui m'arrivera, la douleur et la faim qui me dévorera telle une infection nosocomiale. Je suis déjà tout desséché.

La cabane est bien chaude, c'est le petit matin et je devrais me calmer pour réussir à dormir. J'essaie de me concentrer sur les papiers. Parmi les coupures de presse, il y a de longs articles et des textes qui ne remplissent qu'une colonne, ainsi qu'une annonce datant de 1947, dans laquelle le ministère de la Forêt recherchait "des jeunes hommes robustes des rives de la Torne pour des chantiers forestiers". J'ai aussi trouvé deux documents, dont une proposition sur une zone de test pour la gestion des forêts. Dans l'éditorial du *Pohjolan Sanomat*, datant du 7 avril 1948, on demande au nom de la Patrie que les chantiers démarrent enfin dans le Nord. L'éditorialiste réclame la construction de centrales hydrauliques le long de la Torne et un rappel à l'ordre des habitants de l'Ouest, car "l'augmentation de l'export est essentielle pour l'avenir du pays et un objectif pour lequel chaque Finlandais doit œuvrer corps et âme".

Je feuillette la pile de lettres à côté des coupures de presse et en choisis une. Elle a été écrite en 1948 par Aarno. Elle commence par *Ma chère Aila*.

J'ai l'impression qu'Aila est très jeune. Aarno doit être décédé, mais elle est peut-être encore en vie. Je me lève, me dirige vers la porte puis reviens sur mes pas.

Le prénom d'Ämmi est bien Aila, non ?

Je ferme les yeux pour me remémorer la boîte aux lettres qui, la première fois, m'avait permis de m'assurer que j'étais arrivé à bon port. *A & A Pieti*. Aila et Aava.

C'est forcément elle. Cette cabane appartient à sa famille, c'est leur pied à terre au bord de l'eau. Ce serait une sacrée coïncidence si les missives avaient été apportées là par quelqu'un d'autre portant le même prénom.

Je poursuis ma lecture. Je vois des phrases rédigées avec ardeur, remplies d'attente et d'excitation, de désir. Aarno a écrit : *Je suis reconnaissant que tu aies fini par m'y emmener*. Sont-ils venus ici ? Est-ce pour cette raison que les lettres y ont été déposées ?

— Viti, écoute ! Ils sont venus ici !

Curieux, je poursuis ma lecture. Je me rappelle la bouteille de gnôle et je me sers une petite lichette. C'est mauvais, mais l'ambiance en devient meilleure.

Tout au fond du classeur, je découvre une coupure encore plus ancienne imprimée avec des caractères tellement étranges que je dois faire un effort pour comprendre le texte.

Pohjolan Sanomat, le 9 août 1922

Le révolté des rapides condamné
Les citoyens sont priés de dénoncer le criminel

Le 4 mai 1921, le paysan Hans Johan Koivistonpää est parti avec de mauvaises intentions vers les rapides Haapakoski, où se réunissaient l'ingénieur Erik Kolström d'Anders Kurt & Co Aktiebolag et le contrôleur Karl Tieva, afin d'examiner le chantier de la centrale hydraulique sur la Tengeliö. D'après les témoins de la cour, enragé tel un prédateur, Koivistonpää a attaqué sans hésitation Kolström et Tieva, provoquant la chute du premier dans les rapides et sa mort par noyade. Et sa colère n'était pas assouvie : il a poursuivi sa terrible attaque en assassinant sauvagement le contrôleur Tieva. Et comme si ce n'était pas assez, il a fini par chasser les ouvriers, causant d'importants dégâts sur le chantier.

Après quoi, Koivistonpää a quitté les lieux et a disparu. En son absence, le tribunal de grande instance d'Oulu l'a condamné pour deux meurtres à la réclusion criminelle à perpétuité. Une prime de deux cents marks sera octroyée pour tout indice permettant son arrestation.

Selon l'article, la construction du barrage avait déjà commencé. Mais la Tengeliö est toujours libre ! Le barrage n'a sans doute jamais été achevé. Tout ça à cause de Hans, vraiment ? Peut-être n'ont-ils même jamais réussi à l'arrêter ?

Son acte a représenté un grand événement dans les villages. Les habitants ont dû le ressasser, en l'amplifiant à leur guise. Ces gens menaient une vie irréprochable et riche, convaincus que leur époque marquerait un tournant dans l'histoire mondiale.

À présent, ils sont tous morts. Et que reste-t-il de leur existence ? Des coupures de presse jaunies. Rien que des lignes sans importance dont peu se souviennent. La tristesse envahit à nouveau la cabane, m'agrippe au cou et le serre.

Je prends la dernière gorgée dans ma tasse, je caresse du bout des doigts la surface rugueuse de la coupure. Dans un coin, quelqu'un a dessiné avec un crayon une rose, sous laquelle figure le mot *merci*.

AOÛT 2009

Au-dessus de la cour ensoleillée, des hirondelles voltigeaient tels des avions de chasse. Une armée de taons assoiffés de sang me guettait derrière les vitres du pick-up. Installée à une table devant le bar, une bande de quatre enfoirés en T-shirts sirotait des bières. J'étais sûr qu'au moins l'un d'eux avait participé à la poursuite à ski remportée par Nanok au printemps dernier.

Aava avait repris son travail à Rautu où elle servait à boire aux poivrots locaux et à quelques pêcheurs qui venaient à Kaarannes attraper des poissons nobles. Je m'apprêtais à partir en randonnée. Mon sac était prêt, il ne me manquait que l'antimoustiques que j'avais oublié sur la table. J'avais décidé d'en racheter au café-bar, car sans aucun produit, la forêt devenait vite infernale. *Räkkä*, la saison des insectes, battait son plein. Quand il faisait chaud, l'air se remplissait de taons et de mouches noires. En soirée, par un temps agréable, c'étaient les moustiques qui arrivaient en gros nuage. Et les minuscules cératopogonidés étaient là de jour comme de nuit, quelle que soit la température, se glissaient sous les vêtements et mordaient.

Au moment où je claquai la portière, une voiture de police passa lentement devant le bar. Les enfoirés la contemplèrent.

— Putains de flics, dit l'un d'eux.

Je m'approchai de la porte. Une fois la voiture disparue, la bande se tourna vers moi. Je hochai la tête en souriant comme si de rien n'était.

— Pourquoi tu grimaces ? fit le plus blond en se relevant. Il était plus grand qu'il ne le paraissait assis. Sa moustache touffue et ses yeux qui louchaient me rappelèrent le chef du poste un, Nivalainen ; on ne savait jamais à qui s'adressait son regard errant.

— Les flics passent souvent par ici ces derniers temps, dit le moustachu en se postant devant moi. Qu'est-ce qui les intéresse à ton avis ?

Je restai muet, j'avais l'impression qu'ils connaissaient déjà la réponse et qu'ils n'avaient pas besoin que j'en rajoute.

— Je crois que t'as pas bien pigé. T'es un ignare, tu sais pas comment on vit ici. Mais on va t'apprendre, poursuivit-il en me poussant de ses deux mains.

Je chancelai et trébuchai sur une nasse verte exposée sur les marches. L'arrière de ma tête se cogna contre une étagère et des sachets de graines me tombèrent dessus.

— C'est bon, Kennu, arrête, ordonna une voix familière sur le parking.

L'air bougon, Babysitteur traversa la cour pour nous rejoindre et me fit signe de le suivre. Je me levai, et le moustachu me céda le passage. Nous entrâmes dans le bar. Derrière le comptoir, le mammifère marin affichait un rictus moqueur. Sa peau était luisante de sueur. À l'évidence, l'incident lui avait plu. Tout ça ne m'était que trop familier. Près des enfoirés se trouvait toujours un groupe de pauvres cons qui se réjouissaient de découvrir que quelqu'un était encore plus bas qu'eux dans la hiérarchie. Babysitteur posa sur le plateau deux tasses, avec des brioches au beurre, et paya.

— Il n'y a plus qu'à.

Le troquet sentait le renfermé, les effluves de saucisses à la vapeur et le fioul. Seuls clients à l'intérieur, nous nous assîmes près de la fenêtre, l'un en face de l'autre. J'aurais voulu avoir la place de Babysitteur, le dos contre le mur, mais il fut plus rapide. De fait, j'étais obligé de me retourner sans cesse pour savoir d'où la prochaine attaque viendrait et quelles seraient les armes.

Babysitteur pointa du doigt le plateau. Je pris le café, l'assiette avec la brioche, et dis merci.

— De rien.

— C'est quoi le problème avec celui-là ? demandai-je en pointant la tête vers la fenêtre.

Le moustachu mouillait un papier à rouler avec sa langue.

Babysitteur ouvrit la bouche comme s'il voulait dire quelque chose, puis changea d'avis. Nous buvions nos cafés en silence, si lentement que je finis par perdre patience. Je sortis mon téléphone, jetai un coup d'œil sur les appels et les messages, puis vérifiai l'heure et la zone horaire : 14:35 + 2 Helsinki.

Dehors, la bande d'enfoirés remontait dans leurs voitures. Excellent, je pourrai repartir sans encombre !

— Il a tué des rennes, annonça Babysitteur.

Ébranlé, je fis tomber du café sur la table. J'avais l'estomac noué. Alors ils savaient tout !

— Où ça ?

J'essuyais le liquide avec une serviette en m'efforçant de paraître calme.

— Vers le sud, sur le marais de Kultamaat.

— Bien !

— Comment ?

— Rien… euh… je pensais…

— Sept femelles ont perdu leur faon, expliqua Babysitteur, sans laisser transparaître aucune irritation.

— Je suis désolé. Tu peux me montrer où c'était pour que j'essaie de le récupérer ?

— C'est pas la peine. Tu risquerais de trébucher comme tout à l'heure. Et de toute façon, il n'y est plus.

— Alors il est où ?

— Ah ça, si on le savait, sa peau serait déjà en train de sécher sur un châssis.

J'en étais sûr. Ils le chassaient sans pitié. Voilà pourquoi ils ne voulaient pas que je les accompagne.

— Nanok est à moi maintenant. Je rembourse les faons.

Babysitteur me jeta un coup d'œil amusé. Mon téléphone bipa. C'était Aava.

Salut. J'ai réussi à m'échapper du boulot. ☺ Passe me voir avant de partir.

Je fixai l'écran, ébranlé. L'appel de la femelle. Je répondis immédiatement.

Je n'ai pas le temps. Je prends un café avec un éleveur. Nanok a tué des faons. Je veux tirer ça au clair.

Ah putain. T'aurais eu du thé et de la sympathie. ☺ Tu es avec qui ? ☺

Outa… J'ai oublié son nom de famille.

Oh mon pauvre !

Je préférerais être avec toi ☺

Je raccrochai. Je ne pouvais pas m'empêcher de sourire. En face, Babysitteur me regarda d'un air un peu gêné.

— C'était Aava, dit-il.

C'était un constat, pas une question.

— Oui. Comment t'as deviné ?

— Il n'y a pas beaucoup de monde dans ces villages.

— Tu la connais ?

— C'est ma fille, répondit Babysitteur à mi-voix en touillant dans sa tasse vide.

Il reposa sa cuillère sur la soucoupe et replia sa serviette. Ensuite, il se leva, il hocha la tête en guise d'au revoir et sortit.

Je le regardai s'éloigner. Le mammifère marin était perché sur son tabouret, plongé dans ses pensées.

Par la fenêtre, j'observai Outa monter dans sa voiture garée dans la cour et démarrer. Il était penché en avant comme s'il était obligé de fournir un effort pour voir la route.

L'homme qui partait était le père d'Aava.

Mon babysitteur taiseux.

Un ivrogne.

Le père qui avait échangé le poney de sa fille contre un renne.

Le connard qui avait menti à sa fille sur sa mère malade.

Le vieux qui m'avait sauvé des mains d'enfoirés et qui m'avait offert un café.

Mon beau-père.

Où est-ce que tout ça mènerait ?

Je me levai pour partir puis me rassis. Je ne savais plus où aller. Je ne trouverais pas le lieu du massacre des faons, Babysitteur ne m'avait pas donné de coordonnées précises.

Je me tournai vers le comptoir. Le regard du mammifère marin croisa le mien.

— Ressers-toi.

— Combien ?

— C'est gratuit pour les pauvres. Vas-y, dit le vieux avec un rictus, son visage devenant rond comme un ballon de foot.

Se foutre de la gueule de ses clients, voilà à quoi se résumait son idée du service.

— Non merci, répliquai-je avant de prendre congé.

Un vent doux me caressa le visage. Le soleil avait peint en jaune la cour poussiéreuse, les bouleaux maigrichons du bord de route et le parc à vélos rouillé, ainsi que mon Hilux.

Sur le parebrise était à nouveau apparue une fleur rose.

AILA
1948

Un lièvre s'agite sous un tremble. Sa patte est prise dans le piège à collet que Lauri et moi avons tendu. Je saute sur l'animal et l'agrippe par la nuque. Il pleure comme un gosse. Avec l'autre main, j'attrape le fil métallique et je tire. Il se détache facilement. Je suis arrivée juste à temps avant que le lièvre ne réussisse à s'enfuir. J'empoigne ses pattes arrière, je le fais tourner en l'air comme un lanceur de marteau et frappe sa tête contre le tremble. Il émet un bruit rauque puis se met à trémuler. Je tape à nouveau et ses yeux font un tour complet. Il est passé de l'autre côté.

J'ai attendu ce moment et, voilà, je tiens le lièvre entre mes mains. Je retire la peau de son ventre dévoilant la chair. Quand j'enfonce mon pouce dans le triangle du fémur, je sens l'odeur écœurante des entrailles. J'ouvre le ventre et dégage les boyaux. Tout ça, je le raconterai à papa et maman !

Je retire prudemment la vessie, je vide l'intestin puis le coupe. Ensuite, je perce la plèvre, glisse ma main sous les côtes et arrache les poumons. Le cœur peut rester. Je le ferai bouillir pour l'offrir à l'arbre. C'est un morceau si tendre que même les vieux édentés peuvent le manger.

À la fin, j'enlève le colon. L'animal est une femelle, et il s'arrache d'un geste rapide. Quand je soulève la carcasse, le sang coagulé tombe sur l'herbe. Je contemple ma proie et me félicite. Quelle chance j'ai eue ! Un lièvre aussi gros et sans aucun effort. Comme un cadeau. Et c'en est un, bien sûr.

Je le dépiaute sur les marches de la remise. Lauri et Eenokki viennent le voir. Lauri touche ses yeux avec un bâton. Peut-être qu'il est encore un peu en vie. Je donne à chaque garçon une patte arrière en guise de jouet.

Papa et maman sont partis chercher les vaches. Ils veulent les rapatrier à pied des prairies forestières. Une génisse est portée disparue depuis plusieurs jours. Papa craint qu'un esprit de la forêt l'ait emportée et qu'elle soit perdue pour toujours.

J'ai le temps mais faut pas que je flemmarde ! Je découpe le lièvre. Les cuisses se détachent au niveau des hanches, les pattes avant derrière les omoplates. Ensuite, je désosse le râble en incisant le long de la colonne vertébrale. J'ôte les côtes et les pose dans une casserole pour les réserver. Demain, elles feront une excellente sauce en ajoutant le cou, la colonne et en laissant mijoter tranquillement. Quant au râble et aux cuisses, je les cuisinerai tout de suite. Mon plat sera un tel régal que papa et maman pleureront en le goûtant ! Je ferai revenir la viande dans du beurre avec des oignons, des baies de genévrier, du sel et du poivre, s'il en reste, et un peu d'eau, puis couvrirai le ragoût. Ensuite, je passerai chercher le dernier pot de gelée dans la cave et arracherai dans le potager des pommes de terre nouvelles, lisses et blanches comme la peau d'un bébé, car la terre est sablonneuse. Papa et maman rentreront affamés et seront contents d'avoir à manger ; ils ne me refuseront rien.

En début de soirée, papa arrive, hume l'air et demande :

— Avec quoi Aila va-t-elle nous régaler aujourd'hui ?

Il est de bonne humeur, ils ont retrouvé la génisse et tout le bétail est rapatrié.

Maman est étonnée :

— Mais ça sent la viande ici ! Où en as-tu trouvé ?

— Dans la forêt. Avec Lauri, on a attrapé un lièvre.

Papa soulève le couvercle et jette un œil sur la table que j'ai dressée pour l'occasion. Il me serre l'épaule et murmure :

— Sacrée Aila.

Alors que papa suce le dernier os, je sors de la poche de mon tablier une liasse de billets.

— C'est pour vous, papa et maman. Une partie de mon salaire.

Maman prend l'argent :

— Tant que ça !

J'explique que le chef forestier m'a payée généreusement, parce que je l'avais emmené dans un lieu de pêche exceptionnel et que la randonnée avait duré plus longtemps que la fois précédente.

Papa tripote les billets et sourit :

— C'est fou comme les crapules réussissent à réunir autant de fric ! Ben, ce seraient pas des crapules sinon.

Mais il est content, ça se voit. Il nous faut une nouvelle charrue et bientôt aussi un nouveau cheval, car notre Sonni boite dès qu'on lui demande un effort un peu plus important.

— Avec le reste de mon salaire, j'irai voir Väinö, dis-je.

— Toi ? T'irais toute seule à Helsinki ? s'insurge papa.

— Ben ouais, Väinö habite là-bas.

— Ça vaut vraiment la peine de partir si loin sans raison ?

— Väinö est son frère. Elle a bien le droit de lui rendre visite, surtout qu'elle a gagné elle-même l'argent pour le voyage, rétorque maman. Ce serait quand ?

— Je prends le train mercredi prochain.

Papa marmonne quelque chose, puis rompt un bout de galette pour saucer le fond de la marmite en fonte. Il me toise, mais il n'a pas de griffes pour me retenir ; pourtant, il en aurait bien envie.

SAMUEL
AOÛT 2009

J'ÉTAIS censé ramer, mais Aava perdit patience et m'envoya m'asseoir près des cannes à pêche. J'avançais trop lentement ou trop vite, je ne maintenais pas la bonne trajectoire, passant à côté des fosses et, surtout, des endroits calmes à l'abri de rochers qui grouillaient de poissons. Avant notre départ, elle m'avait tout expliqué en détail, comment papy Mauno lui avait appris à pêcher, à quel point ses cannes à lancer, ses leurres et sa barque, qu'il avait fabriquée lui-même, étaient merveilleux. Papy Mauno ceci et la Tengeliö cela.

C'était la première fois que j'avais un aperçu de ce que serait notre quotidien. Et le tableau me plaisait, si bien que je ne pouvais pas m'empêcher de sourire, malgré l'agacement d'Aava.

C'est donc à ça que ressemblerait notre vie, une fois nos enfants partis réaliser leurs rêves, nous deux sur la Tengeliö, tôt le matin, parce que nous n'aurions plus besoin de beaucoup de sommeil ? Dans son regard, y aurait-il encore cette flamme ardente du Nord ?

— Qu'est-ce qui te fait rire ? me demanda Aava, assise sur le banc du rameur, bricolé à partir d'une chaise de cantine orange.

Les dames de nage grinçaient, la barque en bois se berçait dans le courant.

— Rien. Enfin, toi.

— Tu ne sais pas ramer, c'est aussi simple que ça.

— C'est vrai. Mais tu prends tout ça avec tellement de sérieux. C'est mignon.

Aava frappa l'eau avec une rame mouillant mon visage et mon anorak.

— Oh pardon. C'était un accident.

— Chienne !

— Ah si tu savais…

Les rapides vrombissaient en amont. Les fines gouttelettes qu'ils projetaient répandaient une odeur de rivière. Le matin était partiellement nuageux, on pouvait encore sentir la fraîcheur de la pluie de la veille. L'air était agréable à respirer.

Concentrée, Aava visait les fosses et surveillait les mouvements des cannes pour s'assurer que les leurres flottaient correctement. L'arrière de la barque glissait doucement vers le courant inférieur, alors qu'elle ramait vers la direction opposée. À la pêche au saumon, on sert les leurres à reculons.

— Ton père…, commençai-je, mais Aava me coupa aussitôt.

— Tu ne sais rien de lui !

— Je crois qu'il aimerait parler avec toi.

— Parler ? Il a vraiment dit ça ?

— Non, mais c'est ce qu'il m'a semblé. Il était triste. Je l'ai vu.

— Il a intérêt à être triste.

— Je trouve que vous devriez discuter. Cette colère te fait du mal, à toi aussi.

— Il n'a qu'à venir me parler, merde. Mais, en fait, il ne peut pas, il est trop occupé à bavarder avec ses bouteilles et ses rennes !

— Et Ämmi, qu'est-ce qu'elle en pense ? Ça doit être compliqué pour elle que son fils et sa petite-fille soient en mauvais termes.

— Elle ressasse la même chose que toi.

Les rames s'enfonçaient dans l'eau à un rythme soutenu. Un leurre en cuivre remonta à la surface, mais je n'eus pas le cœur de lui faire remarquer que c'était elle qui ramait trop vite à présent. Il ne s'agissait plus de pêcher le saumon, mais d'exprimer sa douleur.

Je regardais la rivière, les rapides en amont, la cime majestueuse de l'Aavasaksa en aval. Tout à coup, je me souvins d'une blague de Matti.

— Tu sais comment on appelle ça quand mille rennes meurent de faim sur les neiges du printemps ?

Aava me fixa d'un air dur.

— Tu n'as qu'à me dire.

— Un bon début.

Aava souleva les rames et éclata de rire.

— Elle est pas mal celle-là ! Je commence vraiment à t'apprécier… ma charnue.

J'eus l'impression qu'en dialecte local ça voulait dire *je t'aime.*

À ce moment-là, une canne s'inclina. Le moulinet se mit à hurler.

— Rembobine les deux autres ! m'ordonna Aava en accélérant. Vite, vite, je le retiens !

Je m'exécutai, puis rangeai les cannes sur le fond de la barque. Ensuite, j'agrippai celle à laquelle le poisson avait mordu. Je sentis le poids et la force de l'animal.

— Prends ça ! criai-je à Aava en panique en la lui tendant.

Le moulinet continuait à hurler.

— Non, c'est toi qui vas l'épuiser. Serre le frein, sinon il n'y aura plus de ligne.

Aava ralentit afin de me guider.

— Le laisse pas partir sous la barque, garde la canne bien haut, c'est elle qui fait le taf, aucun stress, les rapides sont encore loin.

Je luttai avec le poisson, ressentant à la fois du plaisir et de la peur : c'était génial. Et s'il m'échappait ?

Le vrombissement des rapides de Portimo céda la place à celui, distant, des Haapakoski. L'animal s'épuisa, nous aperçûmes son flanc large et brillant. Aava m'expliqua que ce n'était pas un géant, mais compte tenu du moment plutôt tardif, un spécimen de taille tout à fait correcte. En cette saison, seuls les petits saumons remontaient la rivière.

— Tire-le vers nous, cria Aava, quand la tête du poisson sortit de l'eau sombre à quelques mètres de nous.

Elle attrapa la gaffe et, dès que le poisson fut suffisamment près, le souleva par le flanc. L'eau jaillit lorsqu'il tomba dans la barque. Immédiatement, Aava se jeta sur lui comme une panthère, saisit une bûche et l'assomma, en tapant avec une telle hargne qu'on aurait dit qu'elle se vengeait de quelqu'un.

— T'as un couteau ? me demanda-t-elle, hors d'haleine.

Je détachai le couteau de ma ceinture, et Aava l'enfonça dans les branchies du poisson, le sang giclant sur le fond de la barque.

Lorsqu'elle leva son visage souriant vers moi, dans ses yeux brillait le soleil. Elle me tendit mon couteau ensanglanté, et en l'empoignant, je me rendis compte que ma main tremblait.

AILA
1948

Je remplis ma valise posée sur le lit. Maman veut s'assurer que je n'ai rien oublié. Papa boude tel un brochet qui fuit la chaleur. Eenokki et Lauri examinent mon bagage avec intérêt.

— Où est-ce que tu vas, Aila ? demande Lauri.

— À Helsinki.

— Si loin !

— Oui.

— Tu y vas comment ?

— En train, tchou, tchou.

Tout réjoui, Eenokki claironne qu'Aila part à Helsinki avec un train, tchou, tchou. Il saute sur le lit et répète au moins cent fois d'affilée tchou, tchou.

— Eenokki, ça suffit, grogne papa dans son coin.

Ça le ronge de ne plus avoir d'emprise sur moi.

Le car de la poste roule sur un chemin de terre vers Rovaniemi. À bord, il n'y a que moi et le conducteur, un petit homme sec, doté d'une moustache si grosse qu'on a l'impression qu'il est penché en avant. À en juger par son parler, il est originaire des berges de la Torne, mais je ne l'ai jamais vu avant. Ou alors il n'avait pas encore cette touffe sous le nez.

À la maison, j'ai dit que je prendrais le train à Rovaniemi sans préciser qu'Aarno m'attendait là-bas. Il m'a réservé une chambre d'hôtel. Mon train partira demain matin.

Nous traversons des villages et des étendues qui me rappellent des souvenirs. J'essaie de comprendre où ils s'arrêtent. Cet endroit marque le périmètre de ma vie actuelle que je franchirai aujourd'hui à toute allure. J'ai des papillons dans le ventre. C'est la première fois que je vais à Rovaniemi, et mon voyage se poursuivra même jusqu'à Helsinki.

La route traverse un marais ; un échassier atterrit sur une touffe d'herbe, et j'ai l'impression d'entendre le bruit de ses ailes. Le ciel est couvert. Ça annonce la pluie. Qu'il pleuve ! Le foin est fait et je suis libre !

Derrière le marais, au milieu d'une forêt de sapins, il y a une trouée. Une coupe à blanc.

— C'est moche, dit le conducteur d'une voix qui permet de deviner qu'il l'avait déjà vue. À ce qu'il paraît, les forêts du Koppelovaara ont été complètement rasées.

C'étaient ces forêts qui défilaient devant la maison en début d'été.

— Je ne comprends pas qu'on ne laisse pas un seul arbre pour les oiseaux, poursuit-il.

La trouée s'éloigne et nous n'y pensons plus. Dans le rétroviseur s'élève l'été caniculaire sous la forme d'un panache de poussière.

Aarno est adossé à une voiture brillante devant le bureau de poste.

— Bienvenue à Rovaniemi, mademoiselle Lompolo, dit-il, me débarrassant de ma valise qu'il met dans le coffre.

Puis il m'ouvre la portière et s'incline comme devant une reine.

Aarno est tout excité. Il traverse la ville à vive allure en me montrant tous les beaux bâtiments. Je hoche la tête sans l'écouter, il y a tellement de choses à voir. J'aperçois des dames en robes élégantes, des ouvriers, un policier rondouillet, une commerçante bien en chair, habillée d'un tablier, devant son magasin. Les rues sont larges et lisses comme les passages les plus calmes de la Tengeliö. Il y a plus de constructions nouvelles que de maisons vers chez moi. Partout s'ouvrent d'immenses chantiers, et tout ce qui est achevé est neuf. Comme s'il n'y avait jamais eu de guerre.

Grand et blanc, l'hôtel se dresse sur le bord du Kemijoki. Aarno m'explique qu'il a explosé pendant la guerre de Laponie*.

— La bombe a soulevé le bâtiment encore intact. C'est en retombant qu'il s'est cassé en mille morceaux.

— Je te crois pas, fais-je.

— C'est ce qu'ils affirment pourtant, qu'il s'est soulevé.

— Je voulais dire que j'ai du mal à croire qu'on ait pu le reconstruire si vite. Et tout ce bourg !

Aarno sourit non sans fierté comme si toute la ville était là grâce à lui.

* La guerre de Laponie a éclaté à la fin de la Seconde Guerre mondiale, opposant la Finlande à l'Allemagne nazie. Forcés à quitter le territoire, les soldats allemands ont détruit plusieurs villes laponnes, dont Rovaniemi.

— C'est dans l'air du temps, tout le monde a envie d'entreprendre.

Aarno gare la voiture devant l'hôtel, ouvre la portière et emploie des formules de politesse qu'on ne dit qu'aux femmes citadines. Je m'arrête avant l'entrée pour admirer le bâtiment. Il est si imposant, fait de pierres comme les châteaux, et j'ai la chance d'y passer la nuit.

Je pensais avoir mis une jolie tenue, mais sur le seuil du restaurant, je me rends compte que je porte des loques. Les clients sont si élégants que je voudrais m'enfuir, mais Aarno me pousse tendrement à l'intérieur. Il appelle le personnel. Habillé d'un beau costume noir, un homme fait la révérence et demande si monsieur le chef forestier a réservé.

— Non, mais j'ai faim.

— Alors suivez-moi, s'il vous plaît. Je suppose que vous voulez une table à côté de la fenêtre comme d'habitude.

— Laissons Aila en décider, c'est la première fois qu'elle visite la ville.

— Parfaitement. Bienvenue à Rovaniemi, fait l'homme en s'inclinant. Mademoiselle peut choisir l'une de ces tables.

— J'aime bien le paysage avec le fleuve, dis-je sans mentir.

Le fleuve est la seule chose sensée ici. Je le connais, même si nous venons de nous rencontrer. Je repère tout de suite les endroits calmes et les creux de rochers où les poissons se cachent. En revanche, je ne comprends rien à ce restaurant ni à ces gens. Je ne sais pas si j'ai le droit de fixer cette dame qui a tellement d'or autour du cou que sa tête est penchée. Et cet homme au piano, qu'est-ce qu'il joue ? Sa musique me paraît étrange et, en même temps, elle me touche au cœur. Je suis ici dans ce restaurant comme une génisse dans la prairie après l'hiver. Tout m'éblouit par sa nouveauté et je me sens perdue. Heureusement, Aarno tient les rênes.

— Nous prenons cette table, annonce Aarno.

Le bonhomme en costume s'incline une fois de plus avant de disparaître.

— Assieds-toi, me dit Aarno avec douceur en me tirant la chaise.

La dame au collier en or salue Aarno d'un signe de la tête. Aarno est un saumon mâle, tout le monde lui cède le passage et lui fait la révérence. Il a conquis ce lieu et je n'ai rien à craindre.

Aarno prend de la truite, mais je n'en veux pas, parce que je peux en avoir à la maison. Je choisis le ragoût de renne. J'ai une envie irrésistible de viande. Les abattages de l'automne sont encore loin et, durant tout l'été, nous n'avons mangé que du poisson.

Aarno goûte son plat, boit une gorgée de bière et se lance dans une de ses histoires de forêt sauvage. Une fois avec ses camarades, il avait attrapé des dizaines de truites d'un coup.

— Pourquoi en avez-vous pris autant ? Surtout qu'en plus, vous étiez loin de chez vous ? Comment les avez-vous conservées ?

En se frottant la nuque, Aarno répond qu'une pulsion de chasse les avait poussés à agir, que c'était difficile à expliquer.

— Ce ne serait pas plutôt l'avidité, rétorqué-je. À Alkkula, un village pas loin de chez nous, certains n'hésitent pas à pêcher jusqu'au dernier poisson et à jeter le surplus dans le fumier, juste pour éviter qu'il en reste pour les autres !

— Tu as raison, l'avidité est le péché de notre époque.

— Chez nous, personne ne ferait ça. Les avides, on s'en charge !

— Et comment faites-vous ?

— Bah, on les plonge dans le marais s'il le faut, claironné-je.

Le cou en or et son mari rondouillet se tournent vers nous. Aarno rit à gorge déployée puis s'exclame :

— Ah bon.

Et je me dis que c'est chouette d'être en société.

Après le plat, nous prenons encore un dessert. On m'apporte la meilleure glace au monde. Ensuite, j'ai la panse tellement tendue que je ne peux plus rien avaler.

Je suis repue et je me sens bien. Aarno avale son cognac et demande l'addition.

Nous marchons sur la berge du Kemijoki. Du pont, il ne reste plus que les fondations. Il n'a pas encore été rebâti. Un bac traverse le fleuve avec à son bord une voiture et des passagers. Aarno me raconte comment c'était ici avant que les Boches ne brûlent tout. Les promeneurs saluent Aarno, qui lève son chapeau en réponse. Certains hommes plus âgés s'arrêtent pour bavarder. Ils parlent de reconstruction, de projets, de chantiers et de forêts. Tout le monde connaît Aarno. Chacun a lu au moins quelques-uns de ses livres.

Aarno me présente en tant que meilleur guide de pêche de l'Ouest.

— Grâce à elle, dans mes livres à venir, il y aura de gros poissons. Mais pas question de devenir avide, dit Aarno en me faisant un clin d'œil, pour ensuite poursuivre sur des sujets qui me dépassent.

Un lièvre apparaît sur la berge. Il mange l'herbe sans faire attention à nous. Un saumon saute dans le fleuve, suivi d'autres : la surface se brise un peu partout. Les poissons sont en mouvement.

Reprenant notre chemin, nous arrivons à l'endroit où le fleuve se divise en deux. Sur l'île au milieu pâture du bétail.

— Tu dois m'emmener sur tes chantiers, fais-je.

— Mais non, répond-il en frottant sa nuque et en grattant ses oreilles. Il n'y a rien d'intéressant.

Il tourne son chapeau dans ses mains, le regard fixé sur le sol comme s'il devait en compter les pierres. Il est mal à l'aise, c'est évident.

— Je voudrais quand même les voir.

— Et moi je voudrais te voir, toi.

— Je suis là.

— Entièrement.

C'est à ça que se résume notre voyage. Dans le train, je suis assise à côté de lui. Il lit le journal, je glisse ma main dans la poche de son pantalon et lui chatouille l'intérieur de la cuisse. Quand je mange ma tartine, il frotte ma jambe avec sa chaussure. À la gare, alors qu'il marche avec sa canne, je lui pince les fesses, le faisant sursauter. Nous avançons si vite que je respire à peine. Tous les autres semblent également pressés. Peut-être qu'eux aussi ont hâte de rentrer baiser dans leurs maisons de taille monstrueuse qui pourraient accueillir tout un village.

Quand nous arrivons dans notre chambre d'hôtel, Aarno se colle à moi. Je l'examine de fond en comble. Je suis une exploratrice, je voyage sur sa peau comme dans des pays étrangers. Je compte ses grains de beauté, scrute les lobes de ses oreilles ; celui de l'oreille gauche est plus grand que l'autre. Je renifle ses aisselles et pétris son dos. Je caresse les plis de ses genoux, gratte avec mes ongles sa plante des pieds, puis lui fais lécher mes doigts. Je goûte sa nuque bronzée et bois la sueur dans son nombril comme si c'était une source d'élixir.

Je le laisse me gommer le dos avec sa barbe naissante et me masser les pieds avec une huile pour qu'ils deviennent tout doux. Il prend son temps, puis quand c'est fini, il s'assied au bureau, pantelant, et allume une cigarette, l'air bienheureux. On dirait le Christ dans l'icône de maman.

— Alors qu'est-ce que tu penses d'Helsinki ? me demande-t-il derrière un nuage de fumée.

Je lui réponds qu'il n'y a pas mieux qu'ici.

— Mais demain, j'ai rendez-vous avec Väinö et t'as pas intérêt à te trouver dans les parages.

III

Souvent, je cueillais des roses flamboyantes qui poussaient sur les berges de la Tengeliö,
ou regardais les rayons argentés de Demoiselle la Lune, toute blême,
frémir au-dessus des monts enneigés de la Laponie.

JANETTA PHILIPPS, 1811

SAMUEL
TREIZIÈME JOUR

Le matin luit par la fenêtre, mais je suis trop agité pour dormir. Je tourne en rond dans la cabane en réfléchissant à ce que je pourrais faire.

Par moments, je suis sûr que Babysitteur ne viendra pas. Il est déjà en retard et il sait que je n'ai plus de provisions. Tout de suite après, je me rassure, bien sûr qu'il viendra, peut-être même cet après-midi. Et s'il s'était fait prendre pour m'avoir caché ? Ils l'ont peut-être suspendu à un crochet à viande dans un abattoir quelque part et sont en train de le torturer pour qu'il crache le morceau. Et si Aava aussi était en danger ?

Tantôt, je veux partir la rejoindre à travers la forêt, tantôt réunir mes quelques affaires et me diriger vers l'est, afin de quitter ces contrées à jamais. Pour finalement m'affaisser sur la banquette et y rester allongé pendant des heures.

Il faut que ça s'arrête. Je mettrai en place un plan auquel je m'accrocherai, même si le ciel devait me tomber sur la tête. Même si j'étais affamé, épuisé ou déprimé, ou tout ça à la fois. C'est la seule façon de m'en sortir.

Je le coucherai sur papier. Le verso d'une lettre servira de support pour l'accord entre mon corps et mon esprit. Je prends le crayon du livre d'or et je commence à écrire.

Plan de survie *DOCUMENT OFFICIEL*

1. *Je garde une partie de mes provisions pour pouvoir tenir jusqu'à demain. J'essaie de pêcher et ramasser de la nourriture dans la nature. J'arrête de faire attention quand je suis dehors.*

2. *Je dors le plus possible, je bois tout le temps de l'eau.*

3. *Je ris trois fois pendant qu'il fait jour et deux fois quand il fait noir. Coûte que coûte.*

4. *J'attends Babysitteur encore deux jours. Alors ce sera le 399e jour de ma vie (estimation). S'il n'est pas arrivé d'ici là, je mets le plaid dans mon sac à dos, je mange mon petit déjeuner (s'il en reste) et je pars.*

Je relis les points. Ils me semblent bien. Il ne manque plus que ma signature et la date. Et voilà, j'ai un plan, c'est mon chemin. Plus besoin de cogiter.

J'accroche la lettre avec un clou entre deux rondins. Ainsi je pourrai vérifier comment procéder si j'ai un moment de faiblesse. Je suis en train d'ajuster le plaid sur mes épaules pour aller chercher du bois, lorsque je décide d'ajouter encore un dernier point.

5. *Je pardonne et je mets de l'ordre dans ma vie.*

SEPTEMBRE 2009

J'ÉTAIS assis sur la banquette en bois de la pièce principale, devenue mon poste d'observation sur la vie d'Aava et d'Ämmi. Elle était suffisamment proche de la porte pour que je puisse rapidement rejoindre la chambre d'Aava à l'étage, ou sortir.

Aava était partie se changer au pas de course après la pêche, et Ämmi s'affairait dans le coin cuisine. Je scrutais le coffre en bois vert à côté du poêle, décoré de motifs floraux, et le tableau avec un vase de fleurs. Les cadres en métal entourant les vieilles photos étaient, eux aussi, ornés de roses gravées. Partout, des fleurs. Les mêmes que j'avais reçues.

Aava entra en trombe, essoufflée après avoir monté puis descendu l'escalier à grandes enjambées. En passant devant moi, elle chercha mon regard pour me signaler qu'elle m'avait vu, avant de s'installer à table. Elle demanda à Ämmi comme une petite fille :

— Quand est-ce qu'on mange ?

En guise de réponse, celle-ci lui murmura quelque chose à propos de la cuisson des patates à l'eau et de la sauce. Ce jour-là, on aurait du renne, le lendemain, à nouveau du poisson avec, en accompagnement, des pommes de terre du potager, longues et farineuses, qui collaient au palais. À côté de la casserole, il y aurait des bocaux de betteraves rouges et de cornichons au vinaigre, servis tous les jours, mais à quoi bon changer ce qui fonctionne ?

Les fourchettes claquaient contre les assiettes, les couteaux hachaient les patates. Nous déjeunions en silence. Ces repas me rappelaient la maison, ce foyer de muets, où il fallait manger vite pour éviter de tomber en dépression avant d'avoir fini. Ämmi fixait son plat, sa mâchoire moulinant bruyamment la nourriture. Assise près de la fenêtre, Aava avait le regard tourné au-dehors, comme à son habitude. Sur les rideaux, il y avait des fleurs grandes et colorées. Encore des fleurs.

Je me raclai la gorge.

— Ces fleurs roses que vous avez partout ici… ont-elles une signification particulière ? demandai-je pour rompre le silence.

La mâchoire d'Ämmi s'immobilisa. Elle me toisa. Aava vola à mon secours.

— C'est la rose de la Tengeliö, notre fleur. Enfin, la fleur traditionnelle d'ici.

Ämmi reprit sa mastication.

— Ah bon. On m'en a offert, dis-je.

— Comment ça, on t'en a offert ? fit Aava.

— J'en ai trouvé sur mon pare-brise.

— Tu dois avoir une admiratrice dans le coin, glousse-t-elle.

— Aucune idée.

Ämmi se leva. Elle rejoignit le coin cuisine, où elle but un peu d'eau et jeta un coup d'œil dans le four, même s'il n'était pas allumé.

Aava s'amusait à deviner qui était la personne cachée derrière les fleurs. Peut-être une veuve âgée qui avait envie de chair tendre.

— Si ça se trouve, c'est Aliina, la veuve de Risto ! Elle a une sacrée réputation !

— Arrête, la suppliai-je.

Je voyais qu'Ämmi était mal à l'aise. Elle finit par me questionner.

— Combien de roses as-tu reçues ?

— Deux.

— Il y a combien de temps ?

— La première, c'était au printemps, et la seconde, il y a quelques semaines.

— L'amour peut frapper à tout moment ! railla Aava.

Ämmi ne participa pas aux plaisanteries d'Aava, mais ne lui dit pas non plus d'arrêter, ce que j'aurais souhaité. Elle se mit à tourner en rond en répétant "ça alors". S'en rendant compte, Aava se tut.

— Tu les as gardées ? demanda la vieille.

— Je dois avoir la seconde dans la voiture. Je vais la chercher.

J'enfilai vite fait les sandales d'Aava et sortis en courant. Dans la boîte à gants, sur les papiers du pick-up, je trouvai tout de suite la plus récente, et en continuant à fouiller, je tombai sur la première. Elle avait souffert, mais c'était toujours une fleur. De retour à la maison, je les tendis à la vieille.

Elle les scruta longuement en les tournant dans ses mains, sans cesser de murmurer "ça alors".

— Ce n'est pas bon signe, dit Ämmi, surtout à elle-même.

— De quoi tu parles ? s'alarma Aava.

Ämmi s'approcha de la cuisinière à pas traînants. Elle souleva le seau d'eau, remplit la cafetière et la posa sur la plaque. Puis, adossée à l'évier, elle me regarda.

— Mieux vaut éviter d'en avoir une troisième.

C'en fut trop pour Aava, qui exigea qu'elle arrête de tourner autour du pot.

— C'est bon ! siffla la vieille, réussissant à la calmer.

Puis elle se lança dans une longue explication. Elle commença par le tout début, la période après la Seconde Guerre mondiale, où les camps de prisonniers venaient d'être démolis et le pays pansait ses blessures. Elle parla de patrons qui arrivaient alors aux rapides, les permis à la main, et ordonnaient à leurs hommes de se mettre au travail. Aucun de ces constructeurs de barrage ne voulait écouter les locaux inquiets pour leur saumon : Et que se passera-t-il avec le lavaret une fois que le cours d'eau sera bouché ? Les rapides vont-ils disparaître et les poissons se tarir ? Les rochers qui servent à la pêche à l'épuisette, se retrouveront-ils sur les berges ?

— Une fronde s'est levée, et c'est à ce moment-là que ces roses sont apparues. Ces fleurs…, expliqua la vieille en tendant les roses fatiguées vers nous. Elles sont puissantes.

— Mais Ämmi, qu'est-ce que tu racontes ? Tu as perdu la tête ! s'exclama Aava, effrayée.

Elle lui lança un regard noir avant de poursuivre. Elle parla de sabotages qui avaient eu lieu sur les chantiers, de bagarres, de manifestations et de la condamnation pour meurtre du représentant des pêcheurs qui avait dû s'enfuir jusqu'au Michigan.

— Ensuite, des messieurs ont commencé à disparaître la nuit. Quand les policiers sont venus poser des questions, les hommes d'ici ont répondu que c'était la forêt qui les avait emportés.

— Tout le monde ressasse ça, intervins-je.

— Oui, cette expression remonte à cette époque. C'était une période agitée. Mais la Tengeliö est restée libre, dit-elle en s'approchant de la fenêtre.

Peut-être regarda-t-elle les champs jaunis par la sécheresse, peut-être bien au-delà.

— Puis est arrivé l'an quarante-huit.

— Que s'est-il passé ? fit Aava.

Ämmi ricana.

— Tu ne t'es jamais demandé pourquoi nous avons des forêts alors que les autres n'ont que des broussailles et des terres rasées ?

— C'est grâce à Kekkonen, non ? Il voulait protéger ces terres et a réussi à faire changer d'avis les exploitants forestiers.

La vieille sourit mystérieusement.

— C'est ce qu'on t'a appris à l'école ?

— Oui, et ailleurs aussi. Nous devons tout à Kekkonen.

— Pas tout, quand même. Celle-ci a également joué un rôle, révéla Ämmi en secouant une rose. Ils appelaient ça "gestion des forêts", même si elles étaient rasées pour les besoins de l'industrie. On détruisait des paysages montagneux sans aucune pitié. Mais nos hommes y ont mis fin.

— Comment ? s'exclama Aava, incrédule.

— Eh bien, comme ils en avaient l'habitude, répondit Ämmi en examinant la fleur.

Puis elle rangea le sachet de pain dans le placard, comme si c'était urgent, et déplaça une plante sur la margelle de la fenêtre ; elle marcha de long en large, l'air de chercher ses mots, pour, au dernier moment, s'affaisser sur un tabouret à côté de la cuisinière sans rien dire.

Aava se leva de table. Elle fit un tour dans la pièce, avant de s'arrêter au milieu d'un long tapis et de lâcher :

— Putains d'enfoirés !

AILA
1948

Les couleurs sont mortes. La nuit, la Tengeliö répand un brouillard qui ne se lève pas de la journée. Les bouleaux ont perdu leurs feuilles, il ne reste plus que les branches chauves. Le givre recouvre le vert des sapins et les troncs des pins. Tout est gris, hormis le corbeau au-dessus de la rivière, qui est d'un noir profond. Mais le noir n'est pas une couleur, c'est l'obscurité.

Je m'apprête à partir avec Aarno, pour lui servir de guide. Papa n'aime pas mes voyages. J'ai le sentiment qu'il a deviné, mais il ne proteste pas, puisque je lui donne une partie de mon salaire. Il a pu s'acheter une charrue qui fait un si joli sillon que c'est à peine s'il arrive à en détacher les yeux le soir avant de rentrer.

Les champs sont prêts pour la saison froide, il s'apprête à partir rassembler les rennes et à pêcher à la cabane. Je ne peux emmener Aarno nulle part parce que les forêts grouillent de monde.

Maman voit une voiture noire par la fenêtre.

— Je parie que celle-là continuera à rouler même à l'hiver, dit-elle, pensant qu'elle est ici pour les chantiers forestiers ou la rivière. Au bourg, j'ai appris qu'ils faisaient à nouveau des repérages.

Sur sa banquette, papa grogne que c'est pour les rapides. À l'embouchure du Kemijoki, ils ont bouché toute la largeur du fleuve.

— Ces tarés sont prêts à tout pour l'argent !

Papa et maman ne comprennent pas que la voiture transporte ma lettre. Je prends le seau à ordures et je fais semblant d'aller nourrir les poules. Une fois derrière l'étable, je me dirige vers la forêt et me rends à la cachette.

Aarno me propose de nous retrouver au lac Raanujärvi. Il viendra me chercher là-bas. Nous irons à sa cabane, loin des éleveurs de rennes et de leurs occupations. J'ai des chatouilles dans le bas-ventre. Son odeur me manque. Je veux sentir sur ma langue le sel de sa peau. J'ai des nouvelles pour lui, mais je ne les raconterai pas avant qu'il ne repose sur moi, tout mou. Je me demande comment il va réagir.

Les flocons tombent sur le pare-brise. Aarno met l'essuie-glace, qui fait un bruit désagréable. Il s'étonne que la neige reste, alors que la terre n'est pas encore gelée.

— Nous aurons des difficultés avec le transport du bois si le sol n'est pas dur.

— Emmène-moi sur tes chantiers. Ces chantiers forestiers.

— Il n'y a rien à voir.

— Mais j'ai envie. S'il te plaît !

— Bon, peut-être que demain nous pourrons visiter ceux de la forêt Naarmankaira, et la zone de la rivière Palojoki est aussi sur notre chemin.

— On n'a qu'à y aller aujourd'hui.

— D'accord, d'accord. Je suis bien capable de patienter encore un peu, dit Aarno en serrant ma main.

La route se rétrécit puis se transforme en sentier. Plus Aarno s'enflamme, plus il devient ennuyeux. Il emploie son langage de chef forestier, parle de renouvellement, de brûlis, de plans de coupe, de mètres cubes et de rendement.

Je ne comprends pas un mot.

Le sentier se termine en même temps que la forêt. Je descends de la voiture et m'approche de la terre rasée. Devant nous s'érige une petite colline. Je monte dessus.

C'est la fin du monde qui se déploie autour de moi. Je vois des troncs couchés, des conifères brûlés debout, des souches épaisses, des souches fines et des rochers sur lesquels la mousse a cramé. La forêt qui couvrait le mont a disparu. Même les terres avoisinantes ont été réduites en cendres. Je fixe l'étendue en essayant de distinguer où les zones boisées reprennent, en vain. Que de la destruction et de la mort à perte de vue.

— Pourquoi ? demandé-je à Aarno.

— Pour plusieurs raisons. Ces forêts étaient très vieilles, il était temps de les renouveler. Le sol a été défriché par le feu pour qu'à l'été, les graines de nouveaux arbres puissent mieux s'y accrocher et pousser. Tout cela pour le bien de la nature et de la patrie.

Je descends la pente, je touche un tronc noirci, la suie tache le bout de mon index. Subitement, je sens le vomi monter, il jaillit à flots de ma bouche et me fait couler les yeux. Du liquide acide, malodorant, sort aussi par mon nez.

Je m'accroupis contre l'arbre, qui salit mon tricot. Aarno me rejoint en boitant.

— Chérie, qu'est-ce qui t'arrive ? s'exclame-t-il, essoufflé.

— Va-t'en ! crié-je en frappant dans l'air.

Mon poing frôle la cuisse d'Aarno, qui recule jusqu'au sentier. De là, il demande s'il peut m'aider.

La crise passe, je m'essuie les yeux. Je me sens vidée. Je fixe les morceaux de pommes de terre et de lavaret à moitié digérés au pied de l'arbre mort. Ils reposent sur le lichen cramé comme le sperme d'Aarno sur les poils gris de son ventre. D'ailleurs, il aurait mieux fait d'en répandre uniquement à cet endroit.

Je me relève. Aarno tourne en rond sur le sentier, lève les bras au ciel et essaie de trouver quelque chose à dire. Je passe à côté de lui sans m'arrêter.

— On y va, dis-je.

Je monte dans la voiture en claquant la portière.

Aarno s'en veut de m'avoir emmenée sur le chantier. Il explique qu'un non-initié peut avoir beaucoup de mal à comprendre la gestion des forêts.

— Les coupes et le brûlis imitent les feux de forêt qui font partie du cycle naturel des environnements boisés. Mais il est vrai aussi, bien sûr, que notre jeune pays a besoin de matières premières pour son industrie.

— Et tu insistes ! T'as pas honte ?

Aarno se tait. Il retourne sur la grande route qui va à Rovaniemi. Je regarde par la vitre latérale en me mordant les lèvres pour ne pas pleurer. Ce que je viens de voir n'a rien de naturel. C'est un champ de bataille, un cimetière infini, Ihantala à l'été quarante-quatre. Papa m'en a parlé.

— Ramène-moi à la maison !

— Tu ne veux même plus aller à Maranen ? dit-il, l'air effrayé.

— Nous n'irons jamais là-bas, déclaré-je en me retournant juste avant que les larmes montent.

Derrière la vitre défile la forêt.

Aarno arrête la voiture au carrefour du Raanujärvi. Il reste assis derrière le volant comme un légume, sans se lever pour m'ouvrir. Il broie du noir parce qu'il n'a pas pu me sauter alors qu'il était sûr de son coup.

— Et maintenant, que va-t-il se passer ? veut-il savoir en me regardant dans les yeux.

Il est terriblement beau même s'il est vieux et fou.

— Allons-nous nous revoir ?

— J'attends ton gosse, dis-je en saisissant mon sac à dos. Mais ça ne va pas durer, espèce de gros con !

Je claque la portière et je cours dans la forêt.

J'entends Aarno sortir de la voiture, m'appeler. Je presse le pas, les pins défilent. Il ne me rattrapera pas.

SAMUEL
SEPTEMBRE 2009

— MOINS vite ! Tu vas nous tuer ! hurlai-je à travers le bruit du moteur à Aava.

Elle avait rejoint sa voiture en toute hâte. Je lui avais emboîté le pas le plus rapidement possible, les chaussures à la main, et j'avais réussi à monter à bord juste avant qu'elle ne recule sur la route.

— Je vais dépecer ce connard ! gronda-t-elle.

Les graviers frappaient le bas de caisse, et les pneus se décollaient dans les virages. Je serrais la poignée de la portière en essayant de calmer Aava.

— Moins vite ! On va mourir !

— Non, c'est quelqu'un d'autre qui va mourir.

Après deux ou trois lignes droites et plusieurs carrefours traversés à une vitesse folle, je devinai où elle allait, sans bien comprendre pourquoi. Enfin, Aava freina dans la cour de Babysitteur, si brusquement que des cailloux furent projetés sur la pelouse cramée.

Babysitteur affûtait sa hache sous sa véranda ouverte. Reposant son outil, il s'essuya les mains sur son pantalon, toucha ses cheveux et s'avança vers nous. Aava se précipita vers lui en hurlant.

— Vous êtes vraiment des porcs ! Des putains de lâches !

Tout près de Babysitteur, elle leva un poing comme si elle voulait le frapper et cracha son venin.

— Toutes ces menaces pour un chien, comment osez-vous, bon sang !

Les bras sur la tête, Babysitteur recula peu à peu, tel un jeune husky désorienté devant la femelle alpha de sa meute qui lui fait la leçon.

— Je suis au courant pour les roses. Sache que si vous touchez à Samu, je vous tuerai à mains nues, cria Aava avant de rejoindre la voiture.

Tout se passa si vite que j'eus à peine le temps de descendre. Je regardai Babysitteur qui affichait une mine perdue et triste. Il fit un geste comme s'il voulait dire quelque chose sans y parvenir. Nous ne l'attendîmes pas. En moins de deux, nous fûmes à nouveau sur la route.

Aava tapait sur le volant.

— Qu'est-ce que c'est chouette ici ! C'est vraiment un coin superbe. Tout ça pour un chien, tu réalises un peu ?

J'essayai de la calmer :

— Peut-être que ce n'est rien, et que ce n'est pas la peine de couper tous les virages.

Mais Aava ne m'écouta pas. Elle était comme les rapides pendant la crue, rien ne l'arrêta ! Elle pesta et gronda, jusqu'à ce que nous arrivions devant la maison verdâtre. Alors, subitement, elle se tut. Elle contempla le mur de l'étable par le pare-brise, puis se tourna vers moi. Dans ses yeux, je vis de l'effroi.

— Salomo, dit-elle.

Après quoi, elle sortit en courant. Elle traversa la cour telle une biche qui s'enfuit, gravit à grands pas le perron et claqua la porte derrière elle. Essayant de me remettre de ce que je venais d'apprendre, je pivotai un moment sur mon siège, comme si je cherchais ma casquette, avant de la suivre sans me presser. Une pie volait au-dessus de la prairie, un bourdon butinait au pied de la véranda dans le dernier pissenlit de l'été. Il restait encore un peu d'ordre dans ce monde.

Je trouvai Aava dans sa chambre. Elle était assise sur son lit, toute blême.

Le tiroir de sa commode était ouvert, dévoilant des bijoux en toc, des billes, et une affiche de *Suosikki*[*] avec Johnny Depp. Aava me regarda avec ses yeux embués de larmes, soulevant un sac en plastique transparent qui contenait trois roses desséchées. Elle chuchota :

— Les fleurs de Salomo.

* "Le Favori", magazine pour jeunes

AILA
1948

J'ENFONCE ma bêche au pied du sapin d'Arviitti, et j'entends un bruissement dans la cime.

— Pardon, dis-je en frappant à nouveau.

Sous l'humus, je découvre du sable roux tapissé d'un centimètre de givre.

— Je suis désolée d'avoir été si simplette. Je voulais seulement voir la ville.

J'ai commis une erreur. Les erreurs, ça se paie. Un môme pour un homme on ne peut plus minable. Si papa le savait, il me chasserait de la maison et se donnerait la mort. Et pour une bonne raison !

Je sors de ma poche un gant, que j'ai volé à Aarno. C'est un gant en cuir marron, brillant et neuf, celui d'un monsieur. En ce moment, il le cherche sans doute, et se demande en pestant où il a bien pu le mettre. Il n'a qu'à s'offrir une nouvelle paire, riche comme Crésus qu'il est !

— J'en ai bien plus besoin que lui. Et toi aussi. Vous tous !

Les branches poussent un soupir. L'arbre s'incline profondément, et je crains que la cime ne se détache.

— Ne fais pas ça ! le supplié-je. Je vais tout arranger. Tu peux me faire confiance. Je laisserai Sonni me donner un coup de sabot dans le ventre ou j'irais voir la vieille Väystäjä. Elle sait déloger les parasites.

Je passe chercher deux jolis galets sur la berge et les dispose dans le trou. Je dépose dessus le gant, que je recouvre avec des branches et du foin, avant de remettre la terre. J'aplatis la bosse et la brosse avec un bouquet de brindilles, puis replace l'humus, pour que personne n'apprenne l'existence de ma cachette.

Mais ils sont déjà au courant. J'ai apporté le gant pour eux.

SAMUEL
SEPTEMBRE 2009

La maison était agitée. Le calme n'était pas revenu, même si c'était l'heure du coucher, et le ciel d'un noir profond. Au rez-de-chaussée, Ämmi s'affairait en pleine nuit, cognait des casseroles et tirait la trappe du poêle. Aava avait mouillé son oreiller avec ses larmes. Allongée sur ma poitrine, elle faisait tourner une rose desséchée entre ses doigts.

— Salomo m'a donné ses roses pendant son dernier été. Il a dit que c'était notre petit secret : "Ce sont des fleurs magiques qui te conduiront dans des lieux fantastiques, où on peut trouver un trésor perdu. Mais si tu en parles à quelqu'un, la magie disparaîtra", expliqua Aava. Il savait que je finirais par découvrir la vérité.

Elle éclata en sanglots. Je lui caressai la tête en essayant de la rassurer.

— Qu'est-ce qu'il avait fait de mal, Salomo ? C'était l'oncle le plus gentil de l'univers ! murmura-t-elle.

La journée avait été horrible, mais à ce moment-là, enfin, tout allait mieux. J'étais l'épaule sur laquelle elle pouvait se reposer quand elle avait du chagrin.

— Tu dois arrêter, chuchota-t-elle.

— Arrêter quoi ?

Elle leva la tête et me fixa de ses yeux rouges.

— De chercher le chien. Tu arrêtes, là tout de suite, et tu dis à tout le monde qu'il faut le buter.

— Je ne peux pas.

— Bien sûr que si ! Tu ne vas plus dans la forêt et tu te casses d'ici pour de bon.

Je me libérai d'Aava et m'assis sur le lit.

— Je l'ai promis à Trond et à Matti. Et à moi-même. L'été sera bientôt terminé. Les chiens des Inuits se laissent apprivoiser à l'approche de l'hiver. Nanok reviendra.

— Tu crois à ce que tu racontes ?

— Est-ce que j'ai le choix ?

— Oui ! Tu m'as, moi.

Aava se mit à marcher de long en large dans la chambre. Elle ouvrit la fenêtre, et l'air frais refroidit l'espace. Elle fixa l'obscurité pendant un moment, avant de se retourner vers moi.

— Promets-moi que tu vas arrêter.

— Non, je ne peux pas.

— Samu, s'il te plaît.

Je restai muet. Il n'y avait rien à ajouter. Je me rallongeai, le regard tourné vers le plafond. C'en fut trop pour Aava.

— Très bien. Alors c'est fini. Tu t'en vas.

— Aava, s'il te plaît.

— C'était sympa de passer l'été avec toi, mais tu sais quoi ? Maintenant, c'est l'automne !

— Écoute… euh…

— Monsieur le visage cramoisi a encore perdu sa langue !

— Je t'en supplie…

— Tu bredouilles comme un gamin. Va-t'en ! exigea Aava.

Elle ramassa mon anorak par terre, le roula en boule et le balança dans l'escalier par la porte entrouverte. Pendant sa chute, il se déplia, finissant par atterrir sur les marches sans faire aucun bruit.

AILA

Rovaniemi, le 6 novembre 1948

Chère Aila,

Tu vas bien ? Je t'ai cherchée dans la forêt pendant des heures. Le lendemain, j'ai envoyé une voiture au carrefour, et le chauffeur m'a dit que ton vélo avait disparu. J'ai donc osé penser que tu étais bien rentrée.

Ta nouvelle m'a bouleversé au point que je ne réussis plus à dormir. Je ne te cache pas que je pleure depuis plusieurs jours. D'abord, c'est beau et naturel. Grâce à un enfant, l'amour entre un homme et une femme s'élève à son plus haut degré. Rien que cela suffit à émouvoir. Et ensuite, tu menaces de le détruire de la pire des manières. Cela m'a brisé.

Dis-moi que ce n'est pas vrai ! Que tu m'as provoqué parce que tu étais en colère !

D'une certaine façon, je comprends ce que tu ressens. J'ai été imprudent, et tu dois en subir les conséquences humiliantes. Je les subis aussi, bien sûr, mais ce qui m'arrive à présent m'importe peu.

Cet été, lors de nos plus beaux moments, je me souviens d'avoir pensé que, finalement, la vie avait encore de bonnes choses à m'apporter. Et chaque fois que nous nous séparions, j'avais le cœur serré. Je me demandais ce qui m'arriverait si tout cela devait s'arrêter. Où trouverais-je une nouvelle lumière ? Et brusquement, je suis dans une situation où je risque de perdre non plus une, mais deux personnes.

C'est trop, Aila. Je ne m'en sortirai pas.

J'espère qu'un jour tu pourras comprendre mon travail et l'importance du service que je rends à notre pays. J'espère aussi que tu n'imagines pas que cela me plaît d'arpenter des terres rasées. Non, je suis un homme des forêts. Mais je prends sur moi pour atteindre un objectif élevé. Ces coupes sont nécessaires, car la nation a besoin de bois. Et la forêt, la Patrie, nous tous avons mérité ce nouveau départ que les chantiers nous offrent. Nous nous devons de remettre notre pays sur pieds. Il est grand temps de nous libérer du joug russe.

Pendant que je couche sur papier ces lignes, le Maranen repose sous la glace transparente tel un défunt. Les garrots à œil d'or ne volent plus, mes petits amis de la vieille forêt de pins ont cessé de me chanter des chansons. Je m'inquiète pour l'hiver qui arrive, et, en ce moment, il me semble que cet étang est la seule chose stable dans ma vie. Je suis sans domicile, il ne me reste plus que des coulisses, où habitent deux vieillards grisonnants et amers. J'ai tout perdu, y compris toi. J'ai touché le fond, et il m'est difficile de songer à l'avenir. Je ne voudrais pas périr, mais si c'est mon destin, autant que ce soit à cause de toi.

Tu as dit une fois que la haine et le désir sont des voisins. Je pourrais dire la même chose à propos du chagrin et du désir. J'aurais tellement aimé te montrer Maranen, mon refuge. Il a une certaine ressemblance avec ta cachette secrète. J'adorerais poser ton corps nu sur ma peau de renne et regar-

der le feu jouer le spectacle d'ombres et de lumières sur toi. Je ne sais pas si un jour tu pourras comprendre combien tu comptes pour moi. J'espère que j'aurai l'occasion de te le faire sentir encore une fois.

Ton vieil homme,

A.I.

Rovaniemi, le 5 décembre 1948

Aila, ma chérie,

Les jours se sont raccourcis rapidement, mon soleil s'est complètement éteint. Cette année, la nuit polaire m'a retrouvé plus sombre que jamais.

Les travaux dans vos forêts n'avancent pas comme prévu cet hiver non plus. Nous n'avons pas réussi à recruter assez d'ouvriers. Pour une raison inconnue, vos hommes n'ont pas voulu participer aux chantiers de la Patrie, alors que nous comptions sur la main-d'œuvre locale. J'étais sûr que les hommes de Turtola viendraient, mais ils ont préféré s'abstenir, eux aussi.

Deux de nos ouvriers, déjà peu nombreux, ont quitté le chantier pendant leur deuxième semaine de travail sans rien dire. Ils n'ont même pas réclamé leur salaire, tellement ils étaient pressés.

Il y a également eu un décès, dont tu as certainement entendu parler. À se demander ce qui a bien pu épuiser cet homme dès le début de l'hiver. C'était un vétéran de guerre, patriote, qui participait avec enthousiasme à la reconstruc-

tion du pays. Enfin, c'est ce que nous croyions. J'ai été sollicité pour recruter rapidement un nouveau chef de chantier, mais c'est difficile parce que les meilleurs travaillent ailleurs dans le Nord.

Mais ces choses-là sont le cadet de mes soucis. Je pense à toi et au petit au point que je crains de perdre la raison. Promets-moi que vous êtes encore deux. Écris-moi, je t'en supplie. Insulte-moi, rabaisse-moi avec tes mots, mais dis que tu n'as pas commis l'irréparable. Nous avons péché et nous en payons à présent le prix. N'empire pas la situation en perpétrant un crime. Cette nation a besoin d'enfants. Et tu n'es pas sans savoir que beaucoup de femmes sont mortes dans les mains de ces matrones.

Je voudrais me racheter. Explique-moi comment. Et si tu venais ici, ne fût-ce que pour une journée ? Je peux envoyer quelqu'un te chercher, ou bien sûr, il y a aussi des cars. Je t'emmènerais dîner à Pohjanhovi pour que nous puissions discuter de tout tranquillement. Je serais ravi de te payer pour ce déplacement la même somme que pour les randonnées guidées.

Ton vieil homme,

A.I.

SAMUEL
QUATORZIÈME JOUR

Je dresse une liste de tous ceux qui me manquent sur une page blanche du livre d'or de la cabane. Il pleut, les gouttes tambourinent sur le toit, le vent attaque les arbres.

Je les classe par ordre d'importance. La liste me soulage, parce qu'elle m'évite d'être triste pour tout le monde en même temps : je peux me concentrer sur ceux que j'aime le plus, ou alors n'avoir du chagrin que pour un à la fois. Aava est en tête et elle y restera même si l'incertitude autour de notre relation est aussi immense que le mont Everest.

En deuxième position, j'ai mis Nanok, même si certains jours j'ai envie de le frapper avec une fourche. Je ne peux pas m'empêcher de penser que si je me trouve dans cette situation, c'est partiellement sa faute. C'est lui qui a déchiqueté la trappe de la caisse et qui s'est enfui. Il s'est baladé dans cette forêt, il a chassé et tué, m'entraînant avec lui ; et voilà où cela m'a mené. Pourtant, c'est la deuxième plus belle chose qui me soit arrivée.

Ma mère tient la troisième place, malgré tout. En fin de compte, elle n'a rien fait de mal sauf se marier avec mon père ; je pense qu'entre eux, il n'y a jamais eu d'autre lien qu'un bout de chair vibrante. Quand ce lien a disparu, il n'est resté qu'un grand vide. Le visage de ma mère s'est affaissé, et mon père s'est mis à émettre des bruits d'animaux. Il geint au lever, gémit au coucher, souffle en allant pisser, grimace et se racle la gorge quand il boit du café, comme si son corps entier se révoltait contre un manque.

En quatrième se trouve mon père *musher*, Matti, et en cinquième Sanna. Des gens bien. Ils doivent être très inquiets. Ont-ils appelé mes parents ? Ou la police ? Peut-être qu'un hélicoptère volera bientôt sur les monts, sur l'étendue d'eau, et me récupérera ? Ce serait incroyable s'il finissait par repérer ce ravin au fond duquel repose un lac *saivo*. J'entendrais le claquement des hélices, je courrais sur la berge, je secouerais le plaid pour qu'ils me remarquent ; ils me sauveraient, et je leur raconterais tout ce que je sais de ces contrées folles.

Mais comment pourraient-ils me retrouver ? Matti et Sanna pensent que je "cherche le chien". Ils n'ont pas arrêté de me taquiner là-dessus.

Si un hélico ou Matti, ou qui que ce soit, trouve quelque chose, ce sera mon pick-up abandonné. Et les recherches se concentreront à proximité.

Le sixième, c'est Kemppainen. Je le remercie pour ses bonnes blagues.

Les positions de sept à neuf vont à Pete, Susan et Sissy, qui sont des bêtes magnifiques. La dixième est dure à attribuer, j'ai besoin de bien réfléchir. J'arrête d'écrire et me lève pour remettre du bois dans le poêle.

C'est un combat entre James et mon père. James est un chien de roue de Matti, qui tire le traîneau comme un malade et mange de la merde dès que l'occasion se présente.

Des quantités innombrables d'excréments de chien, les siens et ceux des autres, de n'importe qui. Matti a essayé d'y mettre fin en rajoutant dans ses repas de la viande, en lui donnant des vitamines, en l'obligeant à faire des cures de vermifuge, et en lui disant non, mais James a continué son hobby. De toute évidence, il aime le goût de la merde.

Ce qui est évident, c'est que j'ai peu de nostalgie pour mon père. Il n'a jamais fait grand-chose pour cela. Il faut que je remonte à mon enfance, à quelques rares flashs, dont la véracité me paraît de moins en moins certaine au fil du temps. Peut-être mon père ne m'a-t-il jamais emmené à la pêche, ni félicité pour avoir attrapé une grande perche ou déneigé toute la cour après une grosse tempête, avant qu'il ne rentre du travail le soir ?

Pendant longtemps, j'ai pensé qu'enfant, il m'arrivait de jouer avec ma petite voiture dans ses bras, mais en réalité, je ne m'en souviens pas. Et il n'existe aucune photo pour le prouver. Sans doute était-il déjà devenu cette épave, détruite par la mine, incapable de prononcer un mot gentil ; ce père qui ne faisait que m'ignorer et éviter mon regard. Comme la fois où Joni m'a tapé sur la tête avec une pelle en plastique. Quand je suis rentré en pleurant, il a rétorqué du fond du canapé : "Tu n'avais qu'à te défendre", sans détourner ses yeux de la télévision.

Je laisse le choix entre James et mon père pour plus tard. Je dois aussi réfléchir à ce que je vais faire avec Logo. Je ne le connaissais pas, et je pense que personne ne l'a vraiment connu, mais il aurait pu devenir mon meilleur et seul ami d'enfance. Conscient que cela m'apporterait des problèmes, je n'avais pas trouvé le courage de m'approcher de lui. Je ne voulais pas me retrouver au milieu du cercle avec lui.

De toute évidence, Logo n'était pas stupide. L'école était facile pour lui, il avait l'air calme quand il faisait ses exercices, son regard ne s'égarait pas, il n'avait pas peur. Il était plongé dans le monde rassurant de l'histoire ou de la biologie, et si au milieu du cours un crétin lui lançait une gomme au visage, il ne se laissait pas perturber.

J'aurais dû oser. Nous aurions eu tellement de choses à nous dire. C'était probablement un gars sympa, il connaissait même Balto. Il faut être raisonnablement intéressé par le sujet pour savoir qui était le chien de tête de la dernière étape de la course au sérum.

Je jette un coup d'œil vers la fenêtre. La pluie fouette la terre, le sapin noir où se trouve le piège a les allures d'un géant humilié. Brusquement, je m'aperçois que la tapette a glissé sous la branche. Elle tient dans ses mâchoires une touffe grise. Enfin !

— Viti, on a attrapé une proie ! m'exclamé-je à l'adresse de la belette sous la banquette.

Je me précipite dehors sous la pluie sans penser au danger et examine la tapette de plus près. Une mésange boréale s'est fait coincer par le cou, pile dans le mille ! Elle n'a pas eu besoin de souffrir à cause de mon projet, seulement de mourir, ce qui n'est pas beaucoup demander. Je détache l'oiseau, qui est encore tiède. Je le glisse dans ma poche et recharge le piège. Je n'ajoute pas d'appât, le morceau de pain est toujours en place.

Je rentre en courant.

— Viti, viens voir ! crié-je, tout en sachant qu'elle ne se manifeste pas quand il y a du bruit.

Allongé sur le côté le long de la banquette, je porte la mésange devant mon visage et admire sa perfection. Les plumes sont comme un pelage doux, les pattes toutes fines. Difficile d'imaginer qu'un animal aussi fragile puisse survivre aux hivers d'un froid glacial. Comment fait-il pour ne pas geler ? Je caresse la tête de l'oiseau, je touche son bec minuscule. Ses yeux sont à moitié ouverts, et j'ai l'impression qu'ils me fixent.

— Ne t'en fais pas, petite mésange, tu as évité le grand froid. Et Viti a besoin de toi. Tu sais, je crois qu'elle a maigri. Je me demande si elle trouve de quoi se nourrir parce que même les taupes semblent avoir disparu.

J'attends, immobile, l'oiseau entre mes doigts, et le silence accentue ma sensation de faim. Heureusement, tout ça ne va pas durer longtemps, demain je quitterai cette cabane.

La belette ne se manifeste pas. Elle traîne ailleurs, alors que pour une fois elle aurait une bonne raison de venir me voir. Une heure passe, ou peut-être seulement une demi-heure, le temps a changé, je n'arrive plus à le comprendre : l'horloge tourne au même rythme régulier, mais le temps, lui, accélère ou ralentit à sa guise. Parfois, il fait du surplace, mais malgré tout, la journée se termine et la nuit tombe, comme si de rien n'était.

Je tiens la mésange par une patte. Elle est déjà complètement rigide. La faim me donne des crampes d'estomac.

Je m'installe à la table et place l'oiseau devant moi sur le dos. J'ouvre son ventre avec mes ongles. Sous le plumage, je distingue la chair rouge. J'attrape mon couteau, j'incise délicatement un côté de la poitrine et lève le filet avec la pointe. Je le dépose sur une assiette en papier et répète la même chose avec l'autre côté.

— Ça ne t'embête pas si on partage ? dis-je en me tournant vers la banquette.

J'assaisonne le filet avec du gros sel et le prends dans ma main pour l'observer. Lentement, je dispose la viande sur ma langue couverte de salive, la déplace entre mes molaires et croque dedans.

AILA
1948

Je traverse la cour avec une nouvelle brassée de bûches. J'ai l'impression de ne faire que ça, porter du bois pour le poêle, depuis des semaines. Les bottes grincent sur la neige, les bouleaux sont couverts de givre et le ciel est d'un bleu glacial. Ce froid s'arrêtera-t-il un jour ?

Je suis seule à la maison avec Lauri et Eenokki. Papa n'est plus jamais là. Il ne soupire plus dans son coin, il cavale sans arrêt. On dirait que son agenda est en désordre. À l'été, il est à la traîne et en hiver, quand on est censé se reposer pour faire passer la période sombre, il court comme un cinglé. Les soucis trop grands peuvent rendre fou.

Il prétend abattre des arbres au fond des parcelles, et de temps en temps, il ramène bien un tas de bois avec Sonni. Mais parfois il part dans une direction opposée et ne revient que le soir. Quand je lui demande où il est allé, il répond qu'il promenait le cheval.

— Je le fais marcher un peu tous les jours, comme ça, il ne tombe pas malade, explique-t-il en tapant dans ses mains gantées.

Nous avons de nouveaux soucis. Les patrons projettent de construire un barrage à Kaarennes. Des hommes en colère se succèdent chez nous. Leurs bras s'agitent comme des moulins à vent lorsqu'ils racontent à papa ce qu'ils ont vu. Ils disent :

— Mais ça ne s'arrête jamais ! Est-ce que nous aussi on va tout perdre ?

Et je les ai entendus parler des roses.

— Au trépas, putain ! a vociféré Erkka Lylymaa un jour au pied de notre perron, quand j'apportais des épluchures de patates aux moutons.

Maman est à Meltosjärvi. Elle se déplace de village en village avec sa pétition pour l'école. Elle dit que, vu les temps qui courent, il est important que Lauri et Eenokki puissent aller dans une école avec un vrai instituteur. Papa n'était pas d'accord au début, mais depuis que maman s'est mise en colère, il se tait. D'après elle, puisque nos forêts et nos eaux leur plaisent tant, ils nous doivent bien ça en contrepartie. Dès qu'elle aura recueilli cent signatures, elle apportera la pétition au bourg. Papa a proposé de l'accompagner avec Sonni, mais elle a répondu qu'elle était capable de tenir les rênes elle-même.

Je dépose le bois devant le four. J'entends un vrombissement. Une voiture noire passe sur la route. Aarno n'abandonne pas. Il m'écrit deux fois par semaine depuis un mois. Au début, il était stupéfait, ça le dépassait que je ne lui aie pas parlé du petit plus tôt et que je me sois enfuie. Je n'ai pas réagi à ses lettres, parce que maman m'a appris que si on n'a rien de gentil à dire, mieux vaut se taire. Ensuite, il a commencé à me supplier, à pleurnicher, et comme il n'a toujours pas reçu de réponse, ses missives sont devenues aussi noires que la trappe de l'étuve.

Il regrette. Il aimerait tout réparer, y compris les forêts, même s'il sait que c'est impossible. Il s'en veut d'être vieux et d'avoir un travail qui ne me convient pas. Il cherche ma pitié, tel un chien battu, si bien que je le déteste encore plus.

Finalement, ce n'était pas un homme du monde, mais un petit morveux à qui on a confié trop de pouvoir et qui pleurniche lorsqu'on éteint la bougie dans sa chambre. Un grand nourrisson qui a besoin d'un sein pour se calmer. Ce vieux bouc n'a qu'à sucer les tétons de sa femme, elle doit bien posséder une paire de poches pendantes !

J'irai chercher la lettre comme à chaque fois et la lirai aussi, mais je vérifierai d'abord mes pièges, c'est plus sûr. Si je suis en colère, je risque de tout arracher, les collets et les clôtures. Je n'irai à la cachette qu'après.

Une fois là-bas, je me rends compte que, contrairement à d'habitude, la lettre est dans une enveloppe marron. Peut-être qu'il n'en a plus de blanches. Cela me convient bien. Le blanc est la couleur des rêves, un nuage cotonneux, la neige poudreuse qui tombe doucement par un temps calme et glacial, tandis que le marron est celle de la terre et de la merde. Tout entre nous est devenu sale.

J'ouvre la lettre tout de suite dans la forêt. Je n'ai pas froid, car je me suis réchauffée en skiant. J'ai fait le tour de tous les pièges. Celui du marécage m'a encore apporté une perdrix, une autre volaille avait été volée par un renard. Ensuite, j'ai pris le chemin qui mène à la cachette, puis à la route ; celle-là même qu'emprunte la voiture noire. Je n'ai jamais vu aucune trace dans la neige, les consignes d'Aarno sont respectées à la lettre. Je devrais lui répondre et lui dire d'arrêter de m'écrire, mais j'ai la flemme. En fait, je n'ai pas envie de le faire. Qu'il souffre !

Je commence à lire et constate qu'il s'est encore donné beaucoup de peine.

Rovaniemi, le 12 décembre 1948

Ma chère Aila,

Notre poêle apprécie cette lettre plus que moi. Je l'ai commencée plusieurs fois pour finir par jeter mes tentatives dans le feu. J'avais l'intention de décrire la lumière éclatante mais fragile que seul un amoureux de la forêt peut découvrir lors de ses randonnées. Je voulais te parler des truites de rivière, des saumons, des nuits boréales, mais je me figure que toi, fée des bois, tu en sais déjà tout. J'avais envie de te dire quelque chose de beau et d'extraordinaire, mais en moi il n'y a que du noir. Un chagrin et une tristesse infinis, à cause de la perte d'un être qui n'a jamais été mien. C'est pathétique, non ?

Plus je vieillis, plus je suis convaincu que le sens de la vie réside dans sa perpétuité. C'est notre raison d'exister, naître, vivre et enfin redevenir terre. Les livres, les peintures, les carrières professionnelles ne valent rien si on les confronte à la réalité biologique.

Pendant longtemps, j'ai pensé que mes textes et mes tableaux constituaient le sens de ma vie, mais ils ne sont rien, que du vide, je me suis menti. Tout comme un pin touffu qui pousse au bord d'une forêt rasée, un homme aussi se doit de semer sa graine pour l'avenir.

Je n'en ai pas été capable. J'ai besoin d'une preuve que la vie continue, que je ne mourrai pas tout à fait le jour où mon corps sera enterré. Ida n'a pas pu me donner d'enfant. C'est le point le plus sombre de mon âme. Même le souvenir de la guerre, qui nous a tout pris, m'est moins douloureux.

À mon arrivée sur les chantiers, les ouvriers tirent leur chapeau, posent leur scie par terre et s'inclinent. Et s'ils ont la chance de serrer la main du grand patron, ils sont heureux. Ils me remercient de leur avoir fourni du travail et de leur avoir écrit des histoires pour égayer leurs soirées. Je regarde leurs fils robustes et je me sens jaloux. Je donnerais mon logement, mes livres et mes vêtements pour être dans leur situation, en train d'élever une nouvelle génération qui remplacera celle sacrifiée sur les champs d'honneur.

Aila, je payerais n'importe quel prix pour avoir un enfant de ma chair. Je quitterais mon foyer et mon travail, j'arrêterais d'écrire ; j'accepterais les railleries des gens. Je suis prêt à tout pour que notre enfant ait la chance de naître et de grandir. Aila, je t'en supplie, ne fais pas de mal au petit !

Ton vieil homme,
A.I.

Je glisse la lettre à l'intérieur de mon manteau, j'attrape mes moufles dans la neige et je rentre. À la maison, j'accroche la perdrix dans la remise, je cherche une brassée de bûches pour le lendemain et quelques rameaux pour le feu du soir. Je prépare des galettes dans le four et fais cuire des pommes de terre, pour que mon père n'ait qu'à s'installer à table quand il reviendra de la forêt.

Ensuite, je monte dans ma chambre avec un stylo et du papier. Cette fois, je lui répondrai. Je lui écrirai que je veux le revoir, parce que j'ai quelque chose d'important à lui dire.

SAMUEL
OCTOBRE 2009

Je marchais sur un tapis de feuilles jaunes. Je cherchais Nanok depuis le matin comme un fou furieux. J'avais téléphoné à Aava, appuyé des dizaines de fois sur la touche verte, prêt à prononcer les mots de réconciliation que j'avais fini par apprendre par cœur, mais elle n'avait pas décroché. J'avais envoyé des messages soigneusement réfléchis demandant si on pouvait se revoir, discuter.

C'était comme prêcher dans le désert. "Notre histoire est terminée", m'étais-je dit, avant de rectifier aussitôt: "Non, il n'en est pas question!" Mais sans doute était-elle tout de même terminée.

Il ne me restait qu'une alternative. Quelle expression idiote! En réalité, je n'avais pas le choix! Il fallait attraper le chien et accrocher la laisse à la boucle métallique de son collier. Si j'y arrivais, je pourrais parader avec lui dans les villages, crier devant les maisons: "Regardez-le, je l'emmène et on disparaîtra tous les deux, vous n'avez qu'à me passer vos numéros de compte bancaire, je payerai les pots cassés." Je demanderais pardon à chaque mamie que je croiserais, à chaque gamin curieux, à chaque poivrot qui m'avait scruté dans un pub, pour la gêne occasionnée par ma présence ici. Si quelqu'un me frappait, je lui tendrais l'autre joue tel le Christ souffrant et le remercierais de tout cœur. Je leur ramènerais le chien pour leur signifier que j'étais un *musher* qui tient sa parole.

Tout s'arrangerait. Je me pointerais sous la fenêtre de la chambre du grenier de la maison verdâtre, abattu et humble, et dirais : "Viens avec moi, on ira dans les monts, on quittera ces contrées malades."

Je me frayai un chemin dans la forêt de pins. J'entendis l'aboiement excité d'un spitz. Un fusil qui se déchargeait. La saison de chasse battait son plein et j'avais du mal à m'y habituer. Chaque détonation me faisait sursauter : l'avaient-ils eu ? J'accélérai, montant les côtes à bout de souffle, les descendant au pas de course. Et si, par malheur, Nanok s'approchait d'un spitz et que les chasseurs le voyaient ? Ils le tueraient à coup sûr !

J'avançai sans direction, sans objectif précis, en sachant que Nanok était là quelque part. Il ne quittait jamais cette forêt.

Le téléphone sonna. Un numéro inconnu.

— Oui. Ah bon, quand ? Super, j'arrive tout de suite. J'y serai dans une heure.

Je traversai en courant des marécages, des collines, passai sous des arbres immenses, les broussailles craquant sous mes bottes sur un océan de feuilles mortes. Nanok avait été aperçu par une cueilleuse d'airelles. Il avait surgi de nulle part, et n'avait pas semblé sauvage. Au lieu de chercher à fuir, il avait remué sa queue, voulant faire connaissance.

— Je le savais ! m'exclamai-je en repensant au coup de fil, pour ensuite me reconcentrer sur ma respiration.

À l'approche de l'hiver, son code génétique s'était activé et le forçait à retourner chez l'homme.

L'espoir rendit mes pas avides. Ils écrasèrent des bruyères, arrachèrent la mousse sur des rochers, gravèrent leur empreinte dans le sable de la berge d'un ruisseau. Arrivé à la voiture, j'étais hors d'haleine. Je sortis mon portable et tapai un message de mes doigts couverts de sueur.

Salut, une femme a vu Nanok, il n'était pas sauvage. Ça va s'arranger, on parle après. S

Il ne restait plus qu'une barre. Je glissai le téléphone dans ma poche intérieure au chaud. Si seulement les batteries pouvaient tenir jusqu'à ce que j'aie une bonne nouvelle à annoncer à Aava !

Je roulai aussi vite que j'osais. Pour la dernière fois, je mis les gaz sur ces chemins, passai par la route nationale, m'engageai sur de petites voies de terre, sans hésiter dans les carrefours parce que je les connaissais par cœur. J'étais allé partout.

Je trouvai le lieu de rendez-vous : "Le flanc d'un mont au bout d'un sentier, et un lac, sur le côté gauche. On avance sur un kilomètre entre les deux et on tombe sur un terrain ferme." Mais la femme qui m'avait téléphoné n'y était pas, même si elle avait promis de m'attendre. Ni sa voiture, seulement des traces de pneus. Peut-être en avait-elle eu assez de patienter ? J'essayai de la rappeler, mais elle ne décrocha pas. Je tournai en rond pendant un temps, sans apercevoir aucun signe d'elle, ou du chien.

Encore un échec ?

Combien de fois m'étais-je mis en route plein d'espoir pour rien ? Je devais être un peu lent à la détente. Même un chien aurait compris plus vite qu'il n'obtiendrait pas de récompense et que ça ne valait pas la peine de s'exciter. Les chiens ne rêvassaient pas, ils n'avaient pas de projets. Rien ne les poussait à avancer, ils ne faisaient que flotter dans le temps. Voilà pourquoi ils étaient plus intelligents que les êtres humains.

Comme je ne savais pas où aller, je m'assis sur une touffe d'herbe pour attendre. Le soleil qui éclairait le flanc était bas, mais il chauffait encore. Mon téléphone fit un bip, je le sortis en vitesse. Elle va me pardonner ?

Le message était de ma mère.

*Bonjour Samuel, Tu penses rentrer pour la fête des Pères** *? Maman*

Je fixai l'écran. Les larmes montèrent. J'attendais un signe de la chambre du grenier, et j'en recevais un des bas-fonds de la terre.

J'imaginais ma mère en train de composer son SMS, une lettre à la fois, dans la maison calme et peu éclairée. Je ne comprenais pas pourquoi en vieillissant les gens préféraient rester dans le noir.

Cela lui avait pris un moment. Elle l'avait écrit, relu puis effacé, encore et encore. Pour enfin décider qu'elle laisserait tomber les mots doux, pour cacher sa tristesse, le fait que je lui manquais, et qu'elle ne garderait que l'essentiel, parce que c'était plus facile pour tout le monde. Un message factuel ne m'obligerait pas à venir. Et finalement, ce bref SMS, une simple question, me parut chargé de sentiments. En camouflant sa peine, elle me montrait à quel point je comptais pour elle.

* En Finlande, la fête des Pères est en novembre.

J'aurais aimé lui répondre que son fiston avait du chagrin, qu'à présent lui aussi était seul et sans affection, qu'il n'arrivait toujours pas à voler de ses propres ailes, mais c'était impensable : ma mère et mon père chercheraient à *rester en contact* et je serais contraint de détruire mon téléphone et de disparaître.

Tout à coup, ils auraient envie d'agir et, en secret, ils seraient contents que j'aie encore besoin d'eux. Ils voudraient savoir si j'avais mangé. Ils proposeraient de venir me voir : Papa t'a trouvé un job au poste trois. Souhaites-tu vivre à la maison ou préfères-tu que papa fasse une demande de logement HLM ?

Et dans mon état actuel, je serais incapable de protester. Je m'exécuterais, je retournerais à la case départ et retomberais dans les abysses sans plus jamais retrouver le courage de m'en sortir.

Je ne rentrerais pas pour la fête des Pères. Et même pas pour Noël. Je ne pointerais pas le bout de mon nez avant d'avoir réglé mes problèmes avec Aava, et de me sentir à nouveau fort. En plus, je serais occupé, la nouvelle saison débutant en décembre. Impossible de me libérer.

Je répondis.

Salut Maman, On n'arrête pas ici, la nouvelle saison approche. Je ne pourrai pas rentrer pour la fête des Pères, peut-être même pas pour Noël. Dis bonjour à papa. Tout va bien de mon côté. Samu

Je rangeai le téléphone dans la poche de mon pantalon, me séchai les yeux et me raclai la gorge, afin de me débarrasser de mes états d'âme, puis me dirigeai vers mon véhicule.

J'aperçus le Hilux par l'interstice des pins. J'avançai de quelque pas puis m'arrêtai : sur le pare-brise, sous les essuie-glaces, était glissée une fleur si laide que je frissonnai. Caché par les arbres, je vérifiai la route et jetai un coup d'œil derrière moi.

J'entendis une voiture arriver au loin et me déplaçai à l'abri d'un rocher pour l'attendre. Un utilitaire rougeâtre surgit du virage. Babysitteur. Il se gara devant le Hilux, descendit et scruta la forêt. Il avait l'air de chercher quelqu'un.

Après avoir fait les cent pas sur la route, il téléphona. Mon portable sonna dans ma poche, je quittai ma cachette et m'approchai de lui, l'appareil à la main.

— Ah salut, me dit Babysitteur, poliment, comme les gens ont l'habitude de faire. Qu'est-ce que tu fous là ?

— Le chien a été aperçu dans le coin. Une femme m'a appelé.

— Ah bon.

— Mais aucune trace de lui. Seulement des fleurs, poursuivis-je en désignant le pare-brise de mon Hilux. C'est déjà la troisième.

— Ça alors, fit Babysitteur en frottant son bonnet d'un air pensif. Je déplace ma bagnole.

Il remonta dans son véhicule et il fit un rond en roulant la portière ouverte, avant de se garer à une distance de trente mètres.

— T'a rien d'important dans ton pick-up ?

— Non, pourquoi ?

— Parce qu'il vaut mieux que tu ne le touches plus.

— Quoi ? Tu veux que je le laisse ici ?

— C'est cette rose… faut pas y monter.

— Ou alors ?

— Eh ben, j'sais pas. Mais c'est pas bon, répondit-il en fixant le Hilux. Je t'emmène.

— Où ça ?

— Dans un lieu sûr. C'est pas le moment de te montrer aux gens.

Je regardai Babysitteur, le pick-up et la rose à la tige aiguisée en essayant de comprendre ce qui m'arrivait. Le vent fouettait la cime des arbres, détachant les dernières feuilles des bouleaux. Elles tournoyaient dans l'air avant de tomber sur la terre gelée. Autour de nous, la forêt était silencieuse, le concert estival s'était tu depuis longtemps.

— Et si je rentrais à la ferme, simplement, dis-je en m'avançant vers le pick-up.

— Non ! cria Babysitteur en me faisait tressaillir. N'y touche pas.

— Et si je ne t'écoute pas ? Qu'est-ce qui se passe ?

— J'sais pas. Mais tu vois bien que la tige est taillée. C'est un mauvais signe.

— Au trépas, c'est ça ?

— Ça se peut. Monte, je t'emmène dans un endroit où on ne te trouvera pas.

AILA
1948

— LES terres entre les grands fleuves et la rivière Martimo jusqu'aux monts.

— Mais mon Dieu non, c'est impossible. C'est une zone immense, et il y a déjà des chantiers en cours.

— Dans ce cas, tu peux me ramener.

— Attends. Et si elle commençait à la limite communale et couvrait, par exemple, les territoires de Ylitornio et de Turtola ?

— Et aussi celui d'Aaliskaira.

— Je ne crois pas que ce soit envisageable. C'est une zone tellement étendue que je peux difficilement la justifier par l'expérimentation.

— Alors ramène-moi !

— Patience. Nous allons certainement trouver une solution. Et si cette zone partait de la ligne Kainuunkylä-Kivilompelo et continuait vers le nord, jusqu'au mont d'Aalistunturi ? À l'est, elle serait délimitée par les frontières communales.

— Montre cette carte... Ouais. Ça me va. Mais si tu ne tiens pas parole, je dirai tout à mon père, qui t'écorchera comme une martre.

— Je suis un homme de parole.
— Jure-le au nom de la Tengeliö.
— Je le jure.

SAMUEL
OCTOBRE 2009

BABYSITTEUR s'arrêta. Nous étions arrivés à destination. Quand je m'extirpai de l'arrière du fourgon, le corps ankylosé, je sus immédiatement où nous nous trouvions.

Nous suivîmes un itinéraire familier sur un sentier en zigzags à peine visible qui s'élargissait dans les endroits marécageux pour disparaître complètement sur les rochers. En empruntant la berge du lac allongé et noir, bordé de bouleaux chauves, nous passâmes à côté du Paha. C'était bien ici, même si j'avais du mal à y croire. L'éclat estival, tous ces souvenirs, ces nuits ensoleillées partagées avec Aava paraissaient si loin.

Babysitteur était silencieux, et je n'avais rien à dire moi non plus. Pendant le trajet en voiture, il avait parlé essentiellement du temps et des oiseaux.

— Les canards de l'Océan Arctique s'en vont. Quand le vent du Nord souffle, il n'y a plus de chanteurs. C'est le signe que l'hiver arrive, avait-il ajouté avant de se taire pour de bon.

Couché sur la banquette arrière, j'avais observé sa main droite passer les vitesses et tapoter sur le volant. Deux fois, j'avais failli lui poser une question, mais avais changé d'avis ; toutes mes questions paraissaient futiles.

Une fois dans la cabane, Babysitteur découpa du petit bois pour le poêle, sans l'allumer. Ensuite, assis sur le banc, il scruta le taudis, jeta un rapide coup d'œil, d'abord à moi puis à ses mains, pour enfin expliquer de quoi il retournait.

— Tu chauffes la nuit, pour que la fumée n'attire pas des visiteurs, commença-t-il.

Il dit que, pour le moment, la cabane était la meilleure cachette pour moi. Les rennes étaient plus au sud, les élans encore sur les berges et dans les vallées, si bien que personne ne viendrait ici. J'avais surtout intérêt à éviter la ferme parce que tout le monde savait que je vivais là-bas.

Il sortit de son sac à dos quelques maigres provisions qu'il déposa sur la table. Il regarda dans les placards et jugea la situation acceptable.

— Ça devrait aller si tu ne manges pas tout d'un coup. Je repasse te chercher dans une semaine ou dix jours, quand tout sera plus clair. Donne ta veste.

— Pourquoi ?

— Je la poserai près de la rivière, pour qu'ils comprennent pourquoi tu n'as pas récupéré ta bagnole.

— Tu veux leur faire croire que je me suis noyé ?

— Ça marchera pendant un temps.

J'arrachai mon anorak et le lui tendis. Il le roula en boule dans sa capuche.

— Et qu'est-ce qui prouve que tu n'es pas avec eux ?

Babysitteur me regarda.

— Rien, mais t'as pas le choix, dit-il, avant d'ajouter : ils n'ont jamais voulu de moi pour ces choses-là.

Il ôta son bonnet et le posa sur la table.

— Pourquoi Salomo a-t-il reçu des roses ? demandai-je.

— Pauvre Salomo. Pas besoin de grand-chose pour ça, répondit-il en grattant un durillon sur sa paume. Salomo était comme un frère pour moi. Il fouillait dans les vieilles affaires, passait toutes ses vacances et ses week-ends dans la forêt.

— Et on n'est pas censé y aller seul, c'est ça ?

— C'est ce que j'ai essayé de te faire comprendre.

— Mais j'aurais pu rembourser ces rennes.

— T'aurais dû m'écouter.

— Aava t'accuse.

— Je sais, dit Babysitteur sur un ton résigné.

Il haussa les épaules, remit son bonnet et se dirigea vers la porte.

— Faut que je me sauve, annonça-t-il.

Puis, le silence.

AILA
1948

Je croise Mauno devant leur étable, les bras remplis de foin. Le fumier chauffe sous la neige. D'entre les rondins de l'étable sort de la vapeur. Mauno porte un simple pull en laine gris, les bretelles de son pantalon pendent.

— Je savais que tu ne participerais pas au défilé de la Saint-Étienne, dis-je.

— J'avais la flemme. Et il faut bien que quelqu'un s'occupe des vaches.

— Je fais pareil cette année, je garde les bêtes.

— Tu entres ?

— C'est pour ça que je suis venue.

— Bien. Je passe juste déposer ça, dit-il en se dirigeant vers la bergerie.

Les ressorts du canapé grincent sous mes fesses. Déboussolé, Mauno marche de long en large dans la pièce. Il va dans la cuisine puis se tourne vers la véranda, change d'avis brusquement et s'arrête, arrange ses cheveux derrière les oreilles.

— Tu as perdu quelque chose ?

— Je me demandais ce que je pourrais t'offrir.

— J'ai besoin de rien, je suis pleine comme un œuf depuis Noël.

— Moi pareil, s'exclame Mauno. J'ai mangé tellement de renne hier que je risque de faire un faon.

— Je peux te servir de sage-femme, je réponds en riant. Viens ici, à côté de moi.

Mauno me regarde d'un air grave. Je tapote sur le canapé, et il finit par obéir. Nous restons assis un long moment, en silence. Je prends sa main, chatouille sa paume avec mon doigt.

— Je te plais toujours ? fais-je.

— Ah oui.

— Même si je n'étais pas parfaite ?

— Bien sûr.

Je me mets debout devant lui et enlève mon pull. Je baisse ma jupe et mon caleçon en laine, les pousse dans un coin d'un coup de pied. Toute nue, je rentre mon ventre.

— Je veux que tu me le montres, dis-je, en l'agrippant par les cheveux et en ramenant sa tête contre mon nombril.

L'horloge murale fait tic-tac dans la pièce silencieuse. La nuit est déjà presque tombée, une bougie luit sur le poêle. La lirette est glaciale contre mon dos dénudé. Dans mes bras, les yeux fermés, Mauno fait de petits gazouillis. Il a la chair de poule, je sens qu'il tremble de froid.

Je caresse ses cheveux, qui sont épais et jaunes comme la crème. Son corps mince est musclé. C'est un bel homme, magnifique et innocent tel un enfant.

— Mauno, ça te dirait de devenir mon mari ?

Il ouvre les yeux et un grand sourire éclaire son visage.

— Tout ce que tu veux, même un piquet de clôture si tu me le demandes.

SAMUEL
QUINZIÈME JOUR

Derrière la fenêtre, la voûte brumeuse de la Voie lactée. Je prépare mon sac au petit matin, parce que je n'ai plus sommeil. Je lèche du sel sur ma paume et je bois plus que je n'en ai envie, car je sais qu'avant d'arriver à destination, mon corps sera totalement desséché. Ensuite, je prends une gorgée d'huile et je suis à deux doigts de vomir. J'avais trouvé une bouteille d'huile tournée dans la remise à côté d'un poêle en fonte. Le goût est atroce, mais j'ai besoin d'énergie.

J'enfonce dans mon sac à dos le plaid en laine, la bouteille d'huile où il reste un fond, un pot de sel ainsi qu'une tasse. C'est tout ce qu'il me faut, parce que je n'ai rien d'autre.

Il me semble entendre la belette, mais quand je me fige pour écouter, seul le crépitement du poêle me parvient. Je veux croire que Viti est passée me dire au revoir. Je comprends qu'elle ne peut pas me tenir compagnie tout le temps. C'est l'hiver et elle a des choses à faire. Elle doit être en train de se préparer des réserves, comme un écureuil.

Je balaie le sol. Hier soir, j'ai cherché du bois et des allume-feu pour le suivant. J'ai lavé la cafetière et essuyé la table. J'ai remballé les lettres et les ai remises dans la planque. Il n'y a plus qu'à attendre l'aurore. Je patiente en position allongée, même si j'ai envie de marcher, tellement je suis sur les nerfs. Il serait stupide de solliciter mes pieds à l'avance, ils auront bien assez à supporter quand j'aurai refermé la porte de la cabane pour la dernière fois.

Je suis réveillé par la lumière. J'ai dû m'assoupir. Je me lève, j'enfile mon pull, je mets mon sac à dos et je prends congé de la cabane et de Viti.

— Merci pour ta compagnie, Viti, porte-toi bien. Je m'en vais, et je ne reviendrai pas. Souhaite-moi bonne chance !

L'ambiance est festive. Enfin, il se passe quelque chose !

Je sors. Ça grince sous les chaussures.

Neige.

Il a beaucoup neigé pendant la nuit et le ciel continue à pousser des flocons. La merde blanche s'étale sur les branches, il y en a une épaisse couche sur les brindilles et le chemin qui menait à la remise a disparu. Voilà ce que je craignais. Le départ collectif des oiseaux, c'était donc ça. Les mésanges ont essayé de m'avertir : l'hiver arrive, homme, es-tu prêt ?

Debout sur les marches, j'écoute. Est-ce que les autres aussi entendent ce ricanement, ce hennissement moqueur qui perce les tympans ? Quels autres ? Il n'y a personne. C'est la forêt qui rit. Une sacrée plaisanterie, la blague des blagues. Le pauvre Samu n'ira nulle part. Impossible. Ce serait peine perdue, je laisserais des traces, ils les suivraient et, en moins de deux, je me retrouverais suspendu à un crochet de boucher dans un abattoir aux côtés de Babysitteur.

Je m'assieds et je pleure jusqu'à ce que je sois vidé. Les flocons fondent sur mes mains, sur mon cou. Je commence à avoir froid. J'essuie la morve sur ma joue avec ma manche et me relève pour rentrer dans la cabane. Les mésanges sont perchées sur le sapin près de la rive, elles me chantent : idiot, idiot.

Je fais une boule de neige et je la lance vers les oiseaux avec une telle force que mon épaule craque.

— Allez-vous-en !

Le spectacle est terminé. Tout est fini.

AILA
1949

PAPA entre comme une furie. Il balance son sac à dos contre le mur, enlève avec peine ses bottes gelées et les jette à côté du four.

— Il a pas honte de se montrer ici, grogne-t-il.

— Qui ? demande maman.

— Ce gros porc de forestier. Ses ouvriers abattent nos forêts, mais il se pointe à la maison du village comme si de rien n'était.

— Qu'est-ce qu'il veut ?

— La réconciliation. C'est ça qu'il cherche, pour pouvoir tout foutre en l'air tranquillement. Il viendra lundi et essaiera de nous amadouer pour qu'on arrête de résister.

— Parce que vous avez fait quoi ?

— Mais rien !

— Il y a eu cette histoire de la cabane de Kotakulha et d'un homme qui a disparu. Tu en sais quelque chose ? poursuit maman.

— Ne t'occupe pas, ce sont des affaires de la forêt, rétorque papa en se grattant l'oreille.

La maison du village grouille de monde, une épaisse fumée de cigarette flotte au-dessus des gens, dont la plupart sont des hommes que je connais. Certains sont venus avec leur femme. J'ai insisté pour accompagner papa, sinon il ne m'aurait pas emmenée. D'après lui, cette réunion n'était pas pour les gosses.

— Ça risque d'être dangereux. Les gars de Meltoskaira sont si énervés que le forestier risque de se faire arracher son manteau de peau de loup.

À présent, je veux bien le croire. Dans les yeux des hommes brillent l'orgueil et la haine. Certains parlent haut et fort, mais ce sont les taiseux qui me font le plus peur. Ils fixent l'estrade vide comme des prédateurs qui ont repéré un renne blessé. Je crains qu'il arrive quelque chose à Aarno. Je crains que papa fasse une bêtise.

Il y a un bruissement dans la foule puis tout le monde se tait. Je me retourne et j'aperçois Aarno. Accompagné de deux collègues, cet idiot entre par la porte principale et passe à travers le public. Il discute avec les gens, salue chacun, serre la main d'Elina Kaitajärvi, s'inclinant devant les éleveurs comme seul quelqu'un qui a grandi à Helsinki sait le faire. Il réussit à se frayer un chemin jusqu'à l'estrade. Le silence est aussi profond que pendant la chasse à l'élan. Comme si les vieux avaient perdu leur assurance parce qu'il a osé s'approcher de si près.

Aarno monte les marches. Je vois que sa jambe blessée lui fait mal. Elle se rouille si on ne la caresse pas. C'est une jambe qui a besoin d'amour, des cajoleries d'une femme.

Aarno se racle la gorge, dit des banalités sur la chaleur de l'intérieur et le froid du dehors, pose son manteau sur le dossier de sa chaise, sa chapka et ses moufles par-dessus. Il porte un pantalon en laine, une chemise à carreaux et des bretelles.

— Bien, dit-il. Vous êtes venus nombreux. Je pense que nous pouvons commencer. Je m'appelle Aarno Järvi et je représente ici, aujourd'hui, le ministère de la Forêt ainsi que notre pays, la Finlande. Comme vous le savez sans doute, nous avons rencontré des difficultés inattendues sur nos chantiers dans les forêts de l'Ouest. Deux maisons ont brûlé, la propriétaire de la première a été gravement blessée et a dû abandonner son travail. Nous déplorons un mort, et plusieurs ouvriers ont quitté leur poste sans prévenir. De plus, il a été très difficile de recruter des locaux, ou de trouver des chevaux. Voilà pourquoi, chers habitants de l'Ouest, j'ai commencé à me dire que vous ne nous aimiez pas beaucoup.

On entend des ricanements.

— Mais c'est qu'il est vif ! On dirait Hellanti ! commente un homme au fond de la salle, et le public explose de rire.

C'est une hilarité forcée, toxique. Mais Aarno sourit, fait un geste de la main à l'adresse du commentateur, appuie ses fesses contre la table et continue comme si de rien n'était.

— Pendant ces dernières années, j'ai arpenté vos forêts non seulement pour le travail, mais aussi pour le plaisir. Vous avez de quoi chasser et de quoi pêcher, peu de régions dans notre pays atteignent ce niveau de richesse ou de variétés.

— Alors pourquoi faut-il les foutre en l'air ? crie le même homme.

— J'y arrive. Peut-être vaudrait-il mieux ne pas y toucher, justement. Peut-être devrions-nous, au contraire, les protéger contre les chantiers forestiers et les centrales hydrauliques, dit Aarno provoquant un brouhaha dans la salle. J'ai défendu leur cause à Helsinki et, en particulier, auprès du président du Parlement, M. Kekkonen, que je connais en personne. J'ai proposé qu'ici, dans l'Ouest, essentiellement sur les territoires de Ylitornio et Turtola, soit mise en place une sorte de zone forestière expérimentale, MEKO. L'idée serait que, dans ces contrées, on continue à pratiquer la gestion des forêts comme autrefois et qu'elles servent de point de comparaison avec les terres exploitées par des méthodes modernes.

Aarno marque une pause, et les langues se délient dans la salle. Tout le monde veut exprimer un doute ou poser une question. Papa me lance un regard étonné. Aarno lève les mains et demande le silence.

— Je tiens à souligner que, pour l'instant, il ne s'agit que d'un projet. Rien ne sera sûr avant les signatures, mais j'ai proposé la création de ce genre de zone et il semblerait que mon idée ait été bien accueillie non seulement par le ministère de la Forêt, mais aussi par le Parlement. Après m'avoir entendu parler de mes randonnées de pêche ici, M. Kekkonen soutient également la protection de vos eaux vives et a l'intention de faire avancer le dossier.

— Il raconte des conneries, pour avoir la paix, dit quelqu'un dans la salle.

— On sait bien ce que ça vaut la parole d'un patron !

— On n'a qu'à le foutre dehors !

Aarno essaie de calmer le public. À ce moment-là, papa s'en mêle.

— Silence ! vocifère-t-il si fort que mes oreilles sonnent. Fermez-la, tout de suite !

La salle se tait.

— On va laisser monsieur le chef forestier dire ce qu'il a à dire, poursuit-il d'une voix plus douce, conciliante, si bien que j'ai du mal à croire qu'elle sort du même homme.

Aarno remercie papa d'un hochement de tête, et lorsqu'il me remarque à côté de lui, un sourire traverse ses yeux ridés. Il continue.

— J'ai toujours tenu parole. Voilà pourquoi je ne vous promets rien, mais j'ai voulu venir personnellement partager cette nouvelle avec vous. Bien sûr, j'espère que le calme reviendra sur les chantiers qui sont en cours ici cet hiver. Mais je souhaite, et je le crois, qu'ils seront les derniers dans cette zone. Je comprends la valeur inestimable de vos forêts pour la chasse et de vos eaux pour la pêche.

Quand Aarno a terminé, papa tape dans ses mains, lentement. Les murs résonnent. Tout le monde nous fixe. Au bout d'un moment, le père de Mauno le rejoint, suivi de Mauno. Puis de moi. Et soudain, toute la salle applaudit.

Aarno regarde mon père et hoche la tête à nouveau. Papa fait de même.

SAMUEL
DIX-NEUVIÈME JOUR

Je suis assis au bout de la table. La voûte céleste a fait la moitié de son tour depuis que je songe à allumer le poêle pendant qu'il fait encore jour ; je décide de préparer du petit bois, puis me souviens que les bûches sont loin, qu'il faudrait aller jusqu'à la remise, me rassieds et reprends l'attente.

Des gouttelettes de morve tombent sur la table et forment un étang. C'est un étang de test. Quand il gèlera, je saurai que la température est descendue en dessous de zéro degré dans la cabane.

Je pourrais aller chercher du bois avant d'en arriver là, décoller un peu d'écorce d'un bouleau ou gratter de la résine d'un sapin en guise d'allume-feu, mais je n'ai pas le courage. Il est plus facile de rester sous le plaid et de me balancer d'un côté à l'autre pour me réchauffer. À quoi bon courir, l'été finira bien par revenir.

Cela fait une éternité que je n'ai pas vu la belette. Les mésanges ne sont pas réapparues depuis que je leur ai lancé la boule de neige. Elles sont rancunières ! La pie est passée crier derrière la porte, me faisant tellement peur que si mes intestins n'étaient pas vides, j'aurais chié dans mon froc. Puis elle est partie elle aussi. Les corbeaux ne se sont pas arrêtés par ici, ils traînent sur le lac d'un air distrait et râlent contre la terre morte, ce qui est sans doute un bon signe : quand un corbeau commence à se plaire quelque part c'est qu'il y a un cadavre.

Logo avait dû ressentir la même chose. Si ce n'était pire. Il était plus seul que moi, parce qu'il était seul parmi les gens.

Logo s'était tiré une balle avec le fusil de chasse de son père dans leur chaufferie. Ça avait été moche, au point que le système de chauffage des Marttinen avait dû être changé ; les parents ne supportaient plus d'entrer dans la pièce. Je n'ai jamais compris pourquoi il avait attendu le matin du dernier jour du collège. Pourquoi avoir patienté jusqu'au moment où enfin il allait être libéré de ses souffrances ?

Peut-être était-ce sa façon de se venger. Ce matin-là, la bande de Nikkanen se taisait, Plösö et la prof de suédois, Soile, pleuraient. Ou bien, à la fin de sa scolarité, avait-il eu le sentiment d'avoir mérité le droit d'abandonner ? Sans doute le collège avait-il été son Iditarod, le diplôme qui prouvait qu'il avait traversé vaillamment toutes les difficultés.

Je me force à me lever. Mes jambes sont engourdies à cause du froid. Mes orteils sont douloureux. Je sors avec peine et marche vers la remise. Le monde est baigné de blanc, le ciel crache de la neige. Elle s'accumule sur le toit, sur les branches et sur mes cheveux. Je regarde vers le haut et j'ouvre la bouche. Des flocons fondent sur mes lèvres, et des souvenirs lointains me reviennent en mémoire. J'ai déjà étendu les bras et ouvert la bouche pour accueillir la première neige.

J'arrête mon jeu et fixe la blancheur. Je constate que la tapette s'est à nouveau déclenchée.

Non.

Je me fraie un chemin jusqu'au sapin. Le piège a fonctionné exactement comme il fallait. Il a attendu sa proie patiemment et, quand elle est arrivée, il a frappé fort.

Viti y est suspendue par le cou.

Elle est si belle à présent que son pelage est complètement blanc. Il serait impossible de la distinguer si son corps ne se balançait pas dans le vent contre le tronc noir du sapin.

Je la détache prudemment. Elle est encore chaude. Sa langue est sortie entre ses crocs, ce n'est pas joli. Je la rentre avec une brindille.

Voilà.

Un œil est clos, l'autre ouvert. Je ferme les deux, mais Viti a l'air si absente que je décide finalement d'écarter ses paupières. Ses yeux noirs semblent vivants et limpides. C'est ainsi que je veux me souvenir d'elle. Délicatement, je pose mon amie minuscule sur ma paume et la porte dans la cabane.

AILA
1949

KAISA m'aide à enfiler ma robe dans la chambre. Nous ne nous disons rien, je l'ai prévenue que je ne supporterais pas ses histoires à cause des nausées. Je suis nerveuse comme jamais. Kaisa a un peu tiré la tronche, mais, à présent, je la vois sourire dans la glace avec des épingles de nourrice entre les lèvres.

Mauno a acheté le tissu pour la robe à Tornio en même temps qu'il est passé récupérer nos alliances. Il est blanc, avec des fleurs rouges et des feuilles vertes. Je lui ai dit que les motifs étaient était trop estivaux, mais il trouvait que ce n'était pas grave, ce serait bientôt l'été à nouveau.

Maman a cousu la robe. Je lui avais demandé de faire un sac à patates, mais d'après elle, il vaut mieux assumer fièrement son état plutôt que le cacher.

— Tu oublies les mauvaises langues. C'est un fruit d'amour qui grandit dans ton ventre. Parfois les choses n'arrivent pas dans l'ordre habituel, c'est tout. Celui qui ose te le reprocher est lui-même véreux.

La robe tombe parfaitement, et ma bedaine ne laisse aucune place au doute. Aujourd'hui, les chuchotements s'arrêteront pour céder la place aux ragots. Ah, je les connais !

"Il a fallu qu'elle se marie en vitesse parce que le fiston de Pieti l'a engrossée." "Chez les Lompolo, on a péché cet hiver."

Kaisa revient dans la chambre pour annoncer que le pasteur est arrivé et que Mauno est beau comme Tauno Palo*. Je jette un dernier coup d'œil dans le miroir.

— Tu es magnifique, dit Kaisa.

Et aujourd'hui, je suis d'accord avec elle.

En entrant dans la pièce principale, je suis accueillie par un air humide et chaud. La maison est remplie d'invités. Quand Mauno m'aperçoit, un sourire furtif se dessine sur son visage. Il ne me rejoint pas encore. Oh, il est si beau ! Mais le pasteur est un minable. Ça se voit tout de suite.

Il vient me saluer, commence à parler à mon ventre et à mes seins gonflés. Il lève son bec de corbeau et essaie d'alléger l'ambiance avec des phrases qu'il a préparées spécialement pour ce genre de situations. Tout en lui respire la condescendance. Le pauvre homme s'est retrouvé dans un village reculé où il est confronté aux faiblesses de la chair. Lui qui est parfait en tout point, bien sûr. Dans sa soutane trop petite, débordant de gras, il ressemble à une patate pourrie !

Ma tante qui vit à Tornio discute avec maman. Des femmes du village se joignent à leur conversation. Kaisa complimente ma robe, me trouve jolie, et maman est tellement contente qu'elle lui caresse l'épaule. Elle est magnifique, elle aussi, dans sa tenue bleue. Elle s'habille en bleu

* Un grand acteur du cinéma finlandais.

chaque fois que c'est possible. Quand elle est venue ici de Tornio avec papa, le vieux lui avait demandé si c'était à cause de ses vêtements bleus qu'on l'appelait Sinikka*.

Le pasteur annonce que la cérémonie peut commencer. Papa me repère parmi la foule et me rejoint.

— Mais qu'est-ce que tu es belle ! s'exclame-t-il en me tendant son coude. On va attendre sous la véranda qu'il nous convoque.

Papa est habillé d'un joli gilet gris avec une poche d'où pend la chaîne de sa montre. Il se tient bien plus droit que depuis des années. Il a changé, il plaisante à nouveau, passe ses soirées à raconter des histoires drôles à Lauri et à Eenokki. Quand je vois ses yeux plissés de rire, je me dis que ce sera le plus beau jour de ma vie, malgré l'absence de Väinö.

Papa me conduit à travers la foule. Au bout du couloir formé par les invités attendent le pasteur et Mauno. Je fixe le sol, puis me souviens des mots de maman et lève le regard. J'aperçois des sourires, la mère de Kaisa, en larmes, Lauri, les yeux pétillants, et Eenokki, tout sérieux, intimidé par l'événement.

— Nous chantons, annonce le pasteur.

Les pages des livres de cantiques crépitent.

Seigneur, Toi qui apportes le bonheur,
Dont les présents sont les meilleurs,
Seigneur, bénisseur,
Tourne Ton regard vers ces deux

* Prénom dérivé de *sininen* "bleu" en finnois.

Que ta sainte parole à ce jour
*A réuni pour toujours**.

Le pasteur fait son sermon. J'entends ses mots sans les comprendre. Je me concentre sur Mauno, m'incline quand il le faut, prononce les phrases attendues. Et enfin, reniflant d'émotion, Mauno me glisse la bague au doigt.

Le pasteur pose son regard sur moi et dit :

— Devant les yeux du Tout-Puissant, l'assemblée présente pourra témoigner que la nouvelle vie qui grandit dans la mère aura la chance de venir au monde au sein d'une union bénie.

Mes joues brûlent. Il n'a pas honte ce benêt. Qu'il s'étouffe avec sa brioche, il ne sait pas de quoi il parle.

Les tasses du dimanche cliquettent – les nôtres et celles empruntées aux voisins. Le bruit des conversations remplit la pièce principale, une partie des hommes sort dans la cour. Assis à l'extrémité de la table, Mauno et moi buvons du café qu'il a réussi à troquer en Suède durant l'automne. Placé en face du père de Mauno, papa est en pleine discussion. Maman n'arrive pas à se poser, mais court avec des plateaux et des cafetières, même s'il a été convenu que c'est Ritva, la sœur de Mauno, qui s'occupe du service.

— Le chef forestier est revenu à la raison, dit le père de Mauno à papa. Il semblerait que les gars de la Tengeliö aient réussi à le convaincre !

— En général, ils finissent par obéir aux roses, répond papa en aspirant bruyamment une gorgée dans sa tasse.

* Livre de cantiques de l'Église luthérienne, 240.

Mais Kekkonen y est aussi pour beaucoup. Ce Järvi n'est qu'un valet de plus grands hommes.

— Et nous, on est des valets des valets, au plus bas de la hiérarchie.

— Les plus gros lavarets nagent près du fond.

— C'est vrai ça, acquiesce le père de Mauno.

Mauno prend ma main sous la table et me susurre à l'oreille "mon amour". Je chatouille sa paume avec mes doigts, parce que c'est notre truc à nous. Mon mari est un homme bien.

Le soir, il ne reste plus rien de la fête, à part les effluves des gens. Maman aère puis allume un feu dans le poêle pour changer l'air. Papa se balance doucement dans la chaise à bascule. Ses paupières se ferment. La journée merveilleuse a dessiné sur son visage un sourire béat. Lauri et Eenokki grignotent des morceaux de galette à la table, les coins des lèvres recouverts de beurre. Leurs yeux sont fatigués, ils ont autant donné que les autres.

Je suis assise sur la banquette à côté de Mauno, son bras repose autour de mes épaules. Je me sens tellement bien. Le bébé s'est réveillé. Il m'assène des coups de pied, cela m'amuse. Je mets la main de Mauno sur mon ventre.

— Touche. Le bébé fait la fête, lui aussi.

— Bon, dit papa en se levant. C'est le moment de leur offrir notre cadeau, non ? Qu'en penses-tu, maman ?

Il se dirige vers la chambre. Maman s'essuie les mains avec un torchon, quitte le coin cuisine pour nous rejoindre, l'air content. Papa revient de la chambre avec une carte.

— Nos jeunes mariés, venez voir ça, appelle-t-il en étalant la carte sur la table. Mauno m'a appris que la ferme des Pieti reviendra à Jaakko, ce qui est normal, c'est le fils aîné. Et il n'y a pas vraiment de quoi partager. Mais il vous faudra bien un toit à vous aussi, surtout qu'il y a le petit qui arrive… Nous, on s'est dit avec maman que peut-être là, à côté de la route, ce serait pas mal…

Il tapote avec le doigt sur l'endroit derrière notre maison.

— … pas mal comme terrain. C'est pratique pour faire une allée et, à l'autre bout, il y a des pins pour la construction. Et ces champs vous donneront suffisamment d'orge et de patates, poursuit-il, avant de lever la tête. Alors qu'en dites-vous ?

Le regard de Mauno passe de papa et maman à moi. Il se met à pleurer. Il pensait que nous serions obligés de partir d'ici et de nous installer à Kemi pour le travail.

— Monsieur et madame Pieti vous remercient, dis-je à papa.

Papa serre la main de Mauno et me caresse la joue. Maman nous enlace.

— Papa, je voudrais te demander quelque chose.

— Alors, qu'est-ce que c'est ?

— Peux-tu venir avec nous rendre visite au sapin d'Arviitti ? Pour nous présenter, maintenant que nous ne faisons plus qu'un.

SAMUEL
VINGTIÈME JOUR

L'APRÈS-MIDI, je me suis réveillé en pleurant. Je ne sais pas pourquoi je pleurniche. Dehors, il fait déjà sombre. Quand je me lève, j'ai la tête qui tourne, je perds l'équilibre et suis à deux doigts de me cogner contre le poêle. J'ai chauffé pendant la nuit, mais là, il fait à nouveau froid. J'enfile mes bottes, l'eau sur le poêle est encore un peu tiède. J'en verse dans ma tasse où traîne le dernier sachet de thé.

Hier, j'ai trouvé dans la remise un gant de travail vieux et abîmé. Je l'ai découpé en lambeaux et j'en ai fait un matelas rond sur lequel j'ai posé Viti, en boule. Elle est très jolie comme ça, avec ses yeux grands ouverts. Elle me fait penser à un chien au repos qui suit les occupations de son maître d'un regard attentif.

Le soir, j'ai ressorti les lettres de la planque, parce que je me sentais triste. J'en ai lu quelques-unes à la belette à haute voix et cela m'a réconforté. Elles ne me divertiront plus bien longtemps, car il ne m'en reste plus qu'une à parcourir. Je l'ai gardée pour le petit déjeuner. Un peu de nourriture spirituelle, à défaut d'autre chose.

— Viti, je crois que c'est le moment de lire la dernière lettre, dis-je en attrapant la missive écrite par Aarno.

Elle date d'avril 1950, elle a donc été rédigée un an plus tard que la précédente.

Chère Aila,

Je te remercie vivement pour les nouvelles et la photographie. Je trouve que le petit me ressemble un peu. J'avais pensé qu'il aurait pu s'appeler Yrjö Gustav, mais il est normal que tu aies voulu choisir toi-même. Et Outa est un joli prénom, il sent la forêt. Le plus important c'est que vous vous portiez bien tous les deux.

Je te félicite aussi très en retard pour ton mariage. Je comprends parfaitement ta situation. Tu n'aurais pas pu l'élever seule. Et sache que je tiens ma parole. Pour preuve, je joins à ma lettre le projet de loi de M. Kekkonen, le Premier ministre, adressé au ministère, pour la mise en place d'une zone d'expérimentation forestière sur vos terres. Il sera présenté devant le Parlement qui le ratifiera dès cet automne. Cela veut dire que vos forêts ne seront pas exploitées.

Comprends également que je n'ai pas d'exigences par rapport au garçon. Je me contenterai de le savoir en sécurité, avec toi. Et ne te fais pas de souci pour les dépenses, je t'enverrai de l'argent dans notre cachette, tu n'as qu'à me solliciter. J'espère que le petit héritera de mon amour pour les forêts et qu'il appréciera tout ce que la nature nous apporte. Et j'espère aussi que, de temps en temps, tu me donneras de ses nouvelles.

À partir de maintenant, comme tu me l'as demandé, je te laisserai tranquille, même si c'est difficile pour moi. Les moments passés avec toi furent exceptionnels, j'ai l'impression que tout ce que la vie avait à m'offrir de beau était concentré dans ces brefs rendez-vous.

Je te souhaite tout le meilleur, ma bichette.

Ton vieil homme
A.I.

— Viti, t'as entendu ? T'as pigé quelque chose ? Moi non plus. Je n'ai qu'à la relire.

Je me replonge dans la lettre, m'efforce de comprendre, et quand enfin j'y arrive, il faut encore que je fasse confiance à mon interprétation et que j'ose me demander le sens de tout ça. Je prends une gorgée de thé en imaginant qu'il y a du sucre dedans, car le sucre revigore.

— Tu sais ce que ça signifie ? Eh bien, que tout est sens dessus dessous ! Rien n'est comme on le pense, et personne n'est ce qu'il prétend être.

Lorsque je redresse la pile de lettres, il s'en détache un bout de papier avec un coin déchiré, rempli de notes rédigées à la hâte. L'écriture n'est ni celle d'Aila ni celle d'Aarno.

Le 15 juin 1989
Cabanes incendiées, ouvriers forestiers disparus
Révolte du barrage, H. Koivistonpää – continuité historique
Kekkonen et Järvi → lien, la zone MEKO
Järvi et Aila → lien
Aila ?!!
Kekkonen était-il au courant ?
Un sujet de thèse !

Je lis le papier dans un sens puis dans l'autre, la tête penchée, la tête droite. Sa texture épaisse et ses lignes noires me semblent familières.

Je fais un tour puis reviens à table. Je saisis le livre d'or. C'est le même papier.

La dernière page a été arrachée grossièrement. Je pose la petite note dessus : elle rentre parfaitement.

Je regarde la date, le 15 juin 1989, puis feuillette le livre. Les années et les événements défilent, aussi futiles que la vie humaine.

En août 1994, on est allé cueillir des baies, en avril 1992, la pêche a été mauvaise, en décembre 1991, les branches des arbres ployaient sous la charge de neige. Puis je la trouve, une note datant du 15 juin 1989. C'est la même écriture.

Deux lavarets robustes. L'un sera fumé, l'autre mariné. Ah c'est bon !

— Salomo

Salomo, l'oncle disparu d'Aava !

J'examine à nouveau les lettres, la coupure de presse qui parle de Hans Koivistonpää, avec la rose dessinée dans un coin, les observations de Salomo.

Ma poitrine se serre. Il savait.

— Viti, Salomo savait ! C'est pour ça qu'ils l'ont éliminé.

Ämmi porte un secret, grand comme une forêt, que personne ne doit apprendre. Cela faisait partie de leur accord. Sa découverte aurait provoqué un scandale.

Elle m'avait prévenu, personne ne devrait aller seul dans la forêt. Sa maison était remplie de roses. Elle a envoyé les fleurs à Salomo puis à moi et a tout mis en place.

Mon amour vit avec une folle. Je dois l'avertir. Il faut que je sorte d'ici.

— Viti, on se casse !

Je pose mes pieds dans la neige, mais ils refusent d'avancer. Je me force, mais mes bottes tournent à vide. Ne m'obéissent pas.

Je persiste.

Je me fais violence, tombe et me relève avec peine, poursuis mon chemin à quatre pattes.

Je décide de me concentrer sur un pied à la fois. J'imagine que mes pas forment une file, à la fin de laquelle, quelque part, se trouve Aava. Je me dirige droit vers elle et lui révèle la vérité ! Enfin, je m'arrête peut-être vite fait dans un bar pour acheter un sandwich avec du beurre, du fromage et une grosse tranche de jambon.

Je m'efforce d'avancer, mon sac à dos oscille d'un côté à l'autre, ma chemise est trempée. La forêt me prend dans ses bras, les arbres se succèdent. Encore cinq pas et je ferai une petite pause. Aucun problème avec les deux premiers, le troisième est plus difficile et je tombe sur le visage. Je rampe sur une distance équivalente à deux pas, puis m'assieds pour souffler. La neige a mouillé mes mains et elles sont gelées.

Je jette un coup d'œil sur mes traces. J'arrive toujours à distinguer la cabane derrière les sapins.

Je me relève, donne des ordres à mes jambes.

— Allez. On n'a pas le choix ! crié-je, en vain. On bouge !

J'ai beau lutter, je suis épuisé. Je me rassieds dans la neige. Mes cannes sont des spaghettis. Comme j'aimerais manger les pâtes à la viande hachée de ma mère : une sauce marron foncé, épaisse, du poivre et du sel. Pas d'herbes, pas de coulis de tomate, seulement le haché bien gras et salé. Et derrière une soupe de fruits secs mélangés ou de pruneaux avec de la crème chantilly.

Les casse-croûtes de maman commencent à manquer à son petit. Et maman aussi, un peu. Je me demande comment ça se passe là-bas, s'ils ont appris que leur fils a disparu. Je me force à me lever et rebrousse chemin. Mes dents claquent, ma bouche fait des bruits incontrôlés. Je dois regagner la cabane.

VINGT-TROISIÈME JOUR

QUAND la tempête de neige s'en va et le ciel se dégage, le lac se met à parler. Cui-cui, pleure-t-il comme des canetons orphelins oubliés dans l'eau glacée. Puis il gronde tel un instrument à cordes céleste, aux sons graves et ronds, avant de pousser un cri aigu : attention, ça va craquer. Et brusquement, l'air est déchiré par un sifflement métallique, on dirait une fusée. C'est à ce point douloureux, la mort des vagues ?

Ces bruits me rappellent le lac de chez moi dont nous observions le refroidissement avec beau-papy, il y a des années. Il m'a expliqué :

— C'est la maîtresse du Nord qui se dirige vers le sud avec son traîneau fait de glace éternelle, ce sont ses patins qui grincent.

Et je l'ai cru. Je crois toujours tout.

Les étoiles s'allument dès l'après-midi, et d'abord on a l'impression qu'il n'y en a pas beaucoup, mais ensuite l'obscurité en dévoile d'autres ; et quand je plisse les yeux, je m'aperçois qu'elles sont innombrables. Le temps est froid, les aurores boréales se projettent sur la voûte céleste. Ces feux du ciel se reflètent sur le miroir du lac gelé. Les vagues ne se brisent plus contre les berges rocheuses, mais aux endroits où le courant est plus fort, on distingue de la vapeur. Les contrées sauvages se calment à l'approche de la nuit arctique. Moi aussi, j'ai sommeil. Sans doute qu'elles et moi nous ne faisons plus qu'un.

Assis sur le sac à croquettes plié en deux, le plaid sur les épaules, je contemple le paysage tout bleu. Le plancher de la cabane est couvert de givre, l'étang de morve sur la table, qui fait la largeur d'une latte, est gelé. Je commence à m'habituer au froid. C'est ce qui arrive aux gens qui passent leur temps à l'extérieur. Matti m'a raconté qu'après les mille miles de Finnmark il avait dû dormir sous la véranda, parce qu'il avait trop chaud à l'intérieur.

Dans ma bouteille d'huile, il reste encore deux-trois gorgées. Mais je n'y toucherai sans doute pas, parce que j'en ai marre de tousser et de vomir. Et en réalité, je n'ai plus très faim. La faim est une sensation humaine, terrestre, et à présent, je suis au-dessus de tout ça. Comme une forêt qui gèle, je préserve mes forces pour les jours meilleurs.

Viti repose sur le livre d'or. Son regard est terne. Il faudrait l'enterrer, mais je n'ai pas trouvé de pelle. Et je ne veux pas lui creuser une tombe dans la neige, car ce ne serait que temporaire. Ce serait injuste que les campagnols grignotent les orteils de mon amie ou que la pie lui picore les yeux.

Je la caresse. Son pelage est incroyable, c'est la première fois que je vois des poils aussi fins et doux. Je me dis que c'est la chose la plus belle et la plus lisse que j'aie jamais tenue dans mes paumes, puis je me souviens des seins d'Aava. Mes mains et mes lèvres ne s'en lassaient pas, et quand je posais ma joue dessus, j'entendais le grondement de son cœur.

Je prie pour que ce cœur sauvage batte encore.

Cette nuit, j'ai décidé qu'aujourd'hui, je chaufferai le poêle pour faire fondre de la neige. En principe, mon plan tient toujours. Seulement, je ne suis pas pressé : le temps passe plus vite quand on a un projet.

J'ai compté le nombre de pas nécessaires pour réaliser l'opération. Il en faut environ soixante-huit pour remplir de neige une casserole et chercher du bois dans la remise. Cela dit, le manteau neigeux est tellement épais que les pas risquent de se raccourcir. Mais dans tous les cas, soixante-quinze, c'est le maximum.

Je mesure le temps en observant l'espace, et si le ciel est nuageux, je l'arrête. J'utilise ma propre horloge qui n'appartient à personne d'autre. Je me suis promis d'allumer le feu lorsque la Grande Ourse apparaîtrait derrière le sapin. Cela ne devrait plus tarder. C'est le moment d'aller chercher le bois.

Un, deux, trois… sept, ma casserole est remplie de neige. Huit, neuf, dix, la porte est refermée, quatorze, la casserole est sur le feu. Les pivotements ne comptent pas pour des pas. Quinze, seize, dix-sept… Trente-huit, je suis hors d'haleine, la porte de la remise est ouverte, trente-neuf, je prends une poignée d'allume-feu et une petite brassée de bois. Quarante, je suis à bout, quarante et un, Nanok, quarante-deux, soixante-neuf, soixante-dix, je pose les bûches par terre, putain.

C'était Nanok !

J'ai aperçu une paire d'yeux dépareillés du côté du chemin, sous un jeune sapin ; sans les yeux, il aurait été impossible de le voir dans le paysage tout blanc. Que fait-il ici ?

Quand j'arrive près de l'arbre, le chien a disparu. Mais ses traces sont toujours là. Les empreintes familières. Je les salue comme un vieux copain. Une patte arrière entame chaque nouveau pas par le côté, dessinant dans la neige un demi-cercle. Nanok a fait le tour de la cabane en maintenant une certaine distance, pour ensuite rejoindre la berge et repartir vers le nord.

Je le vois monter sur la glace au niveau d'un passage étroit. Ce n'est pas une bonne idée. Le lac gèle lentement à cet endroit où le courant est particulièrement fort. Je voudrais l'avertir en criant, mais je parviens à me retenir ; je sais ce qui arriverait. Le chien se mettrait à galoper, la glace se briserait et il tomberait à l'eau. Et s'il réussissait à traverser le lac sans se noyer, une fois qu'il aurait disparu dans les broussailles de la rive d'en face, il ne donnerait plus signe de vie pendant longtemps.

Nanok franchit le passage et monte vers la forêt. Je tente de suivre ses traces, mais je n'en ai pas la force. Je m'appuie sur mes genoux, mon cœur bat trop vite, je manque d'oxygène. Quand on ne peut pas, on ne peut pas. Je me résigne à observer son cheminement à distance. Les sapins enneigés de la rive d'en face ressemblent aux membres du Ku Klux Klan avec leurs capuches blanches, les pins sur le sommet du Paha surgissent du rocher telles les amanites vireuses, sur le flanc au milieu des sapins un tremble géant étire ses bras épais. Pourvu que Nanok revienne !

Je m'affaisse dans la neige, qui embrasse mes formes comme un fauteuil sur mesure. Je contemple le Paha. Ce mont me paraît toujours fâché, une vraie harpie, autant par une belle nuit d'été que par un soir d'hiver féerique.

Je distingue du mouvement. Je pense d'abord que c'est de la neige qui tombe des arbres, mais en fait, c'est Nanok.

Le chien court sur le flanc du Paha, s'arrête pour regarder le lac, puis bouge à nouveau, comme s'il cherchait quelque chose. J'ai les larmes aux yeux. Le spectacle est magnifique, tout droit sorti de mes rêves d'enfance : un beau husky dans un paysage désert et immaculé. Ces rêves m'ont donné le courage de fournir des efforts, et ça y est, aujourd'hui, il est là, devant moi.

Il lève son museau au ciel et un cri mélancolique se met à résonner au-dessus de l'étendue gelée.

Le chien sauvage hurle.

Quand il a fini de dire ce qu'il avait sur le cœur, il se tourne vers le lac. J'ai l'impression qu'il me regarde.

— Moi aussi, je me sens triste, dis-je si doucement qu'il ne peut pas m'entendre.

Puis je place mes mains en haut-parleur et lui réponds dans un langage que nous comprenons tous les deux, celui des solitaires, utilisé par les égarés pour alerter leur meute.

Je hurle d'une voix grave, tendre, comme si je fredonnais. J'aboie deux fois puis me répands en lamentations. Je chante pour tout expulser, ma tristesse, mon chagrin, et une fois terminé, j'ai l'impression de m'être purgé. J'ignore si je fais partie de la meute de Nanok, mais je sais que nous sommes tous les deux des rejetés et des haïs. Je n'ai rien autant désiré que d'être avec ce chien. Je hoquette comme un enfant qui vient de pleurer. Nanok gémit deux fois avant de disparaître. La neige a mouillé mes vêtements.

Je frissonne en rentrant dans la cabane. J'essaie de faire un feu, mais l'allumette s'éteint, mes mains tremblent trop. Je sens encore le froid, et c'est une bonne chose, car seuls les morts sont insensibles à la douleur.

J'en craque une nouvelle, qui s'éteint à son tour. Comme ça, Nanok est venu me chercher, je le savais ! À ma troisième tentative, la flamme se maintient tant que je retiens mon souffle, jusqu'à ce que je l'étouffe en butant l'allumette contre le morceau d'écorce. J'en frotte encore une, je ris, je tremble, et enfin le feu embrase le bois, grandit, m'éclaire telle une idée brillante. Mais c'est évident ! Pourquoi je ne l'ai pas compris plus tôt ? Un plus un égale trois comme toujours.

Ma respiration fait de la vapeur, la température est nettement en dessous de zéro dans la cabane. Je devrais sans doute ôter mes vêtements. Il n'est pas conseillé de rester dans des habits mouillés, mais, tout nu, j'aurais encore plus froid. Bien que ce soit un choix entre la peste et le choléra, j'ai la chance de pouvoir choisir.

J'enlève le pantalon et la chemise, je les accroche au-dessus du poêle. Je remets les bottes et m'enveloppe dans le plaid pour me réchauffer. Il voulait que je l'accompagne dans la Grande Forêt, près des pins immenses et des sapins aux allures de troll ! Je croyais que la dernière frontière de ces terres serait plus loin à l'ouest et au nord, mais je me trompais. Et cette cabane, je pensais connaître sa position précise, eh bien, il va falloir que je révise ma géographie ! En fin de compte, ce n'est pas seulement une cabane dans la forêt, mais aussi une étape ultime : au bout du lac et du ruisseau commence l'éternité.

Nanok se cache au fin fond de la Grande Forêt comme je m'en doutais, c'est l'unique raison pour laquelle il est encore en vie. Il y est allé pour la première fois au printemps. Il a retraversé la frontière la nuit de la Saint-Jean, nageant dans la brume, puis y est retourné. Cette contrée où personne ne se rend jamais lui a fourni un abri. Et si ma situation devient trop difficile, je pourrai y trouver refuge moi aussi.

Il est venu me voir pour m'emmener en lieu sûr, mais cette fois je n'ai pas eu le courage de le suivre. J'espère qu'il reviendra, car j'ai beaucoup de questions à lui poser.

VINGT-QUATRIÈME JOUR

NANOK est assis sur la berge, très calme. On dirait qu'il m'attend. J'avance un peu, le salue et lui parle du temps, comme si cela faisait partie de nos routines journalières. J'ignore pourquoi, mais je ne suis pas surpris. Peut-être ai-je rêvé de lui pendant la nuit, ou alors, au fond de moi, je savais qu'il reviendrait.

Je remonte la fermeture éclair, je prends un peu de neige immaculée et me lave les mains. Le mouvement brusque est de trop pour Nanok, qui se met debout, le dos arrondi, et se précipite sous les arbres.

— Ne pars pas, Nanok, viens !

J'essaie de camoufler ma panique. Il me regarde, hésitant, fait deux pas puis recule. Il est agité et il doute.

— Tout va bien.

Je me demande quoi faire pour qu'il reste. Je m'assieds sur le seuil de la cabane et, faute de mieux, lui parle.

— Je suis désolé, mais j'ai mangé toute ta nourriture. Je n'ai rien à te donner. C'est pour les croquettes que tu es venu ? Tu as voulu voir si la gamelle était pleine comme cet été, c'est ça en fin de compte, non ? Et moi qui espérais que c'était pour me rendre visite, pour m'emmener à l'abri dans ta forêt. Quelle idée farfelue ! Je ne m'en sortirai pas là-bas, je mourrai de faim. Je n'ai pas de pelage, et je n'ai même pas mon anorak, tu te rends compte !

“Tu as un poil superbe, la nature a pris bien soin de toi. Tu te plais ici ? Ce n'est pas étonnant, le silence est agréable. Mais moi, la compagnie m'a manqué, la nourriture aussi et une veste en duvet. Parfois, je rêve de me mettre une chapka sur la tête.

Le chien semble se calmer. Il baisse ses oreilles, il bâille et s'assied pour se lécher les pattes.

— Tu as l'air d'avoir sommeil. C'est difficile de dormir dans la neige ? As-tu une niche quelque part, une grotte dans un rocher ? C'est là-bas que tu vis ? J'aimerais bien la visiter, il faudrait que tu m'y emmènes !

“Si tu veux, tu peux coucher dans la cabane. Je la chauffe presque tous les jours. Je manque de tout, sauf de bois. Viens, on va allumer le poêle ! *Kom* Nanok, *kom*.

Bien que ce ne soit pas un ordre, même pas un appel, je lui parle simplement, il hésite. Il se relève à nouveau et regarde derrière lui.

— Ne pars pas, on continue à discuter. Je ne t'ai pas encore tout dit, loin de là. Rassieds-toi et écoute, tu n'es pas pressé, il me semble. Je ne crois pas que ce soit trop te demander après tout ça, non ?

Le chien obéit comme s'il avait compris. Il y a quinze mètres entre nous et je lui raconte tout. Ma mère, mon père, beau-papy, mamie, mes longues journées grisâtres à l'école, Logo et, bien sûr, Baldy. Je m'exclame :

— Tu te rends compte, c'est ton ancêtre, c'est quand même une sacrée coïncidence !

Ou qui sait, peut-être que c'est le destin.

Je lui parle de mes rêves, de l'année merveilleuse que j'ai passée et de l'été si incroyable qu'il ne peut pas y en avoir plus d'un dans une vie. Je remercie le chien de m'avoir conduit dans ces contrées, tout en lui reprochant d'avoir un peu exagéré. Je lui fais part de mes craintes, des nuits affreuses que je ne souhaiterais pas à mon pire ennemi pendant lesquelles j'espérais que mamie reviendrait, me prendrait dans ses bras et me montrerait comment un ours marche sur la mousse. Je lui dis tout ce que je sais de la vie et mon Dieu, ça fait du bien !

— Samu a une logorrhée, c'est drôle, non ?

Nanok remue sa queue, se lève et se retourne.

— Reste ! crié-je, mais il ne m'obéit pas.

Je me redresse et je hurle :

— Nanok, *NEJ* !

Par miracle, il s'arrête et m'observe.

— Attends là, ne bouge pas, lui dis-je en rentrant dans la cabane.

Je n'ai pas de temps à perdre. Si on veut quelque chose, il faut agir vite.

Je prends la belette et je ressors. Le chien ne s'est pas enfui, je lui dis que c'est un bon garçon, puis je me fraie un chemin jusqu'à la remise et attrape la hache en m'excusant à la va-vite.

La hache tombe, Viti n'a plus de queue. Je frappe à nouveau, elle perd une patte arrière. Mes yeux se mouillent, mais je continue. La chair, le sang et les autres liquides corporels tachent son pelage. Je réunis les morceaux et me précipite dehors. Sur le retour vers la cabane, je ralentis pour respirer un coup. Mes larmes coulent à flots. Mais Nanok est toujours là.

Je regagne ma place sur le pas de la porte et commence à l'amadouer.

— Nanok, viens voir ce que j'ai pour toi, dis-je en lançant un morceau à mi-chemin entre lui et moi.

Nanok s'en est aperçu, il se tourne vers moi les oreilles dressées.

— Des délices, Nanok, viens chercher. Et regarde, il y en a d'autres !

Je me force à parler d'une voix légère et innocente, mais j'entends qu'elle tremble. Je m'essuie le nez dans ma manche, me sèche les yeux avec mes poignets. Il faut que je me ressaisisse.

— Allez, viens voir ces délices que j'ai trouvés pour toi.

Et Nanok obéit, il avance vers moi en tendant son museau, lentement mais sûrement. Il attrape le morceau, et après être retourné à sa place, l'avale en deux coups de mâchoire. Puis il lève la tête vers moi et remue sa queue.

— C'est que c'était bon ! Forcément, c'était Viti ! J'en ai d'autres, reviens, l'appelé-je en montrant ma main.

Son regard passe de mon visage à ma paume et il fait un pas. Il réfléchit à ses options. Je lui parle des plongeons arctiques, des cygnes, des truites de rivière, lui dis que c'est drôle de les observer par un temps calme quand elles montent près de la surface. Le chien se baisse et rampe vers moi, prêt à s'enfuir à tout moment. Si je bouge d'un pouce, il s'en ira pour toujours.

Plus qu'un mètre entre nous, j'ai le souffle coupé, mais je m'efforce de sourire. D'une voix douce et émue, je prononce des mots indistincts. Cela ressemble plus à un bourdonnement qu'à une berceuse.

Puis son museau touche ma paume. Je tressaille. C'est comme si deux pôles entraient en contact ; le courant passe de ma main à ma tête et continue le long de ma colonne vertébrale jusqu'à mes orteils. Nanok attrape la friandise et s'éloigne.

— Tu es un bon garçon, dis-je en chuchotant. Mon petit chien d'Inuit.

Je me lève discrètement et me dirige lentement vers la cabane. Laissant la porte ouverte, je m'assieds sur le banc. Je tends à nouveau ma main et l'appelle : *kom, kom*. Nanok hésite, s'approche de moi, recule, étire son cou et renifle.

— Il y en a d'autre ici, viens, Viti ne t'en voudra pas.

Nanok s'avance, mais s'arrête sur le seuil.

— Allez, la friandise t'attend.

Nanok disparaît et s'absente un moment si bien que je pense qu'il s'est enfui. Puis il réapparaît, cherche le morceau, et repart.

— Bon garçon ! C'est bien !

Nous poursuivons notre jeu, une heure passe, peut-être deux, je ne sais pas ; je n'ai pas le temps d'étudier le ciel. Je me réjouis qu'à chaque fois, Nanok hésite de moins en moins. Il finit par manger son butin à deux mètres de la porte.

Je regarde ma paume salie par le sang et les poils, dans laquelle il y a encore un morceau. C'est le museau et la moitié du crâne de la belette. Je distingue quelque chose de blanc dedans et je crains que ce soit sa cervelle. Ça me donne des nausées.

Je prends une profonde inspiration. Il me reste une dernière chance. Je suis un joueur solitaire devant un public muet d'excitation lors de la finale de la coupe du monde, les équipes sont à égalité, les prolongations sont terminées, et c'est à moi de tirer le penalty décisif. Personne ne bouge ni ne chuchote.

Je me lève, mes jambes sont flageolantes. Je pousse le banc vers la porte tout en fixant Nanok qui remue la queue dans la cour. Je m'assieds et l'appelle une dernière fois :

— Viens, Nanok, fais ce que tu dois faire. Une friandise t'attend.

Nanok s'approche de la cabane d'un pas déterminé. Il me fait confiance à présent. Quand il est presque arrivé, je lance la tête de Viti sur la banquette. Son instinct de chasseur se réveille et il se précipite dessus. Vite, je me rue sur la porte, la ferme en claquant et coulisse la barre rouillée dans la gâche.

AILA
2009

Il y a du bruit sous la véranda. Je ferme le *Pohjolan Sanomat*, me lève de table et range le journal. Il n'y a jamais rien d'intéressant. Je m'étire le dos. C'est qui ?

Un homme robuste et brun apparaît dans l'embrasure de la porte. C'est Outa. Avec l'âge, il a commencé à ressembler à son père. Sa façon d'ôter son chapeau et de passer la main dans ses cheveux, de toiser même lorsqu'il est gai.

— Ah, c'est mon fils unique qui vient rendre visite à sa vieille mère.

— Tu as du café sur le feu ?

— Je ne me doutais pas que tu allais arriver. Même si ce matin, c'est vrai, j'avais la bouche qui grattait et je me demandais qui allait se pointer.

— C'est pas vraiment étonnant, c'est ton anniversaire !

— Ah bon ? dis-je en jetant un coup d'œil sur le calendrier. Tu as raison ! Et moi qui pensais que c'était la semaine prochaine. C'est ça quand on vieillit.

— Eh oui, la vieillesse arrive sans qu'on l'appelle, rit Outa.

Mais qu'est-ce qu'il est beau quand il sourit ! Il devrait faire ça plus souvent.

Je mets la cafetière sur le feu. J'ajoute du bois dans le foyer et retourne dans la pièce principale. Outa se tient debout au milieu, deux sacs en plastique dans les mains. Je sais ce qu'ils contiennent. Du chocolat et un pot de fleurs. C'est ce qu'il m'offre tous les ans. C'est sa façon d'exprimer son affection, un petit geste, à l'occasion de ma fête. Il n'a jamais appris à dire “je t'aime” et pourtant, Mauno, mon défunt mari, et moi n'avons pas manqué de lui montrer l'exemple. C'est un taciturne, comme son père, et si sensible qu'il doit faire le dur pour ne pas se briser.

— Bon ben, joyeux anniversaire, maman, dit-il en me tendant un sac.

Je le remercie et le serre contre moi, même s'il n'apprécie pas ça. Il est peu sauvage aussi, alors que, gamin, pendant ses premières années, il était tout le temps dans les bras de quelqu'un. Des journées entières sur les genoux de Mauno, pendant qu'il travaillait dans les champs, si bien que ce dernier avait les jambes engourdies. Maintenant, il s'enfuit dès que quelqu'un le touche.

Outa s'assied sur la banquette, puis pose l'autre sac par terre et s'allonge. Il croise ses cannes et agite celle de dessus. Il fait ça depuis qu'il est petit.

— Qu'est-ce qu'il y a dans ce sac ? dis-je.

— Quoi ? Ah dans celui-là…, bredouille-t-il en se relevant. C'est pour le sapin d'Arviitti.

— Très bien. Il faut bien penser à lui aussi.

Outa remarque une grosse valise à côté de la porte et sa curiosité s'éveille.

— Tu pars en voyage ?

— Non, c'est Aava. Bientôt, elle aura fait entrer dans sa voiture tout ce qu'elle avait sous les combles.

— Où va-t-elle ?

— Elle n'a rien expliqué. Elle n'arrête pas de faire des allers-retours, on dirait qu'il y a le feu. C'est ce garçon qui lui manque, fais-je. Comme il ne donne plus de nouvelles depuis longtemps. Ils l'ont même appelée de la ferme pour savoir si elle l'avait vu. D'après Aava, le téléphone du gamin ne répond pas.

Outa se tait. Il appuie ses coudes contre ses genoux, son regard courant sur les lames du plancher comme s'il devait en estimer la largeur. Il fuit quelque chose.

— C'est la forêt qui l'a pris ? demandé-je.

— Quoi ? s'exclame-t-il. Pas du tout.

Il s'étire le dos, pose son bonnet sur ses cuisses et touche sa barbe.

— C'est vraiment un buté, il n'écoute rien.

— Qu'est-ce qu'il n'écoute pas ?

Outa reste muet. Il regarde les murs, compte ses doigts. Il a beau essayer, je vois qu'il ne dit pas tout. C'est un aussi mauvais menteur que son père.

— Bon, le café est prêt, lui dis-je.

Outa entre dans la cuisine, le plancher grince sous son poids. Il attrape la tasse verte, qu'il utilise toujours, et se sert du café. Puis il s'installe au bout de la table et prend une brioche sous la cloche.

— Les rennes ne sont pas encore montés sur leurs pâturages d'hiver, annonce-t-il en se croisant les jambes.

Il se gratte le visage, se frotte l'œil, essuie les pellicules sur ses manches ; il s'agite sur sa chaise comme s'il avait mal aux fesses.

— Je suis passé à la cabane de Kero il y a quelques jours. Je devais y retourner, mais l'hiver est arrivé brusquement… cette neige, ça ne donne pas envie d'y aller, explique-t-il en soufflant sur son café brûlant. J'aurais dû y apporter des réserves. Les placards étaient vides.

— Ressers-toi, lui dis-je en montrant du doigt le plateau de brioches.

Outa hoche la tête. Il fait tout son possible pour éviter que nos regards se croisent.

La portière claque. Aava traverse la cour à grands pas, entre avec fracas. Quand elle aperçoit Outa, elle le fixe si méchamment que mes pieds deviennent froids. Il y a un tel courant d'air que même le café d'Outa cesse de fumer. La sauvageonne a dû laisser la porte ouverte !

Outa finit sa tasse, grimace et soupire. Puis il se lève, passe à côté d'Aava sans dire un mot, saisit son bonnet sur la banquette et s'en va. Les yeux d'Aava lancent des éclairs, elle se retourne et monte dans sa chambre. Ses pas font résonner toute la maison.

Je vois le sac en plastique par terre. Outa est parti si précipitamment qu'il a oublié les cadeaux d'Arviitti ici. Je regarde dedans. Il y a un vêtement. Je le sors et l'étale devant moi.

Un anorak rouge.

SAMUEL
VINGT-QUATRIÈME JOUR

Ça fait cinq yeux, voilà pourquoi c'est désagréable et injuste. Cinq yeux, ça signifie qu'il en manque un ou qu'il y en a un de trop, c'est déséquilibré. Cinq yeux, deux à moi, deux à Nanok et la moitié du regard de Viti, celle dont le chien trahi ne voulait pas. Cinq yeux, trois façons d'observer : une paire excitée, une deuxième terrifiée, et un œil solitaire plongé dans l'infini. Une situation répugnante.

— Ce qui devait arriver arriva, dis-je à Nanok, même si je vois qu'il l'a déjà saisi.

Agité, il tourne sur la banquette avant de se figer sur place.

— Voilà comment on est, nous les prédateurs, jamais complètement honnêtes. Pardon, je poursuis, sûr que cette fois il ne comprendra pas. Ça va être moche.

Mon regard balaie les coins, mais la hache est dans la remise et elle ne se déplacera pas toute seule. À côté du poêle, contre le mur, se trouve une pelle à charbon en fer. Je l'attrape calmement et la pèse dans ma main. Elle paraît suffisamment lourde.

— Elle fera le job, je vais juste l'arranger un peu.

Je pose mon pied dessus et je la tords. Le manche se tord et la pelle ressemble vite à une hache à double tranchant. J'étudie l'outil tout en observant Nanok qui s'est assis dans un coin de la banquette, comme s'il cherchait à se cacher. Si je continue à le regarder, l'image que je m'étais faite de lui s'effondrera complètement. Il ne reste rien de l'agressivité que je lui avais imputée après le cygne tué ou quand il fuyait devant les skieurs. Je dois arrêter de le fixer. Si on veut agir, il ne faut pas hésiter.

— Nanok, tu sais, j'ai encore un morceau, viens le prendre, dis-je en tendant un poing fermé.

Avec l'autre main, je déplace prudemment la pelle à charbon contre mon épaule. Mais le chien ne bronche pas. Et je ne fais rien non plus, de peur de déclencher une guerre ; affolé, Nanok pourrait me mordre, et il est hors de question que je me blesse.

— J'ai admiré ton beau pelage en me disant qu'il devait être bien chaud. Tu comprends, je suis transi de froid, et j'ai faim. Je n'ai pas le choix. Tant que tu continues à courir, je suis en danger. Tu dois arrêter de galoper, ce n'est plus possible, vraiment plus. La forêt finira par t'emporter, elle est comme ça.

“Allez, viens ! On met fin à ce jeu. Ça commence à durer.

Le chien reste dans son coin, les oreilles couchées, sans bouger d'un pouce. Je me lève lentement pour voir comment il réagit. Nanok se fait tout petit, et je le comprends. J'ai passé du temps sur cette banquette à attendre qu'on vienne me chercher, je sais ce que c'est. Mais pourquoi, à la fin, faut-il avoir si horriblement peur ?

Je fais un pas, m'assieds, entre nous il n'y a plus qu'un bon mètre. Nerveux, Nanok essaie de se creuser un trou derrière l'oreiller avec ses pattes avant.

— Doucement, tout va bien.

Je décide de l'épuiser. À voix haute, je compte d'abord jusqu'à cent, puis jusqu'à mille, je fredonne les nombres, le regard tourné vers dehors. D'un coin de l'œil, je vois que le chien se calme. Je chante, je l'encourage. Tout va bien, nous sommes déjà presque à deux milles, mais nous avons tout notre temps. Je reste assis là jusqu'à la pénombre, afin que Nanok se détende et se couche.

Ensuite seulement, je poursuis ma mission.

— On en finit tant qu'il fait encore jour, non ? Ça ne sert à rien d'attendre demain.

Je tends ma main.

— Viens ici, *kom*, Nanok, *kom*.

Le chien gémit et se lève.

Il s'étire sans se presser. Il a dû s'assoupir, pour une fois qu'il pouvait dormir au sec.

— J'ai des friandises pour toi, dis-je en bougeant mon poing fermé.

Avec l'autre main, je tiens la pelle à charbon que je repose sur mon épaule.

Nanok se secoue l'arrière-train, sa queue frappe le mur, puis il s'approche de moi l'air détendu.

J'ouvre le poing.

— Regarde, lui dis-je en levant la pelle. Prends-le, bon garçon.

Nanok avance son museau vers ma paume. Sa langue bleuâtre sort et il la lèche.

Il nettoie le sang, les saletés, et ce contact m'attendrit. Je rêve de ce moment depuis si longtemps.

Le husky blanc caresse ma main avec sa langue rêche, et plus il le fait, plus ça lui plaît. Il remue sa queue très vite comme s'il m'invitait à jouer.

— Enfoiré, bredouillé-je en reposant mon arme.

Délicatement, je glisse mes doigts sur le front de Nanok et le gratouille.

— Ça fait une éternité que je suis ici.

Je m'accroupis, et le chien lèche mon oreille. Je l'enlace, enfonce mon visage dans son pelage. Enfin, je laisse le chagrin m'envahir.

VINGT-CINQUIÈME JOUR

Je me réveille sur la banquette, Nanok est couché à mes pieds, la tête relevée, serein. Je suis heureux, et ce constat me rend encore plus gai. Je m'assieds et caresse Nanok. Putain, la vie est belle !

— Maintenant, on allume le feu, on chauffe la baraque ! On fait fondre un peu de neige et on porte un toast. Voici un plaid, repose-toi, tout va bien. C'était une folie, je n'en reviens pas. Tu as failli finir comme un chien inuit, j'étais parti pour me fabriquer une paire de moufles et me préparer une soupe ! J'ai été à deux doigts de t'écorcher, c'est absurde, non ? Mais j'avais tellement faim, je pense que tu comprends. À présent, ça va beaucoup mieux. Je tiens le coup si je n'y pense pas.

“Voilà, j'allume le feu, je vais chercher de la neige. Attends-moi là, pas de panique, je passe juste remplir cette casserole.

“Tu vois, ça n'a pas été long, reste où tu es, et pendant que la neige fond, je te montre un truc bizarre. Regarde ça. J'ai découvert ces lettres ici, elles sont comme un hurlement humain, des histoires qu'on raconte, tu comprends ?

“Prenons cette lettre. C’est complètement dingue. *Je trouve qu’il me ressemble un peu.* Tu piges ça ? Ça veut dire que tout est à l’envers et que plus rien n’est comme avant.

“On devrait chercher Aava. Il faut la prévenir.

“On va fabriquer une luge. Tu me tireras parce que toi tu es encore en pleine forme. Tu n’as presque pas maigri. Où est-ce que tu trouves à manger ? J’ai essayé de pêcher, mais ça n’a rien donné, pas le moindre fretin. Enfin, j’ai réussi à attraper une mésange. La chair était bonne, mais il y en avait peu. J’en aurais besoin de dizaines pour assouvir ma faim. Une seconde, sa carcasse doit être sous la banquette. Elle est là, et elle ne sent pas encore trop mauvais. Tu veux la croquer ? Vas-y, une petite friandise. Que c’est sympa d’avoir un copain comme toi ! Je crois que tu as mangé la tête de Viti cette nuit.

“Il faudrait trouver un plateau, en plastique ou en contreplaqué, une matière qui glisse, pour le fond. Pour les planches et les clous, il y en a assez, et au pire, on arrachera les montants de la porte et des fenêtres ! Attends, et si je me faisais plutôt une paire de skis ? C’est une meilleure idée ! Il suffirait de dénicher deux planches bien lisses et de les tailler, d’en incurver les bouts au-dessus du poêle. Je les gratterais bien pour enlever les échardes, et il n’y aurait plus qu’à étaler sur le fond un peu de bougie en guise de fart. Tu ouvrirais le chemin et me tirerais d’ici ! Grâce à toi, je serais capable de parcourir toute la distance !

“Regarde, l’eau est déjà prête, on boit un peu ? Ça te fera du bien à toi aussi après toutes les friandises. Je me remplis une tasse, tu peux te servir directement dedans. C’est tiède, c’est parfait, ton corps l’absorbera plus facilement. Mais il faut prendre du sel avec, sinon la tête se met à tourner.

La neige donne une eau douce, sans oligo-éléments, ça se sent dans la bouche. Tu veux du sel ? Non, je ne crois pas. Les chiens n'aiment pas trop ça.

"On fabriquera une paire de skis, voilà ce qu'on va faire. Ensuite on se dirigera vers l'ouest et on traversera la grande forêt. Là-bas, il n'y a pas de danger. Comme tu connais déjà ces terres, je te laisserai me guider.

Dans la pénombre, je tourne autour de la cabane dans la neige profonde. Je jette un regard en dessous du bâtiment et fouille dans le grenier de la remise, cherchant de quoi faire des skis. Puis, tout excité, je balance sur la table un tas de bouts de corde dénichés et commence à concevoir un harnais. Je bricolerai un collier à partir du saule.

Derrière la fenêtre, la forêt tangue sous la tempête. La neige atteint presque la hauteur de l'entrejambe.

La cabane chauffe, c'est l'après-midi et la nuit tombe, si bien que j'ouvre la trappe du poêle pour avoir un peu de lumière. C'est drôle, la chaleur me chatouille les cuisses ; mais qu'est-ce qu'on est bien ! Puis je jette un coup d'œil par la fenêtre et je vois le reflet d'un inconnu.

La faim et le froid lui ont tout pris, son visage est rongé comme celui d'un cancéreux. Il a les yeux enfoncés, les joues creuses, le regard terni semblable à celui de la défunte Viti.

La fatigue m'envahit à nouveau, mon esprit s'assombrit.

Je balance les cordes dans les flammes. Partir, mais c'est ridicule ! Où ? Avec quels muscles ? C'était un coup de folie, n'importe quoi. Sans doute est-ce le plaisir de posséder enfin ce chien qui m'a fait perdre la raison. J'ai tellement désiré ce moment. Mais Nanok a mis trop de temps.

— Tu aurais dû arriver plus tôt, tu m'entends ? Lève-toi, tête de mule, allez ! crié-je en agitant mes bras.

J'agrippe Nanok par la nuque et le traîne dehors. Il gémit et proteste, mais je réussis à le sortir.

— Pars ! Va en enfer ! fulminé-je, mais il ne m'obéit pas.

Il tourne autour de moi en me lançant des regards méfiants, l'air de se demander par quel côté me contourner pour retourner au plus vite dans la chaleur du poêle.

— Pas question ! Va-t'en !

J'attrape le balai, frappe. Touché au flanc, il pousse un geignement.

— Cours et sauve ta peau !

Je sens que mes forces m'abandonnent. Je m'affaisse sur le chemin. Je vomirais s'il restait quelque chose dans mon ventre. Le chien s'approche de la berge, retrouve son vieux sentier et disparaît dans le paysage immaculé. La tempête semble en train de se calmer.

AILA
2009

Aava descend un sac de vêtements de l'étage. Elle a encore pleuré, ses yeux la trahissent. Ma pauvre petite ! Elle enfile les chaussures, soulève ses valises et sort. Par la fenêtre, je la vois les mettre dans le coffre de sa voiture.

Son regard passe de la cour à la maison, puis elle se dirige vers la rive dans la neige qui atteint la hauteur de ses cuisses. Aava n'a pas de bottes et elle aura les pieds mouillés, mais je ne dirai rien : elle va rendre visite au sapin d'Arviitti, et c'est une bonne excuse pour manquer de jugeote.

Je sors le sac d'Outa du tiroir de la commode et prends l'anorak rouge. Je caresse son tissu usé et le replie ensuite avec soin sur la banquette. Je glisse la capuche et les manches à l'intérieur, lisse la matière fine avec ma paume, puis remets la veste dans le sac.

— Je peux te rejoindre ? dis-je à Aava, qui a déneigé une racine épaisse pour s'asseoir dessus. Même si ça ne se fait pas trop de déranger quelqu'un qui vient se recueillir ici.

Je cherche dans mon cabas un plaid et l'étale à côté d'elle.

— Pose-toi là-dessus, tu vas geler!

Aava s'essuie le nez dans sa manche et tire le plaid sous ses fesses.

Je m'installe près d'elle. Pendant un long moment, nous ne nous disons rien, parce qu'elle est fâchée et, moi, je ne sais pas par où commencer. Je finis par lui demander si elle a essayé de donner un coup de fil au garçon.

— Son téléphone est éteint, dit-elle en me regardant dans les yeux. Ämmi, ils l'ont tué!

— Je crois pas.

— Mais il a reçu trois roses. Au trépas!

— Ça ne veut pas toujours dire ça. Je pense qu'il s'est seulement égaré.

— Comment ça?

— Je le sens

Aava sourit, souffle dans ses doigts.

— Ce serait bien de le chercher activement, continué-je.

— Ils le font.

— Il faut étendre les battues, c'est une grande forêt.

En silence, nous contemplons la rivière qui s'élargit en lac, comme elle a l'habitude de le faire. L'hiver s'est emparé du paysage, et de nous. Des passereaux retardataires ont envahi les bouleaux de la berge. Dans les rapides s'entrechoquent des blocs de glace, et en moi, les mots enfouis depuis trop longtemps. Il faut que je les laisse sortir.

— Quand j'étais jeune, j'ai eu une relation similaire à celle que tu as avec ce garçon, dis-je sans qu'Aava cesse de fixer l'eau. Je veux dire, une relation difficile, qui n'a pas duré. C'est pour te dire que je sais ce que c'est.

— Oaouh.

— On s'écrivait. Il y a pas mal de choses dans nos lettres. Ce serait bien que tu les lises.

— C'est pas le moment.

— Elles sont dans la cabane de Kero, dans la cachette sous la banquette. Les miennes également, il me les a redonnées.

— Tu parles de la planque ? Il n'y a que de la mauvaise gnôle. Et encore !

— Elles sont attachées par un clou. Passe les chercher avant de partir.

— Non ! On verra ça plus tard, répond Aava.

Elle contemple la brume légère qui flotte au-dessus des rapides. Seul le milieu du lac est encore dégelé. L'eau noire de la Tengeliö traverse la glace formant un triangle, telle la vulve de la terre nourricière.

— Il s'appelait Aarno Ilmari Järvi, dis-je et enfin Aava réagit.

— Quoi ?

— Oui, le même. Il était beaucoup plus âgé que moi.

Aava lève les bras, cherche quoi dire, sans trouver autre chose que “ça alors !”.

— Tu devrais lire ces lettres.

— Arrête de ressasser. Pas maintenant. J'y passerai un autre jour.

Nous restons assises. Je me sens nauséeuse et j'ai des crampes dans le bas-ventre. C'est à cause de mes mots, ceux-là mêmes que j'avais enfouis au fond de ma mémoire, si bien que j'avais presque oublié leur existence, et à présent, le moment est venu de les expulser jusqu'aux dernières syllabes.

— Je lui ai fait un gamin, annoncé-je, et je sens Aava bouger. Un garçon.

Le mot me traverse comme la foudre. Aava se lève d'un bond.

— Mais qu'est-ce que tu racontes ?

Elle commence à gonfler. Comme un nuage orageux qui absorbe toute la lumière avant d'exploser. Sur ce point, elle me ressemble !

— Mais t'as qu'un fils ! hurle-t-elle.

— Mauno a appris à vivre avec ça. Il a considéré Outa comme son propre enfant. Pour ton père, ça a été plus compliqué. J'avais tout avoué à Mauno déjà bien avant sa naissance. À part eux deux, personne n'est au courant.

Je me tais en attendant l'orage.

Mais il n'y en aura pas.

— Alors papy Mauno…

— Mauno n'est pas ton vrai papy.

— Si, Mauno est mon papy, rétorque Aava, ses yeux lançant des éclairs. Mauno est le meilleur papy et la meilleure personne du monde. Mais le reste de la famille, putain, vous êtes tous des fous et des menteurs.

— Pourtant c'est la vérité.

— Je te crois pas ! Il ne manquait plus que ça !

— Ne t'énerve pas. Les Anciens t'entendent.

— Ne dis pas de conneries, la seule ancienne ici, c'est toi. Il n'y en a jamais eu d'autres. Et ce que tu racontes, c'est n'importe quoi, des histoires inventées par une vieille un peu bébête.

— Tu devrais avoir honte, dis-je, et Aava se tait.

J'essaie de me calmer. Je ferme les paupières et je respire.

— Tout est écrit noir sur blanc. Prends tes skis et va à la cabane, lis ces lettres, comme ça, on n'aura pas besoin de se disputer.

— Tu sais, Ämmi, je crois qu'il vaut mieux que je me tire d'ici.

Aava me regarde. Ses yeux sont des flammes. Elle se retourne pour partir.

— Tous des fous furieux ! lance-t-elle encore en se mettant à courir.

Il n'y a pas plus butée qu'elle !

Le vent qui souffle dans les cimes fait tomber de la neige du sapin d'Arviitti. Ainsi qu'une branche. Je la ramasse. Elle n'est pas grosse, mais ce n'est pas non plus une brindille.

— C'est un signe, non ? demandé-je à l'arbre, qui s'entête à garder le silence. Pardon pour Aava. Je sais bien qu'on ne devrait pas proférer des injures ici.

Je me lève. Aava avance vers la maison d'un pas enragé. Son pied dérape, elle perd l'équilibre et s'agrippe à un bouleau, qui la couvre de neige. En nettoyant l'intérieur de son col, elle maudit la forêt entière.

La pauvre jeune fille s'en va. À la fin, il ne nous restera personne, voilà ce que je pense. J'extirpe l'anorak du sac et le déplie. Aava est déjà dans la cour. C'est le moment ou jamais.

Je lève la veste au-dessus de ma tête de mes deux mains. La brise gonfle le tissu et le fait flotter, rouge et coupable, tel le drapeau soviétique. Puis je prends une profonde inspiration et je crie le nom d'Aava.

SAMUEL
VINGT-SIXIÈME JOUR

JE passe la nuit entière assis à la table. Il fait froid. Je n'ai pas eu le courage de chauffer. Je croise mes doigts, j'essaie de prier, mais la connexion est coupée. Je ne vois pas pour quelle raison lui, ce quelqu'un d'en haut, m'écouterait ou m'aiderait. Je finis par en avoir assez, je glisse les mains dans mes poches. Elles seront bien mieux là-dedans. Au chaud.

Le matin, on vient enfin me chercher. J'ai eu peur pour rien. Ce n'est pas si horrible que ça. J'entends leurs pas dehors. Il en arrive de toutes parts, ils s'approchent de la cabane. Quelqu'un tape sur le mur du fond, ils sont vraiment partout. Puis il y a du bruit à la porte. La poignée se baisse.

— Entrez ! Qu'est-ce que vous attendez ? Je suis là !

Mais personne ne vient. Ils se moquent de moi. Je jette un coup d'œil par la fenêtre, mais je ne vois que la blancheur. Très bien alors.

Je me lève brutalement, le banc s'envole contre la banquette. Je donne un coup de pied dans la porte et hurle :

— Faites ce que vous avez à faire, je suis prêt pour le tribunal de la Faucheuse.

C'est Nanok, il remue sa queue.

— Toi… tu es revenu.

Je m'écroule, Nanok se glisse immédiatement entre mes jambes et lèche mon visage.

— Salut, mon garçon, je t'ai manqué ? Toi aussi. J'ai pensé à toi toute la nuit.

Je le caresse et il me caresse en retour. C'est ce que font les amis.

Soudain, les oreilles de Nanok se dressent et il se tourne vers le lac. Je me concentre, les mains en pavillon, et je l'entends. On dirait quelqu'un qui… chante ?

… à l'abri des berges, le canard se berce,
germe l'espoir de la Tengeliö,
qu'il fasse beau ou que la tempête gronde.

— C'est magnifique, non ? Je sais qu'Aava est aussi ton amie et que tu as été triste. Mais elle est en chemin et, bientôt, nous serons réunis tous les trois.

Assis sur les marches, moi et mon chef tout blanc, nous attendons patiemment, et les vannes du ciel s'ouvrent à nouveau.

— Regarde, Nanok, il tombe des perdrix, immaculées et magnifiques. Tu entends comme elles atterrissent les unes sur les autres ?

Ça y est, c'est l'hiver. L'hiver est notre saison.

LES REMERCIEMENTS

MERCI au mathématicien Pierre Louis Moreau de Maupertuis (1698-1759), au forestier et écrivain Aarne Erkki Järvinen (1891-1963) et à l'alaskan husky Nanok pour vos biographies extraordinaires qui m'ont donné envie d'écrire cette histoire. Le personnage d'Aarno Järvi a été inspiré par Aarne Järvinen, mais reste totalement fictif.

Durant ce long projet, plusieurs personnes m'ont aidé de leur plein gré. Merci à toutes.

En particulier, je souhaite remercier Seppo Saraspää qui a été à mes côtés du début à la fin.

Merci à Jenni Räihä, à Anna Ruohonen et à Miila Kankaanranta pour leurs bonnes idées et pour nos discussions.

Merci à Juho Ylipiessa, à Aki Holck et à Antti J. Leinonen pour l'introduction au monde de Nanok et des alaskan huskys.

Merci, Lalli Mustakallio, pour le morceau et pour toute ta musique.

Merci, Matti Nikkilä, Jussi Siikakoski, Juho Kunelius, Leena Koskela, Maria Peura, Jouko Sirkkala et Ari Savikko pour votre aide précieuse.

Merci à mon éditrice Salla Pulli pour ses encouragements au moment où l'histoire n'avait pas encore beaucoup de contenu et pour sa détermination sur la fin, lorsqu'elle devait être prête.

Merci, Janne Simonpoika Utriainen, d'avoir été mon ami pendant un temps.

Merci, maman, de m'avoir mis un livre entre les mains.

Merci, Riikka, d'être toujours là.

LE CHANT DE LA TENGELIÖ

Là où, sur la rivière,
à l'abri des berges, le canard se berce,
germe l'espoir de la Tengeliö,
qu'il fasse beau ou que la tempête gronde.

Un nouveau départ, une nouvelle ère,
L'effort fourni,
Le travail terminé,

Je pleure les disparus,
Comment les oublier ?
Ces braves des forêts, ces fées,
que le courant a emportés.

Un nouveau départ, une nouvelle ère,
Tant de jeunes filles,
Tant de jeunes hommes.

Quand je m'assieds près des rapides, rieurs,
La brise me ramène ta douce odeur,
Le tremble me chuchote des mots oubliés,
Je sens ta main me frôler.

Un nouveau départ, une nouvelle ère,
Nous deux sous une nuit d'été.

Là où scintillent la Tengeliö,
ses miroirs, ses courants,
Tu peux trouver le bonheur
si tu découvres la fleur.

DERNIÈRES PARUTIONS

Sarai Walker, *Les Voleurs d'innocence*
David Vann, *La Contrée obscure*
Julia Glass, *En ces temps de tempêtes*
Doug Peacock, *Itinéraire d'un éco-guerrier*
Peter Farris, *Le Présage*
Henning Ahrens, *Les Péchés des pères*
Andy Davidson, *La Fille du batelier*
Jennifer Haigh, *Mercy Street*
William Boyle, *Éteindre la Lune*
Cedar Bowers, *Astra*
John Gierach, *Debout dans la rivière*
James Crumley, *La Contrée finale*
Craig Johnson, *Le Cœur de l'hiver*
Paul Tremblay, *Le Chant des survivants*
Barry Lopez, *À ciel ouvert*
Lizzie Pook, *La Fille du pêcheur de perles*
Andrew J. Graff, *Le Radeau des étoiles*
Piergiorgio Pulixi, *L'Illusion du mal*
Joe Wilkins, *La Montagne et les pères*
Tiffany McDaniel, *L'été où tout a fondu*
Larry McMurtry, *Adieu Cheyenne*
Peter Swanson, *Chaque serment que tu brises*
Jake Hinkson, *Rattrape-le !*
Gregory Brown, *Les Jours sombres*
Jenny Lund Madsen, *Trente Jours d'obscurité*
Aldo Leopold, *Almanach d'un comté des sables*
Chris Offutt, *Les Gens des collines*
Giulia Caminito, *L'eau du lac n'est jamais douce*
Todd Robinson, *Les Morts de Riverford*
JoAnne Tompkins, *Ce qui vient après*
Christina Sweeney-Baird, *La Fin des hommes*
Larry Watson, *L'Un des nôtres*
Elliot Ackerman et James Stavridis, *2034*

Cet ouvrage a été imprimé sur du papier
dont les fibres de bois proviennent
de forêts durablement gérées

IMPRIM'VERT®

CET OUVRAGE A ÉTÉ COMPOSÉ PAR ATLANT'COMMUNICATION (VENDÉE)

ACHEVÉ D'IMPRIMER SUR ROTO-PAGE
PAR L'IMPRIMERIE FLOCH À MAYENNE
EN JUILLET 2023
POUR LE COMPTE DES ÉDITIONS GALLMEISTER
13, RUE DE NESLE
75006 PARIS

DÉPÔT LÉGAL : SEPTEMBRE 2023
1re ÉDITION
N° D'IMPRESSION : 102830
IMPRIMÉ EN FRANCE